영주 외나무다리 마을 무섬 알방석댁 이야기

영주 외나무다리 마을
무섬 알방석댁 이야기

한국 격동기(1930~1970)를 시골여인의 관점으로 기록한 자화상

박명서 · 김규진 지음

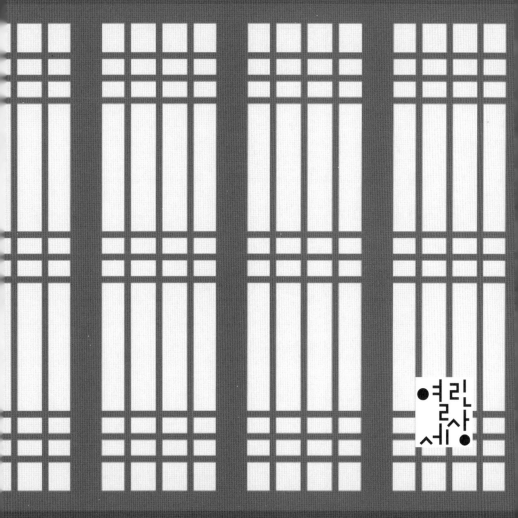

열린
세상

나의 일생

아해들아 자손들아 나의인생 들어봐라
왕후장상 고관대작 출세영웅 산촌필부
모든사람 파란만장 자기인생 기록한다
사랑영감 환갑잔치 소박하게 준비하고
하염없이 지나가는 파란만장 인생살이
쇠해가는 기억속에 나의인생 한탄한다
육십평생 시아버지 삼년상을 다치루니
열력풍상 이내팔자 편안할날 찾아올까
허무인생 말해뭐해 참고참아 살아왔다
한숨돌려 지난날을 섬섬옥수 기록하여
머언훗날 손자손녀 나의인생 알게하여
흑먹갈아 글씨쓰니 옛시절이 새롭구나

아리따운 열여섯에 무섬동네 시집와서

두살세살 터울두고 일곱남매 키우느라
날이가고 해지는줄 모르는채 살았구나
쇠훅지로 무논갈고 목훅지로 고추갈고
초여름에 누에고치 목화따서 길쌈하고
보리갈아 보리밥을 통밀갈아 칼국수를
메밀갈아 묵을쑤고 꿀밥주어 묵밥하고
참깨볶아 참기름을 메주띄워 된장담고
무우썰어 무우김치 배추절여 김장하고
청량고추 무말랭이 알뜰하게 말려두고
싸릿비로 마당쓸고 수수비로 부엌쓸고
부지깽이 불을떼고 쇠스랑이 마구치고
좁쌀누룩 술담그어 아랫묵에 덮어두고
제주농주 바가지로 항아리에 담아두면
풍월유람 좋아하신 시아버님 사랑방에
친구불러 한잔두잔 이야기꽃 피우시네
이웃사촌 일가친척 들락날락 술마시네

아침저녁 디딜방아 쿵덕쿵덕 방아찧어
감자보리 가마솥에 밥도짓고 국도끓여
오순도순 모여앉아 잘도먹고 잘도산다
부엌마루 올락들락 천만리길 못지않네
하루종일 부엌살림 도맡아서 하다보면

허리다리 천근만근 몸뚱이는 만신창이
동지섣달 긴긴밤에 물레돌려 실을뽑아
달각찰각 쉬임없이 왔다갔다 베틀짜네
시아버님 삼시세끼 매일같이 준비하고
시시때때 조상제사 한결같이 차리자니
하루라도 앉아쉴날 찾아보기 어렵구나

엄동설한 겨울밤에 동네벗들 모여앉아
규방가사 내방가사 읊조리며 놀아보자
배꽃같은 내얼굴도 주름살이 가득하네
하염없는 세월가도 이내신세 변함없네
아들딸들 결혼하면 고생끝이 보일건가
시어머니 저승가고 삼년상을 모셨더니
이웃집에 효부났다 허울좋은 동네소문
시집살이 살림살이 바람그칠 날없구나
쉬임없는 인생살이 언제께나 끝나려나
지긋지긋 시골가난 끝임없이 지속되네
코흘리게 자식들은 어느틈에 다자라서
먼객지로 떠나가고 짝을찾아 살림나고
산골초가 인적조차 한적하니 외롭구나
고향떠난 자식소식 그리워라 그립구나
명절맞아 오랜만에 찾아오는 자식들이

그립구나 반갑구나 뛰어나가 맞이하네

지나간날 행복불행 되새기며 생각하고
허구한날 외로워서 붓을잡아 기록하고
번개같은 인생살이 쓰고나니 후련하네
나의친정 방석마을 꿈속에도 그립구나
동네방네 이웃들이 알방석댁 부른이유
지독가난 시집살이 누에치고 목화따고
길쌈하고 바느질로 새집짓고 논밭사고
외동조부 외동남편 대를잇기 어려운데
다섯아들 두딸낳아 집안화평 이룩하니
동네사람 지극칭찬 경사났네 알방석댁
시아버님 말씀마다 표사유피 인사유명
무섬사람 사랑어른 글쓰는것 좋아하고
무섬동네 안방아낙 내방가사 잘도읊네
무섬으로 출가하여 아래한글 배워보고
밤낮으로 읽고쓰고 규방가사 깨우치니
나의인생 희로애락 상기하고 기록하네
산전수전 나의과거 대강대강 기록하네
시아부지 말씀대로 학이시습 불역열호

일제시대 세상물정 모르는채 살아왔네

팔월광복 해방되자 무한기쁨 만세만세
살맛나네 자유찾아 우리모두 신명나네
호열자가 창궐하여 마음고생 죽을고생
무섬동네 난리났네 남북전쟁 동란으로
흉흉해진 나라살림 무섬동네 마찬가지
이런운명 무섭구나 잊지않고 찾아오니
어쩔거나 우리운명 원망해서 무엇하랴
모진인생 인생살이 두서없이 적어보고
심사숙고 구구절절 기억하여 또써보네
몇년전에 뇌가아파 안동병원 입원하고
완치되어 퇴원하여 귀가하니 살만하네
병력땜에 귀가명명 기억력이 가물가물
하도바쁜 집안살림 핑계대고 우물쭈물
하세월이 흘러가고 오늘에야 붓을드네
사랑방에 오동나무 벼루통에 붓과연적
시아버지 말씀대로 주경야독 생활하고
낮과밤에 살림하며 가사읽고 글도쓰네
무섬마을 아낙네들 두월댁네 뒤세댁네
계남댁네 하회댁네 법전댁네 유동댁네
아래한글 겨우배워 깨친글로 읽고쓰네
그덕택에 나의인생 내손으로 기록하네
무섬동네 애국청년 아도서숙 세워놓고

대낮에는 아래한글 가르치고 한밤에는
독립운동 준비하여 항일투쟁 고취한다
큰일났네 난리났어 일본순사 앞잡이들
총칼들고 한밤중에 찾아와서 밧줄고리
엮어갔네 무섭청년 마을사람 잡아갔네
지난세월 돌아보니 슬픈일들 기쁜일들
한꺼번에 쏟아지네 시동생을 광산에서
첫아들을 병마에서 큰딸아이 혼인실패
월남갔던 우리삼이 결혼전에 열차사고
인생에서 이런비극 또있을까 내전생에
무슨죄로 이런불행 찾아오고 닥쳐오나
이한몸이 죽어서야 이고생이 끝날건가

슬픔뒤에 기쁨오네 누에길쌈 재봉틀로
옷가지를 만들어서 번돈으로 논도사고
밭도사고 자랑스런 우리경이 대학가고
출세하고 장가들고 아들낳고 새로결혼
큰딸아이 천만다행 아들없는 박씨가문
형제아들 낳았으니 행복하기 그지없다
아들딸들 육남매들 살아행복 나의기쁨
돌아보면 내인생에 행복불행 좌지우지
부족하나 이런글로 내인생을 기록하니

이내글이 머언훗날 손주에게 조상생활

느낀다면 다시없이 기쁘고도 즐거우리

기억속에 생각들을 짤막하게 회고하고

두서없이 대강대강 기록하고 붓을놓네

호롱불 밑에서 모여서 가사를 함께 읽었다. (그림 김영무)

영주 외나무다리 마을 무섬 알방석댁 이야기

돌올한 방석댁은 모도가 정기로다[1]

무섬 마을에서 이웃들이 나를 '알방석댁'이라 부른다. 나의 친정이 방석 마을이라, 처음에 '방석댁'이라 불렀는데 언젠가부터 '알방석댁'이라 부르기 시작했다. 아마도 젊을 때 시집와서 누에치고, 목화 따서 길쌈과 노동과 바느질로 가난한 집안을 어느 정도 일으켜서 그렇게 부르는 모양이다. 우리 집 내력이 시작한 시조부가 셋째 막내로 무섬 마을에서 아들 하나, 우리 시아버님만 낳아 키우셨고 시아버님은 딸 둘 아들 하나만 키우셔서 간신이 대를 이어왔는데 내가 아들 다섯과 딸 둘을 낳아서 가문에 아들자식들을 많이 선사해서 그렇게 불렀는지도 모른다. 아니면 윗마을에 우리 둘째 형아(언니)가 나보다 먼저 무섬으로 시집와서 방석댁이라 불러서 그것과 구별하기 위해서인지 모른다. 형아는 자식도 못 낳고 일찍 세상을 떠났다. 나는 그래도 아들도 많이 낳고 살림도 불 일으키듯이 일으키고 이웃보다 바지런하게 더

---

1) 무섬 주사댁의 용이 어른(6.25무렵 월북)은 가사에서 나를 "돌올한 방석댁은 모도가 정기로다"〈기망가(旣望歌): 金容〉라고 묘사하고 있다.

잘 살아가니 알방석댁이라 불렀을 것 같기도 하다. 사실 별로 재물을 모으지도 못했지만, 방석댁은 알부자라는 말을 듣기도 했다. 아들 딸 일곱을 낳아서 다 키우고 시조모 시아버지 시어머니 삼년상까지 치르고 며느리도 보고 손자도 보고 나니 나도 내 지나간 생애를 되돌아볼 시간이 조금 생겼다. 농사일과 가사 일이 하루도 여유 있는 시간을 주지 못하였지만 그래도 죽기 전에 뭔가 남기고 싶었다. 돌아가신 시아버님이 '호랑이나 짐승은 가죽을 남기고 사람은 이름과 글을 남긴다고, 표사유피 인사유명(豹死留皮 人死留名)'이라는 문자를 쓰시는 것을 몇 번 들은 적이 있다. 시아버님은 문자를 많이 쓰신다. 무섬 사랑어른들은 선대부터 글을 읽기 좋아하고 글 쓰는 것을 좋아하는 것을 보고 느꼈다. 가난으로 점철된 내 한 많은 인생을 누구한테 이야기하면 들어줄 사람이 없어 미력하나마 무섬에서 배운 우리의 아름다운 아래한 글로써 써보는 것도 좋겠다는 생각을 해오다가 용기를 냈다.

그래서 나도 이제 환갑을 몇 년 앞두고 나의 희로애락(喜怒哀樂)을 대강 기록해보고자 한다. 배운 게 없어 여러모로 부족하나 어릴 때부터 고생하고, 산전수전(山戰水戰) 다 겪어온 내 일생 경력을 기록해보는 것도 의미가 있다고 생각해서다. 기억력이 자꾸 감퇴되어 가서 다 잊어버리기 전에 생각나는 대로 대강 적어보고 싶다.

과거를 돌아보고 현재를 비추어보니 한 많은 세월이었다. 일제시대를 세상 물정 모르고 방석 동네라는 산골, 매꼴(두메의 방언)에서 자라고, 좀 더 큰 무섬 마을에 시집와서 산전수전 다 겼었다. 호열자(虎列剌)가 창궐하여 죽을 고비를 넘기고 또 들이닥친 전쟁으로 마을이 말이 아니다. 인심이 흉흉해졌다. 이런 혼란 시대와 세월을 타고났는데 누굴 탓하랴. 나의 운명이고 우리의 운명이다.

생각나는 대로 이야기를 쓰려니 한량없다. 심사숙고(深思熟考)할 수 없어 두서없이 이것저것 적어본다. 생각이 전혀 나지 않다가도 글을 쓰기 시작하니, 옛 생각이 또렷이 나는 게 있고, 또 잘 기억나지 않는 게 있다. 어떤 것은 헷갈려서 뒤죽박죽되는 것도 있다. 아들이 많아 큰아들 부른다는 게 작은아들 이름을 부르고, 작은아들 부른다는 게 지 동생 이름을 부르듯이 자식 이름조차 헷갈리니 내 기억이 안타깝기 그지없다. 내 기억이 자꾸 쇠퇴하고 있어 걱정이다. 혹 내 기억의 혼란으로 내 삶이 제대로 기억되지 않더라도, 구구절절(句句節節) 조금씩 써볼 예정이다. 몇 년 전에 뇌막염으로 안동 도립병원에 의식을 잃고 한 달 정도 입원한 후 퇴원하여 건강을 회복하였으나 기억력과 귀가 잘 안 들리기 시작했다. 더 나빠지기 전에 시작하려고 몇 번이나 마음먹었으나 집안일 때문에 우물쭈물하다가 늦게 시작하게 됐다. 내 자신 게으른 탓도 크다.

사랑방에 벼루, 붓, 먹과 연적이 담긴 벼루 통이 있다. '학이시습 불역열호(學而時習 不亦說乎)'라는 문자를 자주 쓰시는 시아버님이 강 건너 띠앗 밭가에서 자란 오동나무로 만든 벼루 통이 있어 다행이다. 시아버님은 "오동나무는 천 년을 늙어도 가락을 품고 있고 매화나무는 아무리 추워도 향기를 팔지 않는다."고 하시면서 옛 사람들은 오동나무로 거문고나 벼루 통, 등잔, 작은 선비 책상을 만드는 중요한 재목이라고 말하셨다. 큰집 뜰의 피는 매화꽃은 절개가 굳은 무섭 선비의 꽃이라고 하셨다. 시아버님 말씀은 언제 들어도 영민함이 있었다. 사랑어른은 밤에 내가 가사를 낭송하는 걸 못마땅하게 생각하셨지만 시아버님은 "오냐 뭐든지 배워라. 배우고 또 배우면 기쁘기 그지없다."하셨다.

시조모님도 무섭서 가사를 조금 공부하셨다. 시조모님이 다 떨어져 가는 두루마리 〈경노의 심곡〉을 주시면서 읽어보라고 하셨는데 까망 눈인 내가 글을 읽을 수 없어 무척 부끄러웠다. "아이구 야야 낫 놓고 기역자도 모른다니 니도 까맹이 눈이구나 괜찮테이 배우면 덴데이." 그러나 나중에 다행인 것은 무섬마을에 16살에 시집와서 주경야독(晝耕夜讀)이라고 낮에는 집안일, 밭일을 하고 저녁에, 특히 겨울 저녁에, 계남댁(진성 이씨, 승진 형수), 하회댁(하회 류씨, 승진 형수), 두월댁(이중선 내방가사 작가, 두병 모친), 법전댁(기한 모친), 뒤세댁(한기 모친)에게서 언문(한글)을 배우고 글씨 쓰는 것을 배웠다. 또 의인 형님(정숙 모친), 서늘기 형님(진섭모친), 유동댁(한근 모친)과 가사를 즐겨 읽었다. 그래서 이렇게 내 인생을 적어볼 수 있게 됐다. 그 당시 우리 사랑어른을 비롯하여 남정네들은 친척 집이나 종가댁 사랑방에서 한문은 물론이고 동네 학교 아도서숙(亞島書塾)에서 한글도 배웠지만 우리 새색시나 딸네들은 그런 곳에서 배울 수 없어 글을 깨친 부자댁 새색시나 아지매들로부터 배울 수 있었다.

그래도 무섬 동네는 글 깨친 아낙네들이 더러 있어 다행이다. 일찍이 호열자로 남편을 사별하고 혼자 살던 계남댁은 목소리도 좋아서 슬픈 이야기 〈단종애사〉(端宗哀史)를 읊으면 모여 앉은 아낙네들이 눈물을 훔칠 정도였다. 하회에서 양반댁 진성 이씨 가문에서 왔는데 우리 모두는 두월댁이라 부르는 두병 모친이 자기 인생이나 화전놀이 간 것을 흥겹게 읊조리면 듣기 좋아 다들 귀 기울이고 열중이 듣고 박수도 쳤다. 어떻게 그렇게 총기가 좋은지 그 긴 가사를 줄줄 외어댄다. 두월댁한테 가사 읽기, 쓰기, 가사 짓기 등 많은 것을 배웠다. 나를 무척 따랐던 내 일가 박촌의 영감댁(박실오라버니) 맏손녀 순우도 얼마나 총명한지 곧잘 가사를 쓰곤 했다. 글씨도 정갈하게 썼다.

'농당(農堂)'댁의 집안 조카 기한의 모친 법전댁은 시집 올 때 미래의 시아버님의 주문에 의해서 직접 여러 가지 가사를 베껴서 왔다. 봉화 법전 양반 마을에서 온 법전댁은 일찍이 남편과 사별했지만, 성품이 고와 이웃이 무척 좋아했다. 그의 성품처럼 글씨가 참 곱다. 그중에서도 즐겨 읽는 이야기 책은 〈사씨남정기(謝氏南征記)〉이다. 이 가사를 읽고 베껴 쓰는 것도 법전댁한테 많이 배웠다. 이 가사에 나오는 사 씨 남편이 모함에서 풀려나와 첩에 의해서 불행에 빠진 사 씨를 다시 찾아오고, 간교한 책략을 꾸민 교 씨와 그녀의 간부(奸夫)를 벌하는 장면에서는 모두들 박수를 친다. 인생에서 모든 게 사필귀정이라고 한다. 이 이야기는 무섬에서 읽은 것 중에서 가장 재미있는 이야기이다. 해마다 긴긴 겨울밤이면 이야기를 읽어 달라고 한다. 모두들 내 목소리가 낭랑하다고 읽어보라고 한다. 석유 등잔 밑에서 가사를 읽으면 모두들 모여앉아 머리를 기울이고 듣는다. 기한이 삼촌 기진이는 얼마나 총명한지 현대식으로 가사를 잘 썼다. 그의 형 홍진이는 정신 건강이 안 좋았지만 영어를 하도 잘해서 우리 경이가 많이 배웠다. 신문을

법전댁이 봉화 법전(法田)에서 시집 올 때 베껴온 사씨 남정기, 내가 읽은 가사들과
이야기들 중에서 가장 재미있었다. 법전 댁의 성품처럼 글씨가 참 곱다.

얻으면 다 읽고 그 내용도 이야기해줘서 경이가 많이 따랐다. 그런 재
주는 그 집의 내림인 모양이다.

지난 세월을 돌이켜보면 불행한 일들이 많았고 기쁜 일들도 많았
다. 시동생을 광산에서 잃어버린 일, 첫아들 곰이가 5살도 안 되어 병
마로 희생되고, 큰딸이 결혼에 실패하여 집안에 창피스럽기도 하고 너

영주 외나무다리 마을 무섬 알방석댁 이야기

무나 불쌍하기도 하였다. 그 충격으로 나의 뇌가 더 아프기 시작했다. 결국 안동 도립병원에 입원하여 건강을 회복하였으나 귀도 잘 들리지 않고 기억력이 많이 쇠퇴하였다. 다 자란 큰아들(둘째 아들)이 돈이 없어 돈 벌러 월남까지 지원해서 근무하고 살아왔는데 결혼을 앞두고 열차사고로 죽었을 때가 내 인생에서 가장 비극적인 순간이었다. 내가 전생에 무슨 죄를 지어 이런 불행이 내게 닥쳐오나 싶은 게 자괴감이 들고 괴롭기 그지없다. 그래도 다행히 길쌈과 앉은뱅이 재봉틀로 옷가지를 만들어주고 번 돈으로 토지도 사고 나중에 그 토지를 팔아 아들 경이(규진) 대학도 보내고 한 것이 자랑스럽기도 하다. 손자(제욱)도 하나 태어나고, 재혼한 큰딸은 아들 없는 집안에 출가하여 덩드렁 같은 사내아이를 둘이나 낳으니 기쁘기 한량없다. 돌이켜보면 불행과 행복이 내 인생을 좌지우지해서 고생스러웠지만 나머지 아이들이 거의 다 자라니 가슴 뿌듯해진다.

부족하나 내가 이렇게 글로써 남기는 것은 나의 삶을 되돌이켜 보는 것도 좋고, 혹 내 글이 내 자녀들, 손주들한테도 조상의 삶이 어떠하였는가를 알게 하는데 조금이라도 도움이 될지 몰라서다. 나이가 들어서 기억이 잘 안 나지만 생각나는 것을 짤막하게 써볼까 한다.

차례

1부
고향 방석 마을에서의 생활

꿈에도 잊지 못할 내 고향 방석 마을

나는 영주 문수면 방석(榜石)이라는 동네에서 가난한 집안에 태어났다. 때는 왜국에 점령당해 나라가 망국풍진(亡國風塵)이었으나 세상물정(世上物情) 모르는 나는 그래도 조부모와 부모의 은덕(恩德)을 입고 자라서 어린 시절은 행복했다. 방석 마을은 문수면 월호리의 낮은 산 중턱에 있는 산간벽지(山間僻地) 마을이다. 그래도 다른 동네에 비해 상당히 높은 곳에 자리한 마을이다. 우리 방석 마을 뒷산과 마을 여기저기에 커다란 반석(盤石)들이 있다. 좀 더 골짜기로 들어가면 반석들로 터를 닦은 절도 있었다. 우리 반남(潘南) 박(朴)가 종가댁은 바위로 단을 쌓고 그 위에 널찍하게 터를 잡았다. 종가댁은 부자라 아주 잘 살았지만 나머지는 근근이 살아갔다.

비가 오면 종가댁 할배는 갓이 비에 젖는 것을 방지하기 위해 그 위에 갈모를 덮어 쓰시고 긴 담뱃대를 허리 뒤로 가로 잡고 마실을 다니셨다. 갈모는 한지에 기름 먹인 유지(油紙)로 만들었다. 비가 갈모에 내리면 기름종이라 주르르 굴러 떨어진다. 그 할배는 부싯돌로 불을 아주 잘 붙이고 담뱃대를 피워 무는 것을 여러 번 봤다. 우리 아부지 담뱃대는 종가댁 할배 거 보다 작았다.

아부지는 부싯돌도 담배쌈지와 늘 같이 가지고 다니셨다. 들에서 일할 때 불이 필요하면 부싯돌에 솜을 놓고 탁탁 치면 솜에 불이 붙기 시작한다. 솜이 없으면 마른 쑥을 비벼서 사용한다. 집에서는 불씨를 늘 화로에 담아서 썼다. 아침에 밥할 때는 화로의 불씨로 불을 댕겼다. 소나무 잎 갈비 밑에 빨간 불씨를 넣고 입으로 몇 번 호호 불면 불이 되살아난다. 아부지는 짚으로 엮은 도롱이를 쓰시고, 짚신을 신고 논물을 보러 다니셨는데. 우리 마을에서는 집안 일가 집들이 여러 채가 옹기종기 모여 살았다. 또 함창 김씨네들도 많이 살았다. 부자 집안은 여유 있게, 가난한 사람들은 초라하지만 다 자기 운명이라 생각하고 살아갔다.

우리 식구는 단촐했다. 우리는 삼간초옥(三間草屋)에 살았다. 우리 집은 아부지가 맏이셨고, 그 아래 삼촌이 셋 있었다. 셋째 삼촌은 아들 둘, 딸 넷을 낳았다. 우리 집은 내 위로 두 형아가 있었다. 세 자매 중 내가 제일 막내, 셋째 딸이다. 우리 집은 딸뿐이라 삼촌의 큰 아들이 우리 집에 양자를 들어 대를 잇게 되었다. 형아들과 나는 벌써 열 살도 되기 전에 들이나 산에서 나물도 캐고 밥도 짓고 설거지도 했다. 마을 공동 우물에서 물도 길러왔다.

현재의 방석마을 표지석

집안 소제도 우리가 다 했다. 바느질도 배웠다. 길쌈도 했다. 그때 큰집 종가댁에 가면 맏며느리가 앉은뱅이 재봉틀로 옷을 만드는 것을 보았다. 신기했다. 호기심이 많아서 좀 더 자란 후 자주 가서 나도 재봉틀을 돌려가며 실로 옷을 꾸며봤다. 할배는 일찍 돌아가셔서 별로 기억나는 게 없다. 할매는 우리를 위해 천지신명(天地神明) 님께 자주 빌었다. 우리는 근근득생(僅僅得生) 했으나 조부모와 부모의 양육지은(養育之恩)으로 잘 컸다.

할매는 호기심이 많아서인지 이것저것 아는 것도 많았고 뭐든지 척척 해내는 게 신기했다. 특히 옛날이야기나 동네 대소가 댁에 얽힌 이야기도 많이 해주었다. 산천초목이나 산짐승 들짐승 가축 이야기도 흥미진진했다. 할매와 어매와 형아들과 일 년에 한두 번씩 산에 있는 절간에 가기도 했다. 할매와 어매는 돌부처님 앞에 두 손 모아 빌기도 했지만, 우리는 절간의 신기한 그림이나 종이나 석축들을 바라보고 뛰어놀았다. 종소리와 스님의 염불 외우는 소리도 신기했다. 그런 모든 것들에 어린 나는 큰 관심을 가지고 바라보곤 했다. 동네에서는 볼 수 없는 별세계 같았다. 부처님이 누군지 그때 어렴풋이 알기 시작했다.

우리 할매

할매는 또 어디서 들었는지 귀신 이야기와 무당 이야기도 많이 해주었는데, 구렁이가 큰 바위 밑에서 나와 종가댁 흙 담장을 넘어가는 이야기도 해주었다. 그러면 큰 비가 곧 내릴 거라고 했다. 옛날 호랑이 담배 피우던 시절의 전설 같은 신기한 이야기도 자주 해주었다. 형아들과 나는 그것을 들으며 잠들 때가 많았다.

그 중에서도 할매의 〈흑질백질 구렁이 이야기〉가 가장 기억에 남았다.

어린 시절 한 겹 창호지 창문으로 찬바람이 불어오는 겨울이면 유난히도 추웠다. 해가 서산을 넘어가기도 전에 일찌감치 저녁을 먹고 따뜻한 아랫목에 무명에 까만 물을 들이고 이불깃은 하얗게 해서 목화솜을 두툼하게 넣어서 온 가족이 덮을 수 있게 커다랗게 만든 이불 속에 할매를 중심으로 나란히 누웠다. 서로 할매 곁에 누우려고 자리 싸움을 하면 할매는 "야들아! 너희들 안 싸우면 옛날 얘기해주지."라고 하였다.

"예!"

우린 일제히 커다랗게 소리 지르고 조용하게 할매의 이야기를 기다린다.

"옛날 옛날에 호랑이 담배 피우던 시절에 아주 정이 좋은 부부가 살았는데 한 해, 두 해, 십 년이 넘어도 아이가 생기지 않았어. 그래서 부부는 신령님께 빌기 시작했지. 날마다 장독간이 있는 곳에 정화수를 떠다 놓고 정성을 다해서 빌었는데, 어느 날 부인이 입덧을 시작하고 아이가 생겼단다. 부부는 신령님께 눈물을 흘리며 감사하고 행여나 아기가 잘못 될까 봐 노심초사한 열 달 만에 아기를 낳는데 아니 이게 웬일인가! 부부는 너무 놀라서 할 말을 잊었단다."

조용히 숨죽이고 듣던 우린 "왜요, 할매?"하고 묻는다. 그럼 할매는 "글쎄, 아기가 아니고 까맣고 하얀 무늬가 있는 남자 뱀을 낳았단다." 라고 대답하고 이야기를 잇는다.

"마음 착한 부부는 이것이 우리의 운명인가보다 생각하고 아이 이름을 흑질백질이라고 짓고 열심히 온갖 정성을 다 해서 키웠단다. 아이가 20살 되던 해에 아들이 말했지.

'어매, 나 장가 보내주세요.'

'아이구 이눔아, 누가 너한테 시집 올라하더냐?'

'강 건너 마을에 김 대감댁에 딸이 많은데 하나만 달라고 해보세요.'

'야야, 나는 못 간다. 어떻게 말을 건네 붙인단 말이냐! 절대 안 된다.'

'가셔서 꼭 전하시고 안 된다 하거든 이 흑질백질이가 그 집 앞에다가 똥으로 성을 만든다고 하세요.'

어매는 아들의 부탁을 들어주기로 하고 대감댁을 찾아가서 자초지종 얘기를 했더니 대감이 노발대발을 하면서 '어림도 없는 소리 그만 하고 그만 가보시고 다시는 그런 일로 오지 마시오.'하고는 하인들 보고 대문 밖으로 내보내고 대문 걸어 잠그라고 명령했단다. 힘없는 발걸음으로 터덜터덜 집에 오니 아들이 물었다.

'이야기 했지? 그래, 뭐래요?'

'어림 반 푼어치도 없더라. 그러니 네가 장가갈 생각은 접어라.'

'안돼요.'

아들은 뜻을 굽히지 않고, 그 이튿날부터 온 동네 통시(화장실)의 똥을 다 퍼서 대감댁 집주변에 똥으로 성을 쌓았단다. 냄새가 지독하게 나서 도저히 살 수가 없게 되자 대감은 딸들을 불러 모아놓고 '누가 저 건너 동네 흑질백질이한테 시집갈래?'라고 물었지. 모두 안가겠다고 하였어.

'못 가지요 아부지. 정신 나갔어요? 어떻게 우리를 뱀한테 보내려고 하세요?'

완강하게 거부했는데 다섯째 막내딸이 '아부지 제가 갈게요, 걱정하시지 마세요.'하는 거야.

'그래, 고맙다. 애비 마음 알아주는 네가 정말 마음이 예쁘구나.'

대감은 곧바로 기별을 보내서 혼인한다고 전했다. 흑질백질은 말끔히 똥을 치우고 결혼식을 올렸다. 처갓집에서 첫날밤을 맞이하게 됐는데 위의 언니들은 뱀하고 잠자는 동생이 걱정되고, 그래서 동생의 방문 앞에서 엿듣기로 했다. 방안에서 둘이 주고받는 대화는 신랑이 신부에게 '이 집의 간장 단지가 어디 있으며 밀가루 단지가 어디 있느냐?'라고 물었고, 신부는 간장 단지는 장독간에 밀가루 단지는 고방에 있다고 알려줬다.

그러자 신랑은 문을 열고 나가서 간장 단지에 몸을 담그고 난 후 밀가루 단지에 들어가 뒹굴어서 방에 들어와서 열 번을 구르니 허물이 벗어지고, 아주 잘 생기고 키가 훤칠한 청년이 되었다. 그러고는 벗은 허물은 신부에게 주면서 '이것을 아무에게도 보여주면 안 되고, 만약 불에 태워서 태우는 냄새가 나면 내가 어디에 있어도 다 맡을 수 있는데 그 태우는 냄새를 맡으면 당신 곁에 돌아올 수 없소.'라는 당부의 말을 해줬다.

문밖에서 이 광경을 몰래 훔쳐보던 언니들은 샘이 났다. 흑질백질이 너무 잘 생긴 멋진 남자인줄 알았으면 서로 내가 시집 갈 걸 하고 후회했다. 그러고는 신랑은 며칠 있다가 과거 보러 한양으로 떠났다. 신부는 신랑이 벗어준 허물을 아무도 모르는 곳을 찾다가 베갯잇 속에 숨기고 날마다 그 베개를 소중하게 아끼면서 베고 잤다. 그러던 어느 날 언니들은 동생에게 너 신랑이 벗어준 허물 구경 좀 하자면서 동생의 방을 여기저기 마구 뒤졌다. '안돼요 언니들 절대 보여줄 수 없어요.'하면서 언니들에게 애걸복걸 울면서 빌었지만 막무가내로 뒤져서 결국 찾아내고야 말았다.

　'여기 있다.'

　'이리 주세요, 언니들! 이러시면 전 어쩌라고요'하고 빼앗으려는데 제일 큰 언니가 밖으로 가져가서 불로 태워버렸다. 태우는 냄새가 한양에서 열심히 과거 공부하는 흑질백질이 한데 날아갔다.

　그 냄새를 맡은 신랑(흑질백질)은 과거 공부도 할 수 없고 색시가 있는 집으로도 돌아갈 수도 없었다.

　신부는 한 해 두 해 아무리 기다려도 신랑이 오지 않아서 머리를 삭발하고 승복을 지어 입고 신랑을 찾아 나섰다. 이 동네 저 동네 집집마다 걸식도 하고 잠도 자면서 한양에 가서 수소문을 해서 신랑이 살고 있는 동네를 찾았다. 동네에 들어서자마자 한 사내아이가 놀고 있는 것을 보고 '얘야 이 동네에 흑질백질이라고 살고 있다는데 너 그 집 아느냐?'하고 물었더니, 그 아이는 '저를 따라 오세요.'하더니 자기네 집으로 데리고 갔다. 아이는 집에 가서 '아부지 손님 오셨어요. 나오셔서 보세요.'라고 하였고, 그 말이 떨어지자마자 신랑이 나왔고 찾아간 신부는 신랑을 보니 너무 반가워서 '여보!'하고 울먹였다. 하지만 신랑은 딴 여자와 결혼을 해서 아들도 낳았다. 그래서 그런지 색시를 오랜만에 만났는데도 그리 반가워하지도 않고 '여기를 어떻게 알고 찾아왔느냐?'하며 오히려 귀찮아하는 표정이었다.

물어물어 한 달 넘게 여기까지 왔다고 대답했다. 어차피 왔으니 편안하게 쉬라고 하고는 오랜만에 만난 색시를 다른 방에 재웠다. 신랑이 살고 있는 곳은 아주 첩첩 산골이어서 겨울이 빨리 찾아왔다. 얼음이 얼고 바람도 매섭게 차가웠다. 그 이튿날 흑질백질은 두 부인을 불러 모았다. 그러고는 나무로 만든 나막신 두 켤레와 진흙으로 만든 물항아리를 내놓으면서 '이 나막신을 신고 우물에 가서 물을 길어 머리에 이고 얼음이 언 길로 돌아오시오. 집으로 돌아오면서 물을 한 방울도 안 흘리고 오는 부인을 내가 데리고 살겠소.'라고 하였다. 그래서 두 여인은 나막신을 신고 물을 길어 머리에 이고 얼음판 길을 걸어서 집으로 오는데 첫째 부인은 얼음 위에 오자마자 넘어져서 물도 항아리도 모두 바닥에 내동댕이쳐졌다.

둘째 부인은 물 한 방울 안 흘리고 집에 도착했다.

그래서 신랑은 예쁘고 마음 착하고 먼 길을 찾아온 부인을 돌려보내고 얼굴도 빡빡 곰보이고 못생긴 부인을 택해서 오래 오래 행복하게 잘 살았단다."[1]

여기까지 할매의 얘기를 다 듣고 난 우리는 언니들이 너무 못됐고

---

1) 이 이야기는 이웃마을 기얏골 전선희 할머니한테서 유래 됐다고 한다.

자기들 욕심만 채우는 아주 비겁한 인간들이라고 할매한테 말씀드렸더니 "그래 너희들은 자매간에 서로 아끼고 사랑하면서 시기 질투하지 말고 살아라."라고 하셨다. 우리는 다 함께 "예, 할매."라고 대답을 하고 잠에 빠져 들었다.

그 당시 나라는 일본 왜놈들이 지배하고 있었다. 농촌도 교육받으려면 읍내에 가서 일본말을 배워야한다고 했다. 일찍 고향을 떠나 신교육을 받은 사람들도 더러 있다. 면 소재지 사람들 중에는 일본으로 학도병으로 끌려가거나 보국대에 지원해 간 사람들도 있다. 대부분 농촌에서는 옛날식대로 살아간다. 할매 이야기 중에는 이제는 시대가 조금 바뀌어 탐관오리한테 거역하는 농민들의 이야기와 노래도 있었다.

새야 새야 파랑새야 녹두밭에 앉지 마라.
녹두밭에 앉으면 녹두꽃이 떨어지고
녹두꽃이 떨어지면 청포장수 울고 간다.
새야 새야 파랑새야 우리 논에 앉지 마라.
새야 새야 파랑새야 우리 밭에 앉지 마라.
새야 새야 파랑새야 우리 논에 앉지 마라.
새야 새야 파랑새야 우리 밭에 앉지 마라.
아랫녘 새는 아래로 가고 윗녘 새는 위로 가고
새야 새야 파랑새야 우리 밭에 앉지 마라.
새야 새야 파랑새야 녹두밭에 앉지 마라.
새야 새야 파랑새야 우리 밭에 앉지 마라.

새야 새야 파랑새야 녹두꽃이 떨어지면
새야 새야 파랑새야 우리 밭에 앉지 마라.

이런 노래를 서글프게 흥얼거리는 것을 따라 배운 적이 있었다. 할매는 이 노래를 자주 불러주어서 나도 외우다시피 했다. 그리고 녹두장군에 대한 이야기도 해달라고 조르곤 했다. 녹두장군은 결국 한양으로 잡혀가 죽임을 당했다고 한다. 백성이 왕한테 거역하면 능지처참을 당했다는 이야기는 무시무시했다. 나는 절대로 왕이나 어른한테 거역 같은 행동은 하지 않을 거라고 속으로 다짐했다. 요즘은 일본 순사나 한국인 순사가 무섭다고 한다. 우리는 안방에서 할매랑 어매랑 다섯이서 잤다.

아부지는 무덤덤하게 자식들을 키웠다. 그러나 나는 자매들 중 셋째 딸로 좀 더 영리해서인지 아부지가 특히 잘 보살펴주셨다. 어매는 할매처럼 못하는 게 없을 정도로 이것저것 잘 해서 어매한테 많은 걸 배웠다. 길쌈은 물론이고 물레로 실을 만들고 베틀로 베를 짜는 것과 바늘과 실로 식구들 옷가지 만드는 것도 모두 어매한테 배웠다. 어매도 할매처럼 이웃에게서 듣거나 예전에 들은 이야기를 많이 해주었고, 나는 어매의 이야기를 듣는 것도 좋아했다. 어매는 이웃이 찾아오면 살아가기 어려운 형편이지만 항상 깍듯이 대해주어서 인정이 넘친다는 이야기를 들었다.

"니들도 소처럼 부지런케 일하거레이."

그 당시는 정말 먹을 게 별로 없었다. 아부지와 세 명의 삼촌들이 밭과 논 몇 떼기 농사지어서 식구들이 먹고 살았다. 암소 한 마리가 집안에서 큰일을 했다. 소는 논밭 다 갈고, 마당에 겨울 내내 모아놓은 거름 다 실어 나르고, 추수하면 들과 논에서 곡식을 다 싣고 집으로 온다. 또 한가하면 산에 가서 갈비랑 땔감을 해서 다 싣고 온다. 우리 집에서 가장 부지런한 게 소다. 소는 말도 없이 주인을 위해 일만 꾸벅꾸벅 잘 한다. 그저 먹는 것만 주면 주인을 위해 힘든 일을 다 한다. 또 일 년에 한 번씩 새끼를 낳아서 몇 달 크면 장에 가서 팔아 돈도 벌게 해준다. 할매가 우리들한테 "니들도 소처럼 부지런케 일하거레이."라고 하시던 것이 기억난다. "니들도 늘 소처럼 열심히, 부지런히, 충실하게 일해야 남은 생을 잘 살 수 있다"고 하신 게 기억난다.

우리 집에는 또 다른 식구가 있는데 누렁이다. 밤에 대문을 닫아 놓으면 대문 밑의 구멍으로 마당을 어슬렁거리기도 한다.

나는 밥 찌꺼기를 누렁이에 주는 것을 좋아해서 누렁이는 늘 나를 잘 따랐다. 내가 "워리 워리!"하고 부르면 잽싸게 내게로 달려온다. 일 년 정도 잘 크면 할매의 건강을 위해서 보신탕을 해서 온 식구가 맛있게 먹었다. 큰 가마솥에 고기를 실낱 같이 쪼개서 넣고 들깨 잎, 파, 미나리와 시래기 등 온갖 채소를 넣고 푹 끓여서 온 식구와 친척이 다 먹었다. 해마다 한 마리씩 키워서 잡아먹는 게 시골 마을 집집마다 중요한 고기 먹는 날이다. 돼지도 키웠는데 먹을 게 없어서 키우기가 쉽지 않다. 그래서 작은 집과 함께 키웠다. 아무거나 잘 먹어서 찌꺼기 음식이나 채소 나부랭이도 주고 연한 풀도 주고 나락이나 보리 밀을 빻아서 쌀 같은 곡식 알갱이들은 사람이 먹고, 댕겨(등겨)는 돼지나 소의 먹이로 사용한다. 부엌에서 밥이나 국을 끓이며 남는 물은 모아두었다가 쇠죽을 끓일 때나 돼지에게 준다. 물 한 방울 버리지 않는다.

우리는 닭도 여러 마리 키웠는데 달걀은 아주 중요한 영양식이다. 손에 모이를 들고 "구구구구."하면 닭들이 막 몰려든다. 가끔 산짐승이나 살쾡이가 귀신 같이 닭을 잡아먹으면 온 집안이 난리가 난다. 고기가 흔하지 않아 달걀이 어린 아이나 할매, 할배의 주요한 양분이었기 때문이다. 물론 그것도 다 먹지 않고 일부만 먹고 나머지는 짚으로 만든 꾸러미에 넣어서 5일 장날 영주 읍내에 가서 팔아 생선 나부랭이나 생활 도구 등을 사오기도 한다.

아부지는 장날만 되면 술에 취해 장에서 오시곤 한다. 한잔하시면 늘 미소를 띠며 우리를 불러 놓고 일장 연설을 하면서 "친척 누구처럼 니들도 착하고 훌륭한 사람이 돼야 한데이."라고 하시면서 일장 연설을 하신 것이 기억난다. 어매는 그런 아부지가 못마땅한지 "또 시작이네, 또 시작이야. 자식들한테 잔소리 그만 하이소, 제발!"하고 불평을 하는 것을 들은 적이 여러 번 있다. 그러나 아부지는 어매의 불평에도 아랑곳없이 미소를 띠시며 호주머니에서 눈깔사탕을 우리들에게 하나씩 나눠주신다. 우리는 좋아서 펄쩍 뛰며 받아먹곤 했다. 나는 그런 인자한 아부지의 미소를 잊지 못한다.

손이 열 개라도 모자란다.

한 해 아주 흉년이 들었을 때는 우리도 디딜방아에서 나락을 넣고 빻을 때 남는 댕겨를 채로 쳐서 죽을 쑤어 먹은 적도 있다. 새벽마다 할매와 어매 그리고 큰 형아가 곡식을 큰집 디딜방앗간에서 빻는다. 할매가 손으로 곡식을 뒤지고 어매와 큰 형아가 발로 방아 다리 끝쪽을 밟았다 놨다 한다. 또 종가댁 집 옆 넓은 곳에 동네 공동 연자방앗간이 있다. 곡식을 많이 빻을 때는 동네사람들이 삯을 주고 여기서 빻는다. 연자방아는 바닥에 받치는 커다란 돌인 암돌 위에 굴리는 돌인 옆으로 세운 동그란 숫돌로 되어있다. 숫돌에는 나무로 만든 사각형 방아틀이 있다. 소에게 이 틀을 매어서 소가 끌어 돌리면서 방아에

디딜방아에서 나락이나 보리를 넣고 빻는다. 하루 중 새벽에 이렇게 곡식을 빻아야 그날 밥을 지어먹을 수 있다.
(그림 김영무)

곡식을 빻는다. 소가 방아틀을 돌리게 하고 커다란 돌 사이로 곡식을 넣으면 곡식이 옆으로 삐져나온다. 그러면 곡식을 잘 흔들어서 겨를 날리고 다시 방아에 넣어 빻는다. 이러기를 여러 번 하면 알곡이 나온다. 이웃 동네에는 연자방앗간이 없고 대신 물레방앗간이 있었다. 골짜기에서 흘러내리는 물로 바퀴를 돌려 방아에 연결시켜서 곡식을 빻는다. 또 집집마다 깨나 들깨 같은 적은 양의 곡식은 절구로 빻는다. 곡식 빻기가 여간 힘든 게 아니다. 먹고 사는 게 하나도 쉬운 것이 없다. 손이 열 개라도 모자란다고 어매가 늘 말하던 것이 기억난다.

봄이 오면 생기가 돈다

봄에는 새싹이나 쑥 같은 것을 국에 넣어서 끓여 먹었다. 그때는 산에서 송기를 베껴 먹기도 하고 송화가루를 먹기도 했다. 송기를 많이 먹으면 똥이 잘 안 나와 무척 힘들 때가 있다. 봄에 산나물, 들나물은 시골 동네에서는 아주 좋은 채소다. 달래, 나이(냉이)의 새싹은 특히 된장 끓일 때 넣으면 맛이 일품이다. 쑥국은 우리 식구뿐만아니라 동네 사람들이 다 좋아하는 봄나물 음식이다. 그 외 지천에 깔려 있는 여러 산나물과 들나물은 아주 중요한 먹거리였다.

봄이 오면 들이나 산이나 논밭이나 집안이나 생기가 돌기 시작한다. 여러 가지로 일이 많아 모두 바쁘다. 어매와 아부지는 손이 열 개라도 모자란다고 하시면서 이일 저일 닥치는 대로 한다. 우리도 어매가 시키는 대로 뭐든지 해야 한다. 시골 농촌에는 왜 그리 할 일이 많은 지 온 남녀노소 모든 식구들이 정신없이 바삐 움직인다.

한번은 우리 개가 이웃집 병아리를 몇 마리 물어 죽인 적이 있다. 이웃집에서 우리 누렁이가 죽였다고 야단법석이었다. 아부지가 이웃집에 잘못했다고 사과하시고 회초리로 누렁이를 사정없이 팼다. 기가 죽은 누렁이가 꼬리를 내리고 도망도 못가고 끙끙 앓는 모습이 불쌍해서 형아와 나는 바로 못 보고 옆 눈으로 보았다.

할매가 "야야 아범아 짐승이 벌써 저지른 일을 어째노? 그리 몹시 때린다고 알아묵겠나? 나쁜 짓 할 때 바로 혼을 내졌뿌래야지. 벌써 시간이 지났는데 그 짐승이 뭘 알겠노. 그만쯤 해뒀뿌레이. 아이나 사람 같으면 지가 저지른 짓을 알고 야단치면 뉘우치지만 강아지가 그 미물이 뭘 알겠노."라고 하였다.

이런 할매의 부탁으로 누렁이는 더 이상 매를 맞지 않았다. 마루 밑에 들어가서 한참 동안 나올 생각을 안 했다. 우리 불쌍한 누렁이 다시는 남의 병아리를 건드리지 말아라. 나는 타이르고 아부지가 없을 때 "워리 워리!"하고 불러서 누룽지 부스러기를 손바닥에 조금 놓고 입 쪽으로 내미니 마루 밑에서 일어나서 천천히 기어 나온다. 그래도 그 날 하루 내내 우울한 모습으로 별로 활발하게 돌아다니지 않는다. 짐승도 주인의 화는 이해하는 모양이다. 소도 야단치고 회초리로 때리면 말 잘 듣고 돼지도 소리 지르면 구석에 숨는다. 닭도 모이주면 날아와 달려들고 야단치면 도망간다. 사람과 함께 사는 가축 중에서는 그래도 개가 가장 영리하고 주인 눈치를 잘 살핀다. 어린 나는 이런 누렁이를 너무 좋아했다. 누렁이도 집안 식구들 중에서 나를 가장 잘 따랐다.

큰형아가 10살 정도 되고 둘째 형아가 8살, 내가 6살 때 쯤 집에서 우리는 부엌일을 많이 했다. 우물에 가서 물을 작은 물버지기(물항아리)에 담아 머리에 이고 오는 것도 우리가 도맡아 했다. 한번은 큰형아가 발을 잘못 디뎌서 물을 절반은 쏟고 온몸이 다 젖어 앞가슴이 옷 바깥으로 다 드러났다. 다행히 항아리는 놓치지 않아 깨지지는 않았다. 우리 나이 또래의 이웃집 사내아이가 그런 형아를 놀려댔다, 젖가슴이 다 보인다고. 형아는 울음을 터뜨리며 집으로 왔다. 내가 이웃집 사내아이가 이상한 소리를 하며 놀렸다고 하니 할매가 이것을 알고 뽕나무 회초리를 들고 이웃집 아이한테 가서 등줄기를 한 대 갈겼다. 이것으로 소동은 끝났다. 할매는 형아한테 "다음에 물 길러 갈 때 더 조심 하그레이." 하면서 꾸지람을 하셨다. "여자는 무엇보다 몸을 조심해야 한데이."

어느덧 세월이 지나갔다. 사촌 오라버니는 이웃 동네로 장가를 가셨다. 새언니가 와서 우리 일도 도와주곤 했다. 그러나 우리는 아부지와 어매, 막내 삼촌을 따라 들일도 더 자주 다녔다. 하루하루가 고되고 힘든 일이지만 집집마다 모든 식구들이 일을 해야 입에 풀칠이라도 하고 살 수 있었다. 마을에서 종가집이나 큰집 같이 논밭이 좀 많은 부잣집은 머슴을 두고 살 만했지만, 우리 같이 밭뙈기 몇 개 안 되고 논도 한 마지기뿐인 집은 지주(地主)인 큰 집이나 부잣집 논밭을 빌려서 소작료(小作料)를 쥐가면서 농사를 짓고 살아야 한다. 농촌에는 하루도 쉴 날이 없다. 비가 너무 많이 오면 일을 못 해 쉬지만, 비가 잦아지면 소를 몰고 산협이나 들로 나가서 풀을 뜯겨 먹여야 한다. 일하기가 힘들어도 사랑어른들이 볏짚 또는 띠나 부들로 엮은 거적대기 비옷인 도롱이를 걸치고 사까레(삽)를 들고 논두렁에 지렁이 구멍이 났나, 살펴러 가야 한다. 비가 많이 와도 걱정, 가물어도 걱정이다. 이 모든 것을 다 타고 난 운명으로 받아들이고 그저 하루하루를 살아간다. 비록 삶이 힘들고 어렵지만 한식구가 엉켜서 살아가는 것도 행복했다.

큰형아가 16살 되던 해에 읍내 옆 한절마로 시집을 갔다. 우리 마당에서 일가 대소 댁과 마을 사람들이 모인 가운데 간단히 꼬꼬재배를 지내고 며칠 후 청도 김씨 집안의 형부 되시는 분을 따라 떠나갔다. 큰형아가 가버리고 둘째 형아와 나는 며칠 동안 외로워서 죽을 것만 같았다. 그러나 또 나머지 삶을 살아야 하기 때문에 다시 집안일과 논밭 일에 몰두하기 시작했다. 큰형아와 함께하던 일을 둘째 형아와 내가 해야 해서 처음에는 힘들었다. 우리는 닭 모이 주는 것과 돼지 죽 주는 것을 다 했다. 도랑가에 가서 빨래도 대부분 우리가 다했다. 나는 우리 누렁이에게 밥을 주고 함께 뛰어 놀 기회도 있었다. 들에 안 가면 좀 여유가 있었다. 할머니한테 배운 길쌈이나 수 놓는 것도 더 많이 할 수 있었다.

무척 바빴던 봄이 끝날 무렵이면 또 새로운 농사일들이 시작된다. 파종했던 모든 것들이 자라니 열심히 풀을 뽑아야 한다. 잡풀들은 왜 그리 생명력이 강한지 곡식들보다 더 잘 자라는 것이 얄밉기 그지없다. 온 식구들이 매달려서 밭의 김을 매야 한다.

또 아부지와 삼촌과 어매는 논일도 시작한다. 논 한쪽에 잘 다듬어서 나락 씨를 총총히 뿌려 놓는다. 한 달 정도 자라면 그것을 본 논에 옮겨 심는다. 모심기가 농촌에서는 가장 힘든 일의 하나다. 모심기 할 때 나는 미꾸라지도 잡고 골뱅이도 줍는다. 그날은 저녁이 푸짐하다. 골뱅이는 정말로 맛있다.

누에치기

여름이 시작되기 전에 누에를 키우는 일은 온 식구들이 매달려 해야 한다. 삼촌과 아부지가 뽕나무를 베어 오면 우리가 뽕잎을 딴다. 물론 가까운 밭가에 가서 뽕잎을 직접 딸 때도 있다. 광주리에, 바구니에, 보자기에 하나 가득 따 와서 안방 위쪽에 만들어 놓은 누에섶에 신문지나 종이를 깔고 면사무소에서 나누어준 알을 뿌려 놓으면 며칠 후 알에서 작은 누에가 깨어난다. 작은 개미누에는 꼼지락거린다. 이때는 방을 따뜻하게 해야 한다. 군불을 더 때주어야 한다. 작은 누에들에게 뽕잎을 얇게 썰어서 뿌려주면 꼼지락거리며 뽕잎 부스러기를 먹고 자란다. 하루에 4번씩 준다. 뽕잎을 먹은 후에는 누에들이 잠을 잔다. 하루가 다르게 빨리 자라는 게 신기하다. 아주 어릴 때보다 좀 자란 누에들이 뽕잎 먹는 소리는 참 요란하다. 수많은 누에가 한꺼번에 뽕잎을 먹는 소리가 바스락거린다. 그러다가 잘 때는 아무 소리도 들리지 않는다. 먹고 자고 먹고 자고 하는 누에 팔자가 일만 하는 우리들 보다 낫다는 생각을 해본 적도 있다. 3주에서 한 달 되기 전에 다 자란 어미 누에는 좀 맑은 색깔을 띤다. 신기하다. 할매가 저런 다 자란 것은 곧

실을 내며 고치를 만든다고 한다. 그때쯤 솔가지를 꺾어서 자는 누에 위에 얹어 준다. 그러면 솔가지 사이에 하얀 고치를 만든다. 하얀 고치는 누에 방이다.

그 속에서 누에는 이제 번데기로 변한다. 완성된 고치를 물에 삶아 물레로 실켜기를 한다. 이때는 할매와 어매가 부엌에서 고치를 끓이며 실을 자아낸다. 고치들이 끓는 물에서 서로 부딪치며 이리 뒹굴고 저리 뒹굴면 실이 나온다. 우리는 다 자아낸 고치에서 나오는 따끈한 번데기를 주워서 먹는다. 고소한 맛이 일품이다. 할매도 먹고 어매도 먹고 우리는 또 그것을 주어서 새언니한테도 준다. 집안 식구들이 번데기를 다 좋아한다. 우리 삼 남매는 누에 실 잣는 할매한테 부탁해서 누에고치 하나씩을 얻어 손가락 끝에 끼워서 얼굴을 문지르면 반들반들해서 좋다. 또 우리는 누에고치 가락지를 가지고 놀기를 좋아했다.

니 배는 똥배고, 내 손은 약손이다.

할매할매 우리할매 자나깨나 우리할매
손주손녀 생각할뿐 새벽같이 정화수로
마루기둥 모서리에 소반위에 얹어놓고
두손모아 빌고비네 현명하신 신령님아
손자손녀 안아프고 건강하게 해주시오
우리할매 매일같이 하루하루 두손모아

신령님께 지성으로 빌고빌기 시작하네
새벽마다 올리시던 우리할매 정성으로
우리는늘 행복하게 자라나며 살아오네
우리할매 아낌없는 사랑정성 씀씀이로
우리할매 큰은덕을 어이어이 잊을소야
한량없는 우리할매 정성들을 새기노라
우리할매 우리배가 탈이나면 너희배는
똥배이고 내두손은 보배이고 약손이다
손바닥이 우리배를 비벼주고 쓰다듬어
배앓이는 감쪽같이 사라지고 시원하네
우리할매 손안에는 용한한약 솟아나네
우리할매 우리머리 아파지면 약손으로
문지르면 편두통이 사라지고 시원하네

우리할매 마른손은 그지없이 소중하네
우리할매 추운겨울 언얼굴로 들어오면
어디보자 나의손녀 얼음같이 차갑구나
문지르면 내얼굴의 찬기운이 사라지네
할매손은 온돌인가 찬얼굴도 녹아진다
우리할매 세손녀들 양말들을 꽤매주네
못보시는 두눈으로 빈틈없이 꽤매주네
우리할매 마른손은 요술같은 마법의손

　　　　　　　　영주 외나무다리 마을 무섬 알방석댁 이야기

우리할매 손자손녀 썩은이빨 실로묶어
문고리에 매달고서 앉게하여 이를빼네
할매말은 용한마법 가득가득 있는가봐

우리할매 일평생을 우리모든 손녀에게
헌신하고 희생하는 우리할매 그립구나
우리할매 잠이들지 않으면은 재미있는
이야기로 노래말로 우리들을 잠재우네
할매허리 이야기의 주머니는 마법상자
거기에는 눈깔사탕 없었지만 신비하네
우리들은 집나서면 할매곁을 떠난다면
할매품이 할매손길 그립구나 그리워라
고향가면 세월주름 잊으시고 웃으시는
할매모습 친근하고 포근함을 내어주네

우리들의 그리운품 포근한품 우리할매
우리할매 품때문에 우리고향 늘그립네
띠스한방 앉고누워 우리들을 기다리네
생각나면 꿈속에서 보고싶은 우리고향
우리할매 따뜻한품 우리들의 영혼고향
우리할매 포근한품 우리들의 무한행복
할매사랑 할매기원 할매손길 그리워라

우리할매 생전모습 그리워라 그립구나

하늘만큼 보고싶고 꿈에보던 우리할매

어느한날 저세상에 말도없이 떠나갔네

우리할매 이제다시 돌아오지 않는구나

할매할매 우리할매 작은나무 관속에서

영원토록 잠들었네 눈감은채 보지않네

할매요오 우리할매 불러봐도 대답없네

온갖세파 지친할매 할매모습 그리워라

우리모두 한결같이 귀엽다고 보듬더니

어느날에 허리굽은 할미꽃이 되었구나

따스한봄 웃는얼굴 할미꽃이 보고싶다

할매할매 우리할매 할미꽃이 되었구나

그립구나 우리할매 세월속에 생각나는

이제나도 할매처럼 늙어가나 보는구나

할매생각 고향생각 아련하게 떠오른다

할매할매 우리할매 죽어서도 잊지못할

할매할매 우리할매 그립구나 그리워라

할매 생각하면 늘 고향 생각이 나고 고향 생각하면 늘 할매 생각이
난다.

꼬꼬재배, 나의 혼사

어느덧 세월이 지나고 나에 대한 혼사 이야기가 나온다. 우리 반남 (潘南) 박(朴)가는 옛날부터 양반이라, 가진 것은 없지만 결혼은 또 다른 양반한테 가야한다는 말을 여러 번 들은 적이 있다. 이웃에서 다리를 놔서 어매가 한지에 내 사주와 아부지의 함자를 적어서 겉봉에 띠를 두른다.

청홍 겹으로 모서리에 청실홍실을 단 사주보자기에 청색이 겉으로 드러나도록 해서 사주가 든 봉투를 싸서 무섬 마을 신랑 될 김씨 가문에 보냈다. 이때도 일진(日辰)과 방위를 보아 손이 없는 날을 골라서 보냈다. 무섬이란 동네에서 어떤 할매가 선을 보러 온다고 한다. 색시 될 사람의 사주를 보냈더니 궁합이 맞은 모양이다. 옆집 새언니가 나보고 오늘은 밭이나 들에도 가지 말고 머리를 곱게 빗고 집안일을 하면서 집에서 기다리라고 한다. 어매와 할매도 바깥이나 마실에 가지 않고 집에서 기다린다. 점심때나 되어 손님이 왔다고 집안이 술렁인다. 나도 모르게 내 마음도 술렁인다. 무섬서 온 하얀 옷을 곱게 차려 입은 할매가 방에서 우리 할매랑, 어매랑 이야기를 나눌 때 나는 물을 한 그릇 떠 가지고 방에 들어가서 시키는 대로 인사를 했다. 할매는 나를 이리저리 살펴보더니 무덤덤하게 각시가 이쁘고 영리하게 생겼다고 하면서 몇 살이냐고 물으셨다. 나는 얼굴을 붉히며 "열여섯 살이시더."라고 대답했다. 어매가 부엌에 나가서 큰 언니 일을 도와주라고 한다. 나는 바깥으로 나오니 살 것만 같았다.

얼마 후 무섬서 온 할매(훗날 나의 시조모 되신 분)가 떠나가고 집안에는 경사가 난다고 좋은 분위기였다. 그리고 우리 할매가 무섬을 한번 다녀오고 몇 개월 후 나는 무섬으로 시집을 가게 됐다. 때는 계유년(癸酉年) 춘삼월이었다.

몇 년 전 형아처럼 할매가 손 없는 날을 잡아서 어느 날 우리 집 마당에서 꼬꼬재배를 지냈다. 마당에 멍석을 펴놓고 제사 때 쓰는 높은 상을 놓고 거기에 촛대, 색칠한 나무 기러기 한 쌍과 암탉 수탉 한 쌍도 예쁜 보자기로 묶어 놨다. 과일 접시 몇 개, 유과 등을 차려놨다. 그리고 반대편에 사모관대를 쓴 키가 큰 신랑이 서 있고 연지 찍고 분 바른 나는 이모와 고모가 내 양쪽을 어깨와 팔을 붙잡고 신랑과 맞절을 시켰다. 그리고 나보고 잔에다 따른 술 한 잔을 신랑에게 주라고 한다. 한 번도 가까이서 못 본 신랑 얼굴이 궁금했지만 고개를 쳐들 수가 없었다. 그냥 눈 끝으로 얼른 봤는데 기골이 장대해 보였다. 나는 그때 나와 평생을 함께 살 키가 훤칠하게 큰 서방님을 처음으로 조금 봤다. 우리 아부지나 오빠와는 사뭇 다르다는 생각이 들었다. 속으로 얼굴이 붉어지고 가슴이 뛰었다. 주위에서 뭔가 쑥덕거리고 웃음소리가 들려오고 와자지껄했지만 나는 다리가 좀 떨리는 것을 느꼈다. 결혼식이 끝나고 나는 안방으로 들어갔다. 부엌이고 마당이고 사랑방에서는 연신 사람들의 떠드는 소리가 들려왔다. 할매가 나를 도닥이며 "시집 가게 되어 니는 참 좋겠다. 가서 시조모님 시부모님 말씀 잘 듣고 시집 동네의 고례(古禮)를 잘 배우고 시누이 시동생 등 시집 식구들에게 고분고분하고 잘 지내라."고 타이른다. 나는 할매 품에 안기어 이 정든 집을 떠나고 싶지 않았다. 뭔가 말을 하고 싶었지만 말도 잘 안 나왔다. 눈물이 나오려고 했지만 참았다. 할매는 과일 한쪽과 감주 반 그릇을 주면서 마시라고 한다. 그제야 나는 약간 시장 기를 느꼈다.

귀먹어 삼 년 눈멀어 삼 년 벙어리 삼 년, 석 삼 년

그날 저녁 상방에 신방을 차렸다. 낡아빠진 병풍으로 창문을 가리고 요를 깔고 이불을 준비했다. 할매는 신랑이 들어오면 목례를 하고 일어서서 맞이해야 한다고 했다. 신랑이 들어오니 돌개바람이 이는 것 같았다. 가슴이 메여왔다. 나는 고개를 숙인 채 일어서면서 목례를 했다. 이어서 신랑이 갓을 벗고 두루마기를 벗고 자리 앉으면서 눈짓으로 나보고도 앉으라고 한다. 나는 어쩔 줄 모르고 다리가 후들후들 떨려 눈치껏 한쪽에 앉았다. 우리는 한참을 무덤덤하게 그렇게 앉아 있었다. 창밖에서는 누군가가 창호지에 침을 묻히며 구멍을 내는지 부스럭거렸다. 그리고 얼마 지나서 아부지인지 누군가가 창밖에서 아이들한테 "거기서 뭐하노?"하니 아이들이 달아나는 소리가 난다. 그렇게 말 한마디 없이 얼굴 한번 제대로 보지 못하고 우리는 첫날밤을 지새웠다.

이튿날 아침부터 부산하게 아침밥 준비로 집안이 떠들썩했다. 초행이 끝났으니 이제 신랑 따라 시집 식구한테로 신행을 가야 한다. 할매가 "아이고 우리 아가 신행길이 고생길이 되겠구나!"라고 하며 "시집가면 귀먹어 삼 년 눈멀어 삼 년 벙어리 삼 년 석 삼 년을 잘 버티고 지내면 니도 시집 식구로서 떳떳하게 살아갈 수 있으니 명심하거레이. 특히 모름지기 여자란 부덕(婦德)을 지녀야 한데이. 니 시집가면 내말 잘 듣고 명심하거레이. 옛날부터 여자는 삼종지례(三從之禮)라고 해서 일생 동안 세 가지를 좇아 살아야 한데이. 어려서는 아버지를 따르고, 혼인해서는 남편을 따르고, 늙어 남편이 죽으면 자식을 따르는 것이 여자가 지켜야 할 부덕이데이. 꼭 명심하거레이."하신다.

어매도 시집가는 딸이 불안한지 신신당부를 한다. "야야, 시집가면 할매가 말하시던 현모양처(賢母良妻)가 되기를 게을리 해서는 안 된데이. 무엇보다도 시조부모님, 시부모님과 남편을 잘 섬기거레이. 부디 시동생 시누이들과도 화목하게 지내야 한데이. 서방을 잘 모시고 자식을 많이 나아 잘 키우는 게 최고 데이. 제사도 잘 모시고 손님도 시조모님이나 시어머님이 시키는 대로 잘 대접하거레이. 어떤 일이 있어도 시기하는 눈빛을 하지 말고 특히 행실을 바르게 하고 말을 삼가며 아껴야 한데이. 집안에 시조모나 누가 아프면 각별히 병간호를 잘 하거레이. 음식도 거기 맞게 눈치 봐 가면서 하고 식구들 의복에도 신경을 써야 한데이. 무섬이 양반 동네이니 특히 무당이나 점쟁이나 중을 멀리해야 한데이. 무섬의 미풍양속을 잘 익히고 어진 선조의 행실을 잘 본 받거레이. 그러케 하면 만사형통(萬事亨通) 할끼데이. 이웃을 잘 사귀고 못사는 이웃이나 친척을 만나면 없는 살림에 재물로 돕기 어려우면 지혜로 상대를 대하는 것이 진정으로 남을 돕는 것이니 명심하거레이. 말 한 마디가 천 냥 빚을 갚는다고 이웃들에게 늘 친절하게 말하거레이. 어느 집이나 가운(家運)이 새사람한테 달렸고 길흉사가 새

사람 때문에 일어난다고 믿으니 부디 몸조심하고 말조심하고 행실조심하고 참고 잘 살기를 이 어미는 고대 한데이. 다행이 무섬에는 우리 박가 친척이 많이 살아서 덜 서먹할기데이. 우리 박가네하고도 특별히 잘 지네거레이. 배울 것이 많을 끼다. 내말 명심하거레이."

가마타고 신행길

나는 가마를 타고 시댁이 있는 무섬으로 향했다. 교군(轎軍)들은 우리 친척들이었다. 우리 집은 워낙 가난해서 신행 갈 때 뭐 하나 제대로 갖추지 못했다. 형아들이 갈 때도 비슷했다. 내 세간 조금하고 요강하고 뭐 이것저것 넣어서 조그마한 광주리를 가마 안에 넣고 친척 동생이 작은 짐을 지고 조그마한 옷장 하나를 또 다른 친척 동생이 지고 갔다. 또 친척 둘이서 내 가마를 메고 갔다. 내 가마 앞에는 하얀 두루마기를 입은 신랑이 성큼성큼 걸어간다. 방석서 무섬까지는 5리(2km) 남짓했다. 중간에 몇 번 쉬어 간다. 가마꾼들이 나를 길에 내려놓고 담배를 피우며 누나는, 아지매는 부자 동네 양반 동네로 시집가게 되어 좋겠다고 한다. 어느덧 무섬 마을 앞 내성천 강 초입에서 다시 쉰다. 흘러가는 물소리가 들려온다. 잠시 쉰 후 다시 가마를 매고 외나무다리로 가려다가 그만두고 첨벙첨벙 물을 건너는 소리가 들린다. 한참 후에 무섬 갱변에 가마를 내려놓고 가마꾼들이 걷어 쳐올린 옷을 마무리하는지 부시럭 소리가 들린다. 서방님은 외나무다리를 건너서 옷

차림을 마무리하는지 분주한 것 같다. 아이들 소리가 들린다. 누군가가 가마 한쪽 문을 열고 아이고 새색시가 곱기도 하데이 한다. 나는 얼굴을 아래로 내리고 가만히 앉아 있었다.

이어서 무섬 아랫마을 초가 앞마당에 도착했다. 집은 내 고향 방석마을 우리 집처럼 초가삼간(草家三間)이라 자그만 했다. 옆쪽으로 고래등 같은 기와집이 보였다. 작은 골목 사이로 작은 삼간초옥(三間草屋)들이 여러 채 보였다. 가마를 안방 창문 앞에 내려놓아, 나는 잠시 안방에 들어갔다. 시조모님과 춘양에서 온 손위 시누이가 나를 방에서 맞이하고 잠시 쉬라고 한다. 물 한 모금을 가져다준다. 요강도 준다. 목도 마르고 소변도 보고 싶었는데 다행이다. 얼마 후 마당에서는 우리 집처럼 신행 결혼 행사 차림을 해 놨다. 폐백을 드린다. 우리 집

꽃가마를 타고 외나무다리를 건넜다

영주 외나무다리 마을 무섬 알방석댁 이야기

에서 올린 결혼식 보다 훨씬 복잡한 의식을 치른다. 마당이 떠나 갈 듯이 분주하고 시끄럽다. 그렇게 나의 시집살이는 시작됐다. 그 당시 거의 모든 집의 며느리는 구채 없이 살아가야하는 신세다. 시아버님은 키도 크시고 엄하게 생기셨다. 그래도 낯선 무섭 동네에 온 무지몽매(無知蒙昧)한 며느리에게 참 인자하시게 말을 하셨다. 시조모님이 아주 자상하시게 이것저것 내가 살아갈 방도를 이야기하신다. 인정이 넘치는 시조모님이라 안심이 되었다.

시조모님도 가문을 일으키시려고 오만 고생을 다하셔서 만년에 귀도 잘 안 들리고 한쪽 눈부터 어두워지기 시작하였다. 뒷간이나 바깥에 바람 쐬러 나가실 때도 나의 부축을 받고 나가셨다. 가끔 이런 이야기, 저런 이야기 하시다가 한번은 아주 의미 있는 말씀을 해주셨다. 이웃집 할매가 손부한테 의지해서 걸어 다니는 시조모를 보시고 말을 걸어왔다. "아이고 금당실 할매요. 눈이 어두우니 답답하재요."하니 시조모가 귀가 잘 안 들리는지 "누가 뭐라카노?"하시길래 "옆집 누구 할매가 눈이 안 보여 힘 드시지 않으냐고 위로 말씀을 하시니더."하니. "아이고 우째노 할 수 없재. 그래도 이렇게 살아 있는 게 마 복이 아닌가. 한쪽 눈으로도 낮에는 해를 볼 수 있고 밤에는 달을 볼 수 있고 옆에 가까이 자네가 오면 자세히 보니 자네가 누군지 알 수 있으니 다행 아닌가. 귀가 멀어가니 나쁜 소리는 안 들리고 그래도 새벽에 까치 울음소리, 밤에는 밤새소리는 조금 들리니 살 만하네. 이 늙은 몸이 빨리 죽어뿌래야 며느리나 손부가 고생 안 할낀데 우째노. 사람 목숨이 지 맘대로 되노. 그래 자네는 눈은 좀 어떤고 귀도 괜찮제, 그게 다 타고난 복일세. 나는 이제 다리에 힘도 빠지고 하니 기운이 부치네. 하지만 오늘은 따스한 햇살이 비치니 세상이 살 만하제."라고 하신다. "아이고, 할매요. 지사 뭐 아직 나이가 적어서 괜찮이더만요."내가 답한다.

2부
무섬 마을에서의 시집 생활

무섬마을 전경

어리빗 참빗에 비녀 하나 꽂고 온 신부

시어머님이 며느리가 시집올 때 거의 아무것도 안 해 와서 섭섭해하시는 눈치가 역력하다. 그래도 어느 날 내게 말씀하셨다. "야야 너무 걱정 말거레이, 니네 집도 어렵고 우리 집도 어려우니 다들 이해 할끼다. 옛날에 어떤 집에 며느리가 어리빗 참빗에 비녀 하나 꽂고 버선만 신고 와서도 석 삼 년을 누에치고 길쌈으로 집안 살림을 잘 이루고 아들딸 많이 낳고 몇 년 지나니 논 사고 밭 사서 잘 살았단다. 또 어떤 집은 며느리가 금은보화를 싣고 와서도 석 삼 년 만에 다 팔아먹고 가난하게 산 집도 있다."고 하시면서 격려 말씀을 하셨다. 시어머니의 그 말씀은 내가 시집살이 인생 살아가는 데 어려움을 다 극복하게 해준 소중한 말 한마디였다. 철모르는 젊은 며느리가 깨닫도록 지도하신 시부모님 그 말씀을 배우면서 살아갔다. 친정의 할매와 어매가 시키는 대로 묵묵하게 고개만 숙이고 시키는 대로 살아갔다. 봐도 못 본 척, 알아도 모른 척, 들어도 못 들은 척하며 참고 또 참으며 긴 세월을 살아갔다. 말 그대로 귀먹어 삼 년 눈멀어 삼 년 벙어리 삼 년 석 삼 년을 견뎌냈다.

초기 시집살이는 어려웠지만 견딜 만했다. 시집살이 시작하자마자 늘 내가 가장 먼저 일어났다. 모두들 자고 있어서 대문을 소리 나지 않게 조금 열어놓고 동쪽 부엌 바라지문(바라지창)을 여니 부엌이 밝아진다. 저 멀리 월미산 위로 구름이 붉게 물들고 밝아지기 시작한다. 싸리 빗자루로 마당과 바라지문 앞을 쓸었다. 그다음 일찍 일어나신 시아버님이 마구간 문을 여니 닭들이 홰에서 내려온다. 밥을 준비하는데 시아버님이 가끔 부엌에 오셔서 이런 이야기 저런 이야기를 하시면서 위로하셔서 무척 마음이 놓였다. 특히 닭을 키우는 데도 요령이 있어야 한다면서 자세히 알려주셨다. 집을 비울 때는 닭들이 이웃이나 아래 박씨네 밭에 가서 남의 곡식이나 채소를 먹을 수 있으니 특히 조심하고 남의 집에 피해가 안 가게 해야 한다고 자상히 이야기 해주신다. 뒤뜰 안에 가두고 삽짝문을 닫아 놓아야 한다고 하신다. 아니면 닭소구리 속에 넣어둬야 한다.

시집 식구로는 시조모님, 시아버님, 시어머님, 내보다 나이가 좀 적은 시누이, 좀 더 어린 시동생이 있었다. 그리고 봉화 춘양으로 출가한 손위 시누이가 가끔 오곤 했다. 나는 시조모님, 시어머님, 시누이와 함께 안방에서 지냈다. 사랑방에는 시아버님 남편 시동생이 지냈다. 하루에 서방 되는 남편의 얼굴을 제대로 보지 못할 때도 많았다. 나의 말동무는 시누이였다. 아주 영리하고 이것저것 집안일도 잘 했다. 눈치껏 내가 힘 드는 것을 알면 미리미리 먼저 척척 도와주었다. 그런데 훗날 영양 청기로 멀리 출가하고는 만나기가 힘들었다. 주로 편지를 주고받았다. 우리 시누이 이실(李室)이는 글씨도 잘 쓰고 글도 잘 읽고 가사를 읊으면 낭랑한 목소리가 듣기 좋았다. 사돈지도 잘 썼다. 무섬서 배웠다. 시아버지와 시조부 닮아서 그 내림을 타고 난 모양이다.

시누이의 편지

　올케언니에게 문안드립니다.

　아들을 잃은 슬픔으로 아배와 어매가 무사히 지내시는지 궁금하기 짝이 없습니다. 우리 할매도 심려가 크시겠지요. 당장 달려가서 할매에게 위로를 하고 싶지만 그렇게 못하니 저도 괴롭습니다. 상을 입어도 천리길 만리길에 살아서 친정에 가서 위로도 못하는 불효여식입니다. 못난 누이도 마음에 걸려 가슴이 답답하고 숨이 탁탁 막히는데, 아배와 어매의 심정은 어떻겠습니까. 아무리 생각해도 처음에는 거짓 소식 같았습니다. 동생이 그리도 착하고 귀여웠는데 신령님도 원망스럽기 그지없습니다. 해는 나날이 길어지는 세월을 아배와 어매는 어떻게 이겨내실까. 아배와 어매 마음 생각하면 목이 메고 서러움이 복받칩니다. 올케 형아가 평소에 못 봐도 보고 싶은데, 이런 슬픔을 당하고 가슴 아파할 때 가서 위로 말도 못하니 지 마음도 찢어지는 것 같습니다. 언제 볼 날이 아득하니 고향이 그립고 할매, 아배, 어매가 보고 싶고 올케 형아가 그립기 한이 없습니다. 할매 아배와 어매가 마음이 아프시더라도 진지를 잘 자시도록 올케 형아가 꼭 챙겨드리라 믿습니다. 죽은 자식 불효스러우니 살아계신 부모님이라도 슬픔을 이기시고 잘 살아가야 하겠지요. 저도 소식 듣고 진즉 글월 보내려 했으나 집안일도 많아 이제야 몇자 적어 보내니 섭섭해 마시길 바랍니다. 우리 집에는 다행히도 우환이 없고 모두 무탈하옵니다.

청기에서 시누이 金奎淑올림

시누이 편지에 대한 답신

　이실에게 답합니다.

　지난번 편지 받아보고 안부 알게 되어 기쁘기 그지없네요. 소식이 궁금하던 차에 다시 만난 것 같이 마음이 놓이고 반갑구만요. 시동생이 너무나 짧은 세월만 살다가 불의의 객이 되어 온 집안이 슬픔으로 가득했는데 아기씨의 위로의 글 받으니 마음이 좀 차분해지네요. 지난번 왔을 때는 온 집안이 즐거움이 가득 찼었고 그 모든 즐거운 일들이 옛일이 되었는데. 생각할수록 슬픔이 복받쳐오네요. 참으려고 해도 눈물이 나고 시조모님은 "어째 그런 일이 있노!"하시면서 슬픔에 젖어 있습니다. 시아버님은 불효자식 죽음에 대해 그 슬픔을 얼굴에 나타내지 않으시고 계시고 시어머님은 오랫동안 말도 잘 안하시고 진지도 제대로 들지 않네요. 아기씨 편지를 읽어주니 좀 시름을 더는 것 같아 큰 위로가 되었어요. 차라리 내 목숨을 앗아가지 왜 어린 아들을 데려갔느냐고 야속하신 신령님께 한탄을 하시고 했답니다.

　다행히 아기씨네 집안은 두루 평안하다니 기쁘기 그지없네요. 언제나 또 친정에 올 날이 있을까 그날을 고대하면서 이만 붓을 놓을까 합니다.

　　　　　　　　　　　무섬에서 올케 박명서가 보냅니다.

갑술년 무섬의 대홍수

내가 무섬으로 시집오고 난 이듬해 갑술년(1934) 대홍수가 나서 동네가 물바다가 됐다. 마을의 100여 채 가까이 되는 집들 중 절반 정도가 물에 휩쓸려 떠내려갔다. 우리 초가삼간도 떠내려갔다. 간신히 세간은 조금 높은 데로 옮길 수 있어 다행이었다. 청천벽력 같은 사건이다. 더러운 황토 물살이 소리를 내며 강변을 집어삼키다가 마을로 들어와서 차츰 집들을 휩쓸어 가는 모습은 내가 인생에서 겪은 가장 무서운 사건이었다. 물살이 공포를 자아내고 무서웠다. 아이들과 어른들도 다 무서워했다. 집안 가축들도 무서워했다. 시집살이 정이 들 만했는데 이런 천재지변이 일어나다니. 이 무슨 변고인지, 이 무슨 재수 없는 운명인지 세월도 야속하고 하늘도 원망스러웠다. 마을이 생긴 후 300여 년 만에 처음 있는 수난이라고 한다. 일제 강점기 시대라 안 그래도 생활이 고통스러운데 천재지변 홍수 날벼락까지 나다니. 마을이 온통 매란당이다. 사람의 몰골이, 가축들의 꼬라지가 말이 아니다. 무섬이 물섬이 되어가는 지 온통 마을 골목마다 진흙탕 물이다. 다행히 인명피해가 없었다.

그러나 재난에 마음 놓고 살 사람들이 아니다. 시골 사람들은 자연에 순응하면서 다시 일어나는 능력이 대단하다. 농번기인 가을이 지나면서 마을 전체가 추수와 집짓기를 병행하였다. 물론 아예 마을을 떠난 사람들도 많았다. 우리는 시아버지가 이웃 동네 대목수와 동네 소목수를 불러서 집을 다시 짓기 시작했다. 집 짓는 동안 이웃 일가 공터에 움막을 짓고 온 식구가 살았다. 이때가 시집살이 40여 년 동안 가장 힘든 때였던 것 같다. 시골에서 집짓기도 힘들고 어려웠다. 모든 것을 손으로 지게로 소 등으로 날라다 해야 한다.

다행이 큰집 보갈 아지뱀께서 지난번 있던 작은 초가 집터보다 더 넓은 땅을 쓰라고 해서 집터를 좀 더 넓게 잡았다. 터는 지난번처럼 뒤로는 나지막한 뒷산이 있고 앞으로 내가 흘러가는 남남서향이다. 멀리 동쪽으로는 월미산이, 남쪽으로는 학가산이 보여서 풍광도 좋다. 터를 고르고 그 땅에 지신(地神)에 제사를 지낸다. 그래야만 지신이 밖에서 집안으로 들어오는 재앙을 막고 만복(萬福)이 깃들게 해 준다고 믿는다. 집 지을 때 드리는 제사도 여느 제사와 별다르지 않다. 제사상에 여러 가지 제물을 차려놓고 시아버님이 술을 제일 먼저 올리고 집터에 고시네를 하면서 술 한 잔을 쏟아 붓는다. 그리고 여러 사랑어른들이 술을 차례로 올린다. 잘 차려진 음식과 술은 모인 사람들, 특히 일할 인부들이 주로 먹는다. 집 지을 목재와 함께 공사의 시작을 하늘과 땅에 알리고 사고 없이 집을 지을 수 있도록 기원을 올리는 것이다. 이렇게 터 닦기 제사를 지낸 후 기둥 위에 보를 얹고 그 위에 대들보를 올린다.

대들보를 올리고는 축을 읊어가며 상량고사를 지낸다. 시어른이 붓으로 대들보에 상량 년도 날짜와 시를 쓰고 상량한 후에 간단하게 의식을 한다. 시아버님이 막걸리를 한 입 물고 세 번 정도 뿜은 후에 "부엉, 부엉, 부엉." 세 번 말을 하는 것을 봤다. 그 다음은 기억이 안 나지만. 집 짓는데 상량식이 아주 중요한 것만은 틀림없다.

땅 고를 때 "지신밟기 노래"가 구성지다. 기억나는 대로 적어본다.

어야어야 지신님아 어야어야 성주님아
본디고향 어딘란고 갱상북도 봉화일세
춘양마을 본일세라 춘양골에 솔씨받아
여기저기 뿌렸더니 이산저산 낙락장송
춘양목이 자랐구나 배산임수 양지터에
집터닦고 땅다지고 주춧돌에 고정하고
이웃동네 대목장이 작은동네 소목장이
밤낮없이 나무깎아 기둥세워 헛가레도
가로대도 얹는구나 앞집뒷집 머섬들이
붉은진흙 찰진흙을 싸리지게 소바리로
밤낮없이 실어날라 볏짚쑥쑥 썰어넣어
이리치고 저리쳐서 벽짝치고 지붕얹네.

어야어야 지신님아 어야어야 성주님아
초가삼간 완성되면 어야어야 지신님아
어야어야 성주님아 이집아들 방석양반
아들아이 낳거들랑 고이고이 잘길러서
신식공부 잘시켜서 출세시켜 부자되고
맏딸아이 낳거들랑 도회사람 부자집에
맏사위로 삼으소서 어야어야 지신님아

어야어야 성주님아 초가집이 지어지면
잡귀신은 내쫓고서 주인어른 건강하고
보화재물 넘쳐나서 부귀영화 자손대대
만만하게 번창하소 이집양반 와란양반
일년하고 열두달에 삼백하고 육십일날
만사태평 무병장수 점지하소 어야어야
어야어야 지신님아 어야어야 성주님아

다행히 면소재지에서도 지원을 해주고, 목수를 데려오고 목재를 해오는 거 하며 온 마을이 집짓기에 분주했다. 소두리 쪽에 있는 일가친척 집안 사람들이 월미산과 꽃등산에서 소나무 재목을 베고 껍질을 벗겨서 소로, 지게로 지어 날라 주었는데 일이 보통이 아니다. 재목만 준비하는데도 몇 달이 걸렸다. 지대가 낮아서 다시는 홍수 피해를 보지 않기 위해 앞 강가 모래를 소바리로, 지게로 퍼 날라서 한 키 정도는 터를 높였다. 터 닦고 집터를 여러 사람들이 며칠 밤을 지새가며 발로 밟는 일도 보통 힘든 게 아니었다. 우리 아낙들은 막걸리를 빚고 참을 준비했다. 농사일도 바쁜 데 집까지 지어야 하니 온 식구가 고생이 말이 아니다. 동네 사람들은 술을 마셔가며 심지어 노래를 불러가며 땅을 다졌다. 양쪽에 줄이 달린 큰 목재 가래와 사까레로 흙을 고른다. 어떤 사람은 돌달고를 가져왔고 다른 이웃은 나무달고를 가져와서 발로 밟고 달고로 땅을 다지며 달고질을 했다. 돌달고는 절구통 같이 생긴 돌에 동아줄을 묶어 동네 장정들이 함께 달고질을 한다. 힘이 드니 노래를 불러가며 장단을 맞춘다. 그중 한 명은 작업의 흥을 돋우기 위해서 장구치고 소리 메김을 한다. 그 지신밟기 노래 소리가 구성져서 듣기 좋다.

터를 닦고 주춧돌을 구해서 반듯이 놓고 기둥을 세우니 집의 형태가 나온다. 기둥 사이에 가로대를 짜 맞추고 볏짚을 썰어 넣은 진흙으로 미장이 하는 일도 보통 힘든 게 아니다. 집안 옆집 참봉댁 뒷산의 황토 진흙을 파오는 일도 오래 걸렸다. 소바리에 싣고 싸리 지게로 져 날랐다. 볏짚을 썰어서 넣고 반죽한 진흙으로 지붕에도 덮었다. 벽을 칠하고 구들을 놓고 다시 보드라운 진흙으로 바닥을 다진다. 집의 형태가 갖춰지면 지붕 잇는 것도 또 큰일이다. 창호지를 바른 문을 달고 나면 사람 사는 집의 모습이다. 문종이(한지)가 귀해서 벽은 흙벽으로 그냥 마무리했다. 나중에 다시 여유 있을 때 문종이로 바르면 될 것이다.

시어른이 집은 식구가 늘어나는 것을 감안해서 3칸 겹집으로 지었다. 중간 마루가 제일 크고 안방이 다음으로 크고, 상방과 사랑방은 크기가 비슷했다. 대문을 열고 들어가면 사랑방부엌과 마루로 올라가는 좀 여유 있는 봉당(封堂)이 있다. 그 오른쪽에는 더 넓은 안방 부엌이다. 안방 들어가는 안문 위에는 시아버님이 문지에 '부모천년수(父母千年壽)와 자손만대영(子孫萬代榮)'이란 한문글자를 써서 서로 맞보게 붙였다.

새로 지은 초가집들 중에서는 마을서 꽤 큰 집이다. 사랑방에는 장을 설치하고 문을 두 개 달았다. 오른쪽에는 시아버님의 갓집이 왼쪽에는 사랑어른의 갓집이 있다. 그 외 사랑어른들에게 필요한 문서나

물건들을 보관한다. 사랑방의 침구들인 요와 이불들은 그냥 장 아래 한쪽 구석에 접어 보관한다. 그 위에 베개들과 목침들도 보관한다. 어른들은 목침을 주로 베고 아이들은 베개를 쓴다. 사랑방 앞면 창문을 통해 나갈 때 편리하게 사용하는 쪽마루를 설치하였다. 사랑방과 상방으로 통하는 쪽문이 있다. 상방에는 뒤쪽 위로 시렁을 설치하여 세간살이를 얹어 놓는 공간으로 사용한다. 시조부의 글이 들어있는 빛바랜 고리짝이 시렁 위에 있다. 상방의 창문으로 나가면 아궁이가 있고 겨울에 필요하면 거기에 나무를 떼서 따듯하게 하고 손님이 잘 수도 있다. 물론 집 한가운데에 있는 넓은 중간 마루에서도 상방으로 통하는 문이 있다.

중간 안마루는 여름에 전 가족이 앉아서 밥을 먹고 쉬는 공간이다. 집에서 가장 큰 공동공간이다. 안마루는 앞으로 조금 길게 만들어서 상방, 안방, 사랑방과 모두 통한다. 마루 양쪽 모서리에는 큰 독을 세워뒀다. 곡식이나 세간을 넣어 보관한다. 친정에서 어매가 오면 시어머님과 물레질도 늘 안마루에서 한다. 천정이 높고 사방이 터져 있어 시원하다. 뒷바라지 문을 열면 바람이 들어오고 빛이 들어온다. 마루 뒤쪽에도 높고 긴 시렁을 만들어 생활도구를 얹어 둔다. 물론 겨울에는 무척 추운 곳이다. 안방에는 다락이 용마루 사이에 있고 용마루 사이로 하늘이 빠끔히 보여서 낮에는 빛이 다락에 들어와 은은하게 밝아서 호롱불 없이도 다락에 뭐가 있는지를 알아볼 수 있다. 그래서 이런 집을 '까치구멍 초가'라 부른다. 그러나 밤에는 초롱이 필요하다. 다락에 올라가는 데는 나무 받침대가 세 개나 있다. 가파르게 올라

가야 한다. 다락에는 기제사나 명절 제사 때 쓰는 놋그릇을 상자 속에 넣어 소중하게 보관한다. 해마다 초겨울에 딴 꿀을 단지에 넣어서 보관한다. 아이들이 훔쳐 먹기도 한다. 안방 창문 앞에도 쪽마루를 설치하여 창문으로 드나들 수 있다. 쪽마루 밑에 간단한 가재도구를 놓는 등 편리한 공간으로 사용한다.

시집오고 얼마 안 되어 일본 순사 앞잡이들이 집집마다 놋그릇과 심지어 조상제사 때 사용하는 제기와 여러 가지 쇠붙이를 강제로 공출해 가서 제사 때 사용하는 놋그릇들과 손재봉틀을 함께 안방 부엌에 파고 묻어둔 적이 있다. 안방에는 또 장이 아랫목 쪽에 있다. 문이 두 개다. 여자들이 사용하는 여러 가지 도구나 옷가지 등을 넣어 보관한다. 또 윗목에는 시렁을 길게 설치했다. 거기에도 바느질함, 고리짝, 광주리에 담은 여자들의 작은 세간살이를 얹어 놓을 수 있다. 동짓달에는 온 식구가 매달려 메주를 쑤어서 짚으로 엮어 안방 시렁에 주렁주렁 달아 놓는다. 내가 시집올 때 가져온 작은 옷장은 웃목 시렁 밑에 놔두었다. 옷가지들을 넣어둔다. 안방 창문은 동향이라 새벽이면 훤하게 밝아 온다. 나는 집에서 가장 먼저 일어나 하루를 시작한다. 창문 바깥 추녀 밑에는 해마다 씨앗 주머니를 조롱조롱 달아 놓는다. 강냉이는 그냥 달아 놓는다.

집이 남향이라 낮에는 햇볕이 잘 들어와서 겨울에는 따뜻하고 여름에는 강바람이 불어오면 시원하다. 안방 남쪽에 안방 부엌이 있고 부엌에는 물을 퍼 담을 중단지 하나를 반쯤 묻고 나머지 겉에는 진흙으로 둘러쌌다. 추운 겨울에 얼어터지지 않도록 하기 위해서다. 여름에 강가 차가운 물을 길러다가 물단지에 넣어놓으면 물이 늘 시원하다. 사랑방 부엌은 마루 앞이라 좁을 수밖에 없다. 그러나 두 칸 홑집 옛 초가에 비하면 궁궐 같았다. 대문은 바로 사랑방 아궁이 바로 앞에 대문이 달려 있다. 이 공간을 보통 '봉당(封堂)'이라고 부른다. 가족 모두가 출입하는 제일 중요한 문이다. 대문 밑에는 강아지가 드나들 수 있게 작은 구멍을 만들어 놨다. 대문 위쪽에 바람이 통하도록 만든 나무창살 사이에는 낫을 꽂아 놓는 공간으로도 활용한다.

안마루가 높아서 크고 긴 미루나무 둥치를 잘라서 도끼로 다듬어 발판으로 사용한다. 그 당시 동네 앞 강가에 하늘로 치솟아 자란 미루나무들이 많았다. 식구들의 신발을 모두 이 발판에 벗어 놓는다. 그래도 발판에서 마루로 올라가기가 높아서 부엌과 마루와 안방을 여러 번 오가면 다리가 아프다. 그래서 '부엌 팔십 리'라는 말도 있다. 안마루 아래는 나무작대기, 도끼, 사까레, 괭이 등 농사짓는 데 필요한 연장들을 보관한다. 물론 쥐들의 서식처도 된다. 겨울밤 쥐를 잡는 일도 보통 일이 아니다. 마루에 되를 낮은 그릇 위에 얹어 놓고 되 안에 밥풀을 넣어 두면 쥐가 그것을 먹으려다가 되가 앞으로 넘어지면 그 속에 갇힌다. 그러면 자루로 되를 뒤집어씌운 다음에 쥐를 잡는다.

안방 부엌에는 밥 하는 큰 가마솥과 국을 끓이는 작은 동솥이 있다. 여기에 불을 넣고 밥을 하고 국을 끓이면 방이 밤새도록 따듯하다. 안방 부엌 아래쪽에는 닭 둥지 세 개를 달아 놓았다. 보통 해마다 닭이 알을 품어서 병아리를 깐다. 산짐승, 살쾡이가 귀신 같이 나타나 닭을 잡아먹기 때문에 알 품은 암탉은 늘 부엌 닭 둥지에 품게 한다. 앞마당은 큰집이나 참봉댁 등 골목 안쪽 이웃집 사람들이 지나가는 길목 역할도 하고 늦가을 초겨울에 각종 곡식을 타작하는 중요한 장소다. 뒷산 너머에서 소로 실어 나른 진흙으로 마당을 잘 만들었다. 앞마당 앞쪽 오른쪽 끝에는 사랑 통시가 있다. 앞집과 울타리 하나로 경계를 하고 있다.

뒤안은 넓어서 장독대가 있다. 가정에서 가장 중요한 된장과 지령, 고추장을 큰 독이나 작은 독에 담아서 가지런히 놓는 공간이다. 큰 독에는 세간을 보관하기도 한다. 그 주위에 감나무 한 그루가 있다. 뒤안 울타리 너머에는 큰집의 둘째 용수네가 살다가 나중에 큰집 막내 이진이네가 살고 있다. 우리 울타리 사이로 그 집 앵두를 따 먹을 수 있어 아이들이 좋아한다. 뒤안에는 또 안 통시가 있다. 해마다 호박 넝쿨이 통시 지붕으로 올라간다. 뒤안에는 여러 가지 채소를 심을 수 있다. 아이들이 작은 꽃밭을 만들어 채송화, 봉선화, 나팔꽃 등 여러 꽃을 심고 가꾼다. 뒤안에는 물론 나뭇가리가 있다. 겨울에 산에서 해마다 쌓아 놓은 나무를 봄 여름 가을 겨울에 땐다. 겨울이 오면 김칫독 파묻을 곳에 볏짚으로 작은 움막을 지어서 거기에 보관한다. 뒤안에는 작은 대추나무 하나와 김(고염)나무 하나가 울타리 가까이 자라고 있었다. 나중에 아이들이 자라서 따먹을 과실나무가 많지 않은 게 아쉽다.

마구간 다락에는 각종 농기구를 넣어둔다. 마구간에는 또 긴 횃대가 있는데 닭이 20여 마리 올라가서 잠을 잔다. 우리는 늘 암소를 키웠다. 온순해서 다루기가 쉬웠기 때문이다. 우리 집 앞으로 강가로 나가는 길목에 옛날에 쓰던 연자방아를 반쯤 묻어두었다, 비가 오면 그 옆

은 도랑이 된다. 비가 많이 오는 장마 때에 도랑에는 가재도 기어 올
때가 있다. 그러면 아이들이 그걸 잡느라 정신없다. 도랑 건너는 넓은
공터로 거름더미를 만들거나 나락가리를 만들고 한쪽에 돼지우리가
있다. 집은 이듬해 겨울 내내 그리고 여름 장마가 시작하기 전에 완성
되었다. 집 지을 동안 모든 식구들이 모든 동네사람들이 고생에 고생
을 혀가 빠지게 했다.

입택(立宅)

이제 이사하는 일만 남았다. 입택할 때도 그냥 들어가는 것이 아니
라 집들이 고사를 지낸다. 이 집에 사는 동안 가족들이 병들지 말
고, 사고와 탈 없이 부귀영화(富貴榮華)를 누리라고 천지가신(天地家神)
들에게 제사를 깍듯이 올린다. 고사가 끝나면 제일 먼저 화로(火爐)를
새 집안으로 가지고 들어간다. 화로는 그 당시 모든 가정에서 가장 중
요한 물건의 하나다. 늘 불씨가 그 화로에 살아 있어야 하기 때문이다.
화로는 안방에 하나 사랑방에 하나씩 두고 추운 겨울에는 손을 녹이
기도 한다. 부엌에서 밥할 때나 쇠죽 끓일 때 굵은 숯불덩이를 골라서
화로에 담고 재로 덮어두면 밤새도록 불기운이 살아 있다. 화로의 불
은 성냥이 흔하기 전까지는 대대로 이어왔다. 이른 아침에 밥할 때도
이 화로로부터 불씨를 붙여낸다. 우리 집 안방에서는 시조모님이 작고
둥근 금이 간 항아리 화로를 늘 안고 살았다. 추운 겨울에는 아주 소중

한 물건이다. 사랑에서는 시아버님이 좀 더 큰 놋쇠 화로를 간수하셨다. 긴 담뱃대에 불붙이기도 수월하다. 겨울철에 화로 위에 석쇠를 올려놓고 감홍수를 따듯하게 해서 아이들에게 주기도 한다.

새집을 짓고 올리는 이런 고사들은 다 가정이 대대자손 화목하고 자손이 번성해지기를 바라고, 제액초복(除厄招福)을 기원하는 것이다. 지신이나 가신 등 주위의 신령들에게 예를 다하고 겸손해하고 조심해서 살아가겠다는 염원이 담겨있다. 드디어 새집으로 들어간다. 움막에서 근 일 년을 살았다. 새집에 들어가니 모두들 기쁨이 넘치는 것 같다. 내 인생에서 가장 큰 규모의 행사였고 대사건이었다. 사람들이 천재지변을 당해도 이렇게 견디고 새로 일어서서 살아가는 모습이 대단했다. 쥐구멍에 빠져도 솟아날 구멍은 있다고 늘 시조모님이 하시던 말씀이 새삼 새롭다. 시조모님은 그날 새벽 강가 우물에서 정화수를 길러다가 마루 기둥 아래 소반을 차려놓으시고 신령님께 간절히 빌었다. 시아버님은 '고진감래(苦盡甘來)의 순간'이라고 말씀하신다.

    비나이다 비나이다 신령님께 비나이다

    은혜롭고 신령스런 거룩하신 신령님께

    비나이다 비나이다 두손모아 비나이다

    비나이다 비나이다 정화수와 비나이다

    은혜롭고 신령스런 거룩하신 신령님께

    새집지어 우리식구 잘사도록 비나이다

    은혜롭고 신령스런 거룩하신 신령님께

비나이다 비나이다 부귀영화 비나이다

제한몸과 우리식구 무탈하게 비나이다

입을복도 먹을복도 많이주고 비나이다

짧은명은 길게하고 잘사도록 비나이다

갖은병마 물리치고 오래살게 비나이다.

무병장수 무사태평 소원성취 비나이다.

비나이다 비나이다 지성으로 비나이다

비나이다 비나이다 무릎꿇고 비나이다

은혜롭고 신령스런 거룩하신 신령님께

할매는 우리를 위해 마루 기둥 앞이나 집 뒤 장독대에 정화수 올려놓고 천지신명(天地神明) 님께
가족의 안녕을 자주 빌었다. (그림 백승지)

비나이다 비나이다 간절하게 비나이다
은혜롭고 신령스런 거룩하신 신령님께
저희기도 들으시고 소원성취 비나이다.

외나무다리 무섬 동네에서의 시집살이

친정할머니, 어머니의 부탁으로 시댁에서 아무 탈 없이 시집 식구처럼 무난히 살려면 참고 또 참아야 하는 시집살이의 어려움을 알고 있었지만 이를 실천하기는 쉽지 않다. 시집살이 초기 뭐든지 잘못되는 게 있으면 새사람, 즉 새로 온 며느리 탓으로 돌리는 경향이 우리 한국 사회에는 여전히 남아있었다. 어떤 날 돌중이 공양을 얻어가면서 "집안에 우환이 생기면 부적을 사서 몸에 지니고 다녀."라고 한다. 시집 올 때 할매와 어매는 무섬은 양반 동네이니 중이나 무당을 멀리하라고 하던 말씀이 생각나서 돌중의 말을 그냥 지나쳐버렸다. 나는 다행히 시아버님, 시어머님이 자상히 보살펴 줘서 이를 일찍 극복했다. 뭐든지 집안에 어려운 일 있으면 주저 없이 시아버님께 말씀드렸더니 "니는 워떻게 그렇게 지혜롭노."하고 칭찬해주셔서 자신감을 가지고 시집살이를 무사히 할 수 있었다. 지금 생각하니 시아버님의 중후한 인품 덕택이 아닌가 싶다.

나중에 알게 되었는데 마을 김씨 문중에서 결혼, 상례, 조상제사 등 큰일은 우리 시아버님이 도맡아 하셨다. 집안에 병이나 우환이 생겨도 우리 시아버님이 침통에 넣어 다니시는 침으로 엔간한 통증과 병은 다 낫게 해주셨고 간단한 약초한약도 지어 주셨다. 나중에 중간마을 풍산 아지뱀이 우리 시아버님한테 배워서 마을의 우환이 있는 집을 많이 도우셨다. 물 건너 우리 일가 향서 씨는 충치도 잘 고쳐주곤 했다. 그 당시 읍내에 병원이나 의원은 큰 병이 생겨야 간다. 아이들 감기도 파뿌리나 약초로 다 다스렸다. 토종꿀 한 숟가락을 뜨거운 물에 타서 마시면 감기는 곧 도망가 버린다. 들이나 밭에서 손에 상처를 입으면 사랑어른이 약쑥하고 다른 약초 2가지를 섞어서 돌 위에 잘 빻아서 그 즙을 바르면 피가 멈춘다. 처음 봤을 때는 신비했다.

농촌 생활이 눈코 뜰 새 없이 바빠서 모두 들로 산으로 일 나가면 나는 집안을 깨끗히 정리하고 가축들도 돌봤다. 닭 모이 주랴, 돼지 죽 주랴, 강아지 돌보랴 일이 태산 같아 끝이 없다. 시집오기 전에 친정에서 언니와 함께 하던 생각이 많이 났다. 생활은 비슷했으나 자유로운 행동이 많이 제약되었다. 무섬 동네는 큰 동네라 여러 가지 일이 많이 일어나고 활기가 찬 동네였다. 동네에서 공동으로 하는 가장 큰 일은 늦가을마다 마을 앞강에 다리를 놓고 뒷강 내성천에 다리를 놓는 일과 늦봄에 다리를 빼서 보관하는 일이다. 논밭이 주로 강 건너에 있어서 일하러 갈 때는 앞강을 건너고 영주 읍내에나 평은면 소재지에 갈 때는 뒷강 내성천을 건너가야 한다. 늦가을에서 초봄까지는 다리를 건너다녀야 한다.

처음 몇 해 동안 외나무다리 건너기가 가장 힘들었다. 아이들은 그 좁은 다리 위를 막 달리며 건너가는 게 신기했다. 발바닥만한 좁은 판자 위를 걷기도 힘들고, 물살이 센 데는 다리가 사시나무 떨듯이 떨렸다. 그러면 내 다리도 후들후들 떨렸다. 어지러워지고 물에 빠질 것 같은 기분이다. 지게 작대기나 지팡이를 잡고 간신히 건너곤 했다. 몇 년 지나니 물동이나 참 방태기를 이고도 빨리 건널 수 있었다. 천릿길도 한걸음부터라고 꾸준히 다니니 익숙해진다, 마치 시집살이에 적응하는 것처럼.

　무섬 동네는 삼면이 강이고 동네 뒤는 산이라 이웃 동네도 면소재지도 읍내도 가기가 쉽지 않다. 가마 타고 시집살이 하러 온 새댁은 외나무다리 건너기도 쉽지 않다. 그래서인지 먼저 시집 온 이웃집 아지매들이 갓 시집온 내게 겁을 주는 이야기도 가끔했다. "꽃가매타고 외나무다리 건너 시집오면 꽃행상(꽃상여: 喪輿)타고 죽어서야 다리를 건너간

꽃가마 타고 외나무다리 건너 시집오면 꽃상여 타고 죽어서야 다리를 건너갈 수 있다.

다네." 외나무다리 꽃가마 길이 꽃상여 길이 될 줄 누가 알았을까.

　무섬은 영주 소백산 쪽에서 내려오는 서천(영주천)과 봉화 태백산 쪽에서 내려오는 동천(내성천)이 무섬 마을 뒤에서 합류하여 윗마을부터 아랫마을까지 휘돌아 흐른다. 강가 갱변은 하얀 은빛 모래와 자갈밭이라 햇볕을 받으면 반짝인다. 아랫마을 강 건너 뙤약 갱변은 5리나 될 정도 길고 넓다. 여름에 물새들이 모래 위 자갈 옆, 풀포기 옆에 알을 낳고 어미 새가 2주 정도 품고 앉아 있으면 뜨거운 태양으로 알이 깨어 새끼 새가 되어 아장아장 걸어간다. 하얀 모래가 이렇게 아름다운 데는 무섬 마을 주위에는 별로 없다. 어떤 때 마을 앞쪽으로는 황토물이 흘러가고 물 건너편 쪽은 상대적으로 깨끗한 물이 흘러갈 때가 있다. 그것은 내성천 상류 봉화 쪽 태백산 있는 데 비가 많이 왔고, 영주 쪽 소백산에는 비가 많이 오지 않았기 때문이라고 시동생이 말해주었다. 강을 한가운데 두고 양쪽에 다른 색깔의 물이 흘러가는 게 처음에는 신기하게 보였다. 대문을 나와 집 마당에 서면 강이 바로 코앞에 있고 저 멀리 높고 파란 학가산(鶴駕山)이 눈에 들어와 속이 후련함을 느낀다.

　우리 무섬 마을에서 날씨가 청명하면 학가산이 또렷하게 보이고 흐리면 희미하게 보인다. 날씨가 좋은 날 무섬서 바라볼 수 있는 가장 높은 학가산은 신비롭기까지 하다. 우리 사랑어른을 비롯하여 동네 청년들이 일 년에 한두 번 40리나 되는 학가산 상상봉까지 등산을 갔다 올 때도 있다. 학가산은 영주, 예천, 안동 경계선에 있는 근방에서 높은 산 중에 하나다. 내가 시집오고 얼마 안 되어 시어머님은 이웃 아지매와 안동까지 80리 길을 사흘에 걸쳐 걸어서 볼일 보러 갔다 오신 적도 있다.

옆 바라지문으로 나가면 멀리 월미산(달미산)이 보인다. 아침이면 해가, 저녁이면 달이 늘 저 산 위로 떠오른다. 새벽에 일어나 바라지문을 열고 나가면 월미산 위 동쪽 하늘에 샛별이 반겨준다. 저녁에 해 떨어지면 강 건너 서쪽 몽동골 산등성이 위에 반짝이는 별이 보인다. 새벽에 본 그 샛별이다. 저녁 샛별이 반짝이면 유난히 소쩍새가 서글피 운다. 그러면 또 친정 방석 고향 생각이 간절히 나지만 참고 사는 수밖에 없다.

해마다 봄이 오면 시어머님과 시누이와 이웃집 아낙네들과 소두리 월미산(달미산) 자락이나 은고개 쪽으로 산나물을 뜯으러 간다. 산에 가면 각종 취나물 - 곰취, 개미취, 단풍취, 미역취, 참취 -, 곤드레, 고사리, 참나물, 병풍대, 어수리, 두릅, 박쥐나물, 잔대, 산도라지, 표고버섯, 느타리버섯 등등 수도 없이 많다. 봄에 채소가 나오기 전에 산과 들에 나는 산나물과 들나물은 아주 중요한 반찬거리였다. 산나물은 끓는 물에 살짝 대쳐서 차가운 물에 몇 번 헹군 후 차가운 물에 1시간 정도 담가 놨다가 독기가 빠지면 먹는다. 또 말려서 겨울에 제사상이나, 정월 대보름에 찰밥이나 오곡밥 해 먹을 때 먹는다.

바람이 제법 선선하게 불어오는 추분 무렵 가을에는 꿀밤(도토리)을 주우러 간다. 매년 이맘때가 되면 논밭에 곡식이 여물고 산에도 들에도 야생 과일 나무들이 열매를 떨어뜨린다. 그래서인지 가을은 모든 것이 풍요롭다고 한다. 지천에 깔려 있는 도토리는 겨울철 묵을 쑤어 먹는 게 최고다. 꿀밤을 줍다가 깨금도 많이 딴다. 고소한 맛과 향긋한 맛이 있어 어른, 아이 할 것 없이 다 좋아하는 산 열매다. 아이들 교과서에 나오는 개암나무의 열매가 깨금이다. 어릴 때부터 들어온 전래 이야기 중에 '깨금 깨무는 소리에 도깨비가 도망갔다.'라는 이야기가 있을 정도로 오래전부터 우리와 함께 해 온 산 열매가 깨금이다. 월미산은 겨울철이 되면 째강이 하얗게 펄럭인다. 정월 대보름 새벽에 잠 깨면 추자나 깨금이나 밤 같은 딱딱한 열매를 먼저 이빨로 깨어 먹은 뒤에 말을 해야 그해 몸에 피부병이 걸리지 않는다고 한다. 어릴 때 피부병이 유행하면 온 식구가 고생한 적도 있다.

어떤 때는 더 멀리 꽃데이(꽃등)까지 가기도 한다. 소두리 아래 더 높은 꽃등은 무섭 남정네들이 가을에 송이버섯과 부엌에서 땔 나무를 끌어 모으러 간다. 조상 산소도 이 꽃등산과 월미산 쪽에 많이 쓴다. 월미산은 박씨 집안 땅이 많고 꽃등은 우리 김씨 집안 땅이다. 가을철 농한기가 오면 8월 보름에나 중추절에 산의 묘소에 갈 때 아이들이 송이버섯을 몇 개 따오면 어른들 밥상에 올린다. 송이와 애호박으로 담백한 국을 끓이면 입맛이 돈다.

저녁에 해지면 조각배를 닮은 초승달 가까이 샛별이 유난히 반짝일 때가 있다. 그러면 시아버님이 하루 이틀 내로 비가 올 수도 있다고 하신다. 시아버님은 하늘의 변화를 보시고 날씨도 잘 맞추신다.

밤에 소쩍새가 울면 친정 할매가 더욱 그리워진다. 혼자서 바라지문 밖에 나가 눈물을 훔치기도 한다.

할매와 어매가 천리만리 길도 아니고 지천에 살지만 가보지도 못한다. 저녁에 해지면 서북쪽으로 별들 특히 북두칠성이 보인다. 그쪽이

내 친정 방석 마을 있는 곳이다. 사절(四節) 내내 몸이 좀 불편하거나 외로울 때면 친정의 어매와 특히 할매가 그리웠다. 밤에 소쩍새가 울면 더욱 그리웠다. 그러나 할매 말대로 꾹 참고 살아야 한다. 그럴 때는 조잘거리며 흘러가는 앞 낙동강의 유수(流水)를 바라보면 마음이 가라앉기도 했다. 학가산 멀리 하늘에 둥둥 떠다니는 뭉게구름을 바라보면 위안이 되었다.

매일 아침마다 강가의 모래 샘에서 물을 길러 오는 일도 큰일이다. 나중에 아이들이 자라서는 아들들이 가끔 물을 물지게로 날라와 한결 수월해졌지만. 모래 샘물은 어느 우물의 물보다 깨끗하다. 그래서 그런지 무섬 사람들은 하나 같이 이빨이 아주 건강하다. 이웃 마을 골짜기나 밭가 샘물 먹는 사람들은 이빨이 덜 건강하다.

바쁜 농촌일

시집살이 중에서 가장 힘든 것은 역시 농사일과 집안의 큰일, 즉 혼사나 환갑잔치 등을 치르는 것이다.

봄, 여름철에는 새벽같이 일어나 해가 질 때까지 일한다. 염천 같은 삼복더위에는 늘 새벽 별을 보고 들에 나간다. 정오 무렵 뙤약볕이 뜨거우면 모두 집으로 돌아와 점심을 먹고 쉬면서 낮잠을 잔다. 네 시가 넘어서 더위가 식으면 다시 들로 나가서 저녁별이 나타날 때까지 일을 하다가 돌아온다. 모내기는 온 식구가 매달리고 이웃집 친척 대소가 식구들도 도와주고 나중에 품앗이로 다 갚아준다. 무섬에는 일가친척이 많아서 이런 큰일을 할 때는 서로 도울 수 있어 좋은 것 같다.

묘판에 나락 모종을 심어서 달포 정도 지나면 옮겨 심어야 한다. 먼저 논을 훅지로 갈고 그 다음 써레로 편편하게 잘 고르게 해야 한다.

논을 평평하게 고르기 위해 써레질을 할 때 아이들이 골뱅이를 주워오기도 한다. 골뱅이는 온 식구가 이른 봄에 먹을 수 있다. 어른들은 술안주로 드시기도 한다. 왜가리나 황새도 날아 앉아 골뱅이나 논지렁이를 잡아먹는다.

묘판에 나락 모종을 심어서 달포 정도 지나면 일일이 뽑아서 모단을 만들어 지게에 지거나 소바리로 옮겨 심을 논으로 운반해야 한다. 무섬마을은 새마을 운동이 시작되어도 1970년대 중반까지 거의 대부분 손으로, 지게로 져 나르거나 소 등에 실어 날랐다. 논이 대부분 물 건너에 있고 농로가 좁아서 손수레나 우마차가 다니지도 못했다. 농촌 일은 어느 하나 쉬운 것이 없다. 1970년대 후반 무섬 도랑 나들강 위에 시멘트 다리(수도교)가 놓이고는 구르마도 자전거도 차도 버스도 다니기 시작했다. 빛나는 새마을 운동도 무섬에는 이렇게 늦게 찾아왔다.

논에 새끼로 만든 모 줄을 띄워 놓고 양쪽에서 잡고 있으면 여러 사람이 줄에 맞추어 일정한 간격을 유지하며 모를 심는다. 온 식구는 물론이고 이웃들이 품앗이로 도와준다. 하루는 큰집 논에, 다른 날은 작은집 논에 모를 심는다. 아이들이 뒤에서 모 단을 옮겨주면 한결 쉽다.

모를 옮겨 심을 때부터 논농사가 본격적으로 시작되기 때문에 정신

　　　　영주 외나무다리 마을 무섬 알방석댁 이야기

없이 바쁘다. 모판에 새끼로 만든 모 줄을 띄워 놓고 여러 사람이 줄에 맞추어 일정한 간격을 유지하며 심었는데 일손이 많이 필요하다.

농사일 중에서도 모내기와 논맬 때가 가장 바쁠 때다. 벼가 반쯤 자란 무논에서 거머리가 매달려서 다리 피를 빨아먹기도 한다. 이러나저러나 시골에서 논매기는 너무 힘들다고 한다. 적 부침개나 막걸리 등 참을 머리에 이고 논두렁가 어디 그늘진 곳을 찾아가면 힘이 드는지 이웃집 일꾼이 선창으로 노래를 하면 다른 사람들이 후렴을 흥얼대며 허리 굽혀 논을 맨다. 아이보고 저 노랫가락을 좀 적어보라 했더니 대강 이렇게 적어 왔다.

무섬동네 농부들아 무논한번 매어보세
어허허리 참좋구나 어허허리 참좋구나
논을매세 허리굽혀 놀기미들 논을매세
어허허리 참좋구나 어허허리 참좋구나
논을매세 두손으로 쇠호미로 피를뽑고
어허허리 참좋구나 어허허리 참좋구나
논을매세 질퍽질퍽 논바닥에 흙을덮어
어허허리 참좋구나 어허허리 참좋구나
논을매세 고개숙여 허리굽혀 소리하며
어허허리 참좋구나 어허허리 참좋구나
논바닥의 거머리가 달라붙어 피를빠네
어허허리 참좋구나 어허허리 참좋구나

왜가리가 내려앉아 논지렁이 잡아채네

어허허리 참좋구나 어허허리 참좋구나

논을매세 술잔들고 반찬먹고 기운내어

어허허리 참좋구나 어허허리 참좋구나

논을매세 중참들고 한잔들고 노래하며

어허허리 참좋구나 어허허리 참좋구나

논을매세 덥기전에 오뉴월에 논을매세

어허허리 참좋구나 어허허리 참좋구나

세마지기 논을매니 점심때가 되었구나

어허허리 참좋구나 어허허리 참좋구나

점심먹고 술마시고 쉬었다가 논을매세

어허허리 참좋구나 어허허리 참좋구나

널고너른 이논빼미 모퉁이만 남았구나

어허허리 참좋구나 어허허리 참좋구나

어서어서 논을매세 오월햇살 더워지네

어허허리 참좋구나 어허허리 참좋구나

매고나서 허리펴니 청천하늘 반갑다네

어허허리 참좋구나 어허허리 참좋구나

풍월읊고 노래하니 피로한줄 모르겠네

어허허리 참좋구나 어허허리 참좋구나

기원하세 기원해서 올해풍년 이룩하세

어허허리 참좋구나 어허허리 참좋구나

영주 외나무다리 마을 무섬 알방석댁 이야기

한섬두섬 열두섬을 기원하고 추수하세

어허허리 참좋구나 어허허리 참좋구나

매고매니 하루해가 지나가고 사라지네

어허허리 참좋구나 어허허리 참좋구나

가세가세 이만가세 서산너머 해가지네

어허허리 참좋구나 어허허리 참좋구나

방석댁이 기다리네 농주탁주 기다리네

어허허리 참좋구나 어허허리 참좋구나

오늘내일 지나가니 하세월이 날아가네

어허허리 참좋구나 어허허리 참좋구나

매세매세 논을매세 오늘매고 내일쉬세

어허허리 참좋구나 어허허리 참좋구나

어허허리 참좋구나 어허허리 참좋구나

힘든 무논매기 일을 구성지게 노래로 불러야 호미로 두 손으로 진흙 속에 피를 뽑기가 수월해진다. 모심기보다 아마 더욱 힘든 게 무논매기일 것이다.

남정네들은 모두 들에서 일하고 아낙네들은 집에서 참 준비와 점심 준비 그리고 오후 참 준비로 정신없이 바쁘다. 어떤 때는 나 혼자 새참과 농주 막걸리를 가지고 간다. 또 어떤 때는 시어머니와 시누이가 점심밥을 들로 가져간다.

내 친정 고향 방석 동네나 무섬 동네나 초창기에는 무거운 호리병에 막걸리를 담아서 들에 가져갔다. 나중에 양은 주전자에 담아갔다. 호리병보다 가벼워서 들고 가기가 수월했다.

나는 집에서 남아 아이를 등에 업고 나머지를 정리하고 또 다음 참과 식사를 준비한다. 하루가 너무 짧은 것 같고 손이 열 개라도 모자랄 것 같다. 해도 해도 끝이 없는 게 농촌 일 같다. 부엌과 안마루를 올라가고 내려오고 해야 하고 뒤안 장독대에도 오가야하고 강에서 물 길러오기 등 분주하고 바쁘다. 아이들이 커서는 물지게로 아침마다 물을 떠 와서 부엌 물독에 채워줘서 한결 쉬웠다.

저녁상을 빨리 준비해야 한다. 마루에서 넓고 큰 암반에 밀가루 반죽을 문질러 마지막에 긴 홍두깨로 밀고 또 밀어서 엷게 국수를 만들어 썬다. 애호박도 썰어서 준비한다. 툇마루나 마당에 멍석을 깔고 마당 끝에 모깃불을 피워놓고 국수를 끓여낸다. 우리 같이 가난한 농가는 이렇게 담백한 국수로 저녁을 때운다. 옆집 고래등 같은 기와집 참봉댁이나 종가댁 같은 데는 무섬 강에서 잡은 은어를 간장에 우려내어 더 맛있는 은어국수를 만들기도 한다. 밀가루와 콩가루를 섞어서 면을 만들어 끓여낸다. 시원한 콩가루로 만든 건진 국수를 어쩌다 한번 얻어먹으면 정말 입맛을 댕긴다.

저녁에는 보잘것없는 음식을 먹는다. 일할 때인 낮에는 그래도 제대로 된 반찬에 밥과 감자가 있지만 저녁에는 애호박 썰어 넣어 끓인 멀건 국수 한 그릇이 전부다. 시아버님, 남편, 시동생이 둥근 밥상에서 함께 드시고 나는 시어머니 시누이와 멍석 바닥에서 그냥 앉아 먹는다, 저녁이 끝나면 대부분 강가로 바람 쐬러 나가신다. 집안 설거지를 다 해놓으면 시어머니가 시누이와 함께 어두운 강가로 가자고 한다. 어두운 강가에서 멱을 감는 게 무섬 생활 중에서 가장 멋진 추억거리다. 이는 오랫 동안 지속 되었다. 친정집에서는 물을 길러다 뒤 안에서 등욕을 했지만 무섬 사람들 특히 여자들은 어두운 밤에 강가에서 이웃 여인네들과 목욕하는 게 가장 즐거운 시간의 하나다. 이웃 아낙네들과 하루 동안 고생스러운 일을 이야기하는 시간이다. 강바람이 서늘하다. 하루의 피로가 싹 가시는 것 같다. 사내 아이들과 남정네들은 낮에도 목욕하고 수영하지만 여자들은 밤에만 목욕을 한다.

산골출신 머슴 '동이' 이야기

큰집 농토를 좀 얻어서 농사를 지어야 하니 머슴과 일꾼들을 부려가며 농사짓기가 여간 힘든 게 아니다. 머슴에게는 나락이나 쌀가마로 새경 외에 옷을 주는 데 일 년에 바지저고리 한 벌과 일복으로 막 입는 잠뱅이 한 벌도 내가 다 만들어줬다. 그런데 어느 날 시어머님이 부엌에 밥하는 둘매(맏손녀)를 훔쳐보는 머슴 동이를 발견하고는 "니 이놈아 뭘 보고 히죽 웃노? 이 빌어먹을 놈아 당장 가뿌라."하고 야단을 심하게 치시니 동이가 못 참고 숫돌에 갈던 낫을 울 밑으로 집어던지고 씩씩거리고 고향 봉화 춘양으로 가버렸다. 사랑어른이 집에 와보니 머슴이 없으니 "어매는 또 왜 아를 못살게 굴어서 보냈는고?"하면서 화를 내셨다. 며칠 후 기별을 하여 춘양 고모가 동이를 달개서 다시 데려왔다. 동이는 못 배우고 매꼴 출신이라 우직하고 좀 모자라는 듯 했으나 일은 사랑어른 두 배는 했다. 머슴은 힘도 세어 장작도 사랑양반보다 두 배나 더 잘 팼다.

우리 아이들은 얼라 때부터 물가에 살아서, 발가벗고 목감도 하고 몸띠(몸뚱이)도 가새고(가시고) 해서 헤엄도 잘 쳤다. 애들은 평소에는 머슴을 잘 따르다가도 그를 놀리기도 한다. 그는 산골 출신이라 헤엄을 못 치니 아이들한테 속아서 깊은 곳에 들어갔다가 물을 실컷 마시고 혼이 난 것이다, 아이들은 어릴 때부터 물에 살아서 물고기처럼 헤엄을 치지만. 그런 동이도 몇 년을 머슴살이로 새경을 받아 장가를 간다고 떠나갔다.

3부
무섬 마을에서의 일상

설 준비

무섬 마을에는 설날과 추석이 가장 큰 명절이다. 설 며칠 전부터 우리 고향 방석도 그랬지만 다가오는 새해 명절을 위해 조심하고 삼가고 겸허하게 보내는 날이 많다. 설 전에 늘 사랑방이나 안방 등 집 안 구석구석을 대청소한다. 시어머님이 손 없는 날을 잡아서 설 제사 준비로 깨진 기왓장을 가루로 만들어 놋그릇(놋쇠그릇)을 윤이 반짝 나게 닦자고 하신다. 그 일도 보통 힘든 게 아니었다. 조상 제사상에 사용할 그릇도 이렇게 정성껏 닦아야 한다. 전부 아낙네들의 몫이다.

남정네들은 시골에서는 복잡하게 택일을 하지 않고도 손 없는 날이라 하여 이날 산소를 돌본다. 또 묏자리 고치기, 집수리 같은 일을 한다. 이사를 가는 날도 이런 날을 고른다. 또 이날 장을 담그면 맛이 좋다고 하여 한 해 동안 먹을 장을 담그기도 한다. 손이 있는 날이나 방위에 이사, 집수리, 결혼식 등을 했다가는 큰 재앙을 당한다고 시어머니가 말씀하셨다.

설 전날 '구세배'한다고 아이들이 이웃 집안의 어른들한테 구세배를 다닌다. 물론 주로 사내아이들이 다닌다. 가정에서는 이날 밤 자녀들에게 부모들이 세배돈을 미리 준다. 설 전날 밤, 즉 섣달 그믐날 밤에는 잠을 일찍 자면 눈썹이 센다는 소문이 있어 늦게까지 논다. 친척들은 주로 설날 세배돈을 준다. 물론 아이들이 구세배를 다니는 것은 한 해를 잘 살아온 것에 대한 안부를 묻는 형식이지만 감주나 다과 등 얻어먹을 기회도 중요한 요소다.

온 식구들, 특히 아이들은 설날을 맞이하여 새옷과 새양말을 한 켤레씩 받는다. 우리 집은 양말은 영주 장에서 사오지만 옷은 대부분 내가 바느질해서 만든다. 집안의 바느질을 내가 도맡아 하게 된 연유는 이렇다. 나는 어렸을 때부터 배운 솜씨가 있었지만 시집이 가난하여 그 솜씨를 발휘할 기회가 없었다. 그런데 어떤 한해 시아버님이 밭을 사려고 해서 내가 재봉틀을 사달라고 간절히 부탁을 했다.

"아뱀요 제가 재봉틀을 다룰 줄 아니까요 올해는 밭을 사는 대신 재봉틀을 사주시면 돈을 모을 수 있니더. 돈을 모은 다음에 다시 밭을 사시면 되니더."라고 말씀을 드렸다.

"오냐, 그래라. 빈곤은 가정과 마을과 나라에 도덕적 타락을 초래하니 뭐든지 열심히 해서 가난을 벗어나도록 노력하거레이." 시아버님은

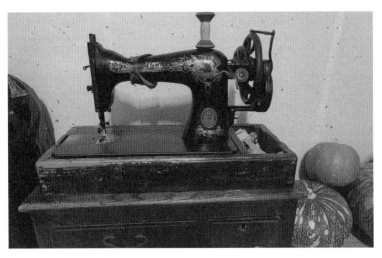

방석댁은 이 재봉틀로 7남매 교육을 시키고 논, 밭 사고 집도 새로 지었다.
일제강점기 말 쇠붙이 공출 시기에도 6.25전쟁 시기에도 부엌에 묻어두어 살아남았다.

　　　　　　　　　영주 외나무다리 마을 무섬 알방석댁 이야기

무엇보다도 집안이 굶주림과 가난을 벗어나길 원하시며 "니가 그리 생각하니 참 기특하다."고 칭찬을 하셨다.

시어머니께서 내가 바느질을 잘 하는 줄 아시고, 재봉틀을 하나 사도록 시아버님께 신신부탁을 하신 것도 시아버님을 설득하는 데 도움이 되었다. 그래서 우리 집도 재봉틀을 갖게 됐다. 그 이후 우리 식구들의 옷은 물론이고 동네 여러 사람들 옷을 만들어주고 돈을 조금씩 모았다. 나중에는 옆 동네에도 옷을 만들어주고 해서 옷 만들기도 바쁠 때가 있었다. 궁터, 전닷, 잔들이, 원전골, 분계, 고랑골, 뒷골, 노틀이, 다락골, 방석, 술미, 소들이, 도래와 더 먼 곳 석탑, 맥실 등 누구든지 부탁하면 옷을 만들어주었다. 주로 설이나 명절이 다가올 때가 제일 바빴다. 다행히 우리 숙진(일진)이가 심부름을 하는 것을 좋아해서 편했다. 쪽지에 어느 동네 누구 댁이라고 적어주면 옷을 가지고 열심히 다녔다. 그러면 옷을 주고 그 대가로 별걸 다 받아왔다. 대개 품삯으로 좁쌀, 콩, 녹두, 팥, 감자, 고구마 심지어 병아리, 닭, 강아지도 받아왔다. 또 심부름하는 숙진에게 착한 아이라고 대추, 밤, 추자(호두) 등 과일을 주었다고 한다. 아마 숙진이는 그런 걸 받아먹는 재미로 심부름을 착실히 다녔던 것 같다.

몇 년 정도 모으니 재봉틀 값이 나왔다. 그 당시 부잣집 외에는 직접 만든 삼배, 명주, 모시, 무명옷이 전부였다. 물론 옷을 못 만드는 집은 옷감을 주고 옷을 사오기도 했다. 장에서 인조 옷감을 사는 집도 있었지만 농촌 살림살이에 그것 사는 것도 쉽지 않았다. 늘상 집안 식구들 옷 만드는 것이 큰 걱정거리였다. 그러니 내가 하는 일이 우리 살림에 얼마나 도움이 되었는지 알 수 있다.

　친청어매와 시어머님도 물레질 하시면서 '새야새야 파랑새야' 노래
도 흥얼거리시고　두 분이 기분이 좋으시면 물레타령도 흥얼거리시는
게 보기 좋다.

　　　내물레야 니물레야 얼른얼른 돌고돌아

　　　가는세월 안돌아도 돌아가고 잘도가네

　　　내물레는 돌려야만 돌아가고 잘도도네

　　　우리같은 백발노인 바라자나 돌아오네

　　　어제께는 청춘이고 오늘께는 백발이네

　　　오는백발 쫓을수냐 가는청춘 잡을수냐

　　　내물레야 니물레야 윙윙윙윙 돌고돌아

　　　호롱불도 깜박이니 밤새도록 돌고돌아

　　　가는실을 뽑고뽑아 삼배옷을 짜고짜자

　　　무명실로 베짜기는 문익점님 공덕이라

　　　내물레야 니물레야 어서어서 돌고돌아

　　　베를짜서 우리님의 바지짓고 적삼짓자

　　　밤이샌다 해가뜬다 어서빨리 옷을짓자

　　　내물레야 니물래야 윙윙윙윙 돌고돌아

　다행히 친정어매와 시어머니가 가끔 물레질로 실을 만든 후 명주틀
과 베틀로 옷감을 만들었다. 나는 재봉틀과 가위와 바늘로 옷을 만들

었다. 이웃에서 다들 옷 만드는 손재주가 대단하다고 칭찬해서 기분이 좋을 때도 여러 번 있었다. 친정 방석은 물론 다른 이웃 동네에까지 소문이 나서 옷 주문이 자주 들어왔다. 옷을 만들어주고 곡식도 받고 옷감도 받고 돈도 받았다. 나는 옷 만드는 것이 너무 즐거웠다.

우리도 먹을 게 없어 겨우 살아갔지만 시어머니는 세상물정도 모르시고 누구든지 찾아오는 손님은 잘 대접해서 보내야 한다고 늘 말하셨다. 한번은 보다 못해서 "어맴요, 대접할 게 있어야 대접하든지 하지요."라고 했다가 실컷 꾸지람을 들었다. 끼니때만 되면 앞집 할매가 기웃거리기도 한다. 정말 주고 싶어도 줄 것이 없었다. 그릇에 누룽지 조금하고 숭늉 한 그릇 주면 연신 고맙다고 마시고 갔다.

시어머니는 물론 친정어머니까지도 물레질을 해서 옷감을 만드는데 도움을 주었다.(그림 김영무)

설 명절

설 제사를 올리기 전에 세배는 집안에 생존해 계신 어른에게 드리는 새해 인사이다. 시조모가 살아 계실 때는 집안의 제일 큰 어른으로 시부모님이나 손주들이 모두 절을 하고 그다음 아들, 딸들이 시부모님에게 절을 한다. 그런데 세배는 어른들뿐 아니라 형제지간에도 나누며 예를 갖춘다. 세배 때 어른들이 자식들에게 덕담을 한다. "올해는 밥 잘 먹고 잘 자라고 공부도 더 잘 하거레이." "새해에는 한 살 더 먹으니 더 좋은 꿈꾸고 더 착해지거레이."라고 한다. 아직 철이 들지 않은 손자가 깜찍하게 "할매도 올해는 아프지 말고 오래 살게."라고 말해 웃음꽃이 핀 적이 있다.

설날 이른 아침에 세배가 끝나면 사랑어른이 아이들로 하여금 사랑방 윗묵에 있는 벼루통을 열어놓고 연적에 물을 채워서 벼루에 조금 붓고 먹을 갈도록 하신다. 이 벼루통은 시아버님이 오동나무를 깎아서 만든 것이다. 사랑방 장 안에서 한지를 꺼내 칼로 알맞게 잘라서 그 위에 붓으로 지방을 쓰신다. 우리 집은 지방을 두 장 준비한다.

〈시부모님 지방〉
顯考學生府君神位 현고학생부군신위
顯妣孺人南陽洪氏神位 현비유인남양홍씨신위

〈시조부모님 지방〉

顯祖考學生府君神位 현조고학생부군신위

顯祖妣孺人咸陽朴氏神位 현비유인함양박씨신위

顯祖妣孺人豊山金氏神位 현비유인풍산김씨신위

우리 집은 사랑방이 좁지만 제사는 늘 사랑방에서 지내고 손님이 많으면 사랑 창문 앞 마당에 돗자리를 깔고 아이들은 주로 거기서 절을 한다. 여자들은 안마루에서 사랑으로 통하는 문을 열어놓고 절을 한다. 무섬 동네 제사상 차리는 법도 내 친정 방석과 비슷하다. 우리는 상 두 개를 준비한다. 시조부모 세 분 상을 제일 큰 상에 차리고 시부모 두 분 상을 좀 더 작은 상에 차린다. 제사상에 올라가는 음식은 방석과 똑같다.

제사상은 신위가 있는 쪽은 대게 북쪽이라 상방과 마주한 벽에 병풍을 치고 제사상을 놓고 사랑어른이 지방을 써서 문집에 붙여서 제사상에 올리고 뒤 병풍에 기대 세워놓는다. 경이가 자라고 나서는 경이가 쓰기도 한다. 제주와 자식들이 서 있는 쪽이 사랑 창문 안이라 남쪽이다. 제주가 제사상을 바라볼 때 오른쪽이 동쪽, 왼쪽이 서쪽이 된다. 제사상은 무섬에서도 보통 5열로 상을 차린다. 신위가 있는 쪽을 첫 줄로 신위보다 조금 앞에 밥그릇 국그릇을 놓고 왼쪽에 수저 접시를 올려놓는다. 공간이 있으면 오른쪽에 촛대를 세워놓는다. 평상시에는 호롱불을 켜고 지내지만 제삿날은 사랑방에 촛불을 켠다. 그날은 초저녁부터 마루 부엌에도 초롱을 밝힌다. 그다음 두 번째 줄에는 구이, 적, 조기, 쇠고기 등을 놓는다. 세 번째 줄에는 쇠고기, 어물, 탕을 놓는다. 네 번째 줄에는 나물, 간장 종지, 명태포 등을 준비 한다. 제일 앞줄에는 과일과 다식 과자 등을 놓는다. 과일도 홍동백서라고 붉은 사과, 대추는 동쪽, 즉 오른쪽에 놓고 밤, 배 등은 서쪽인 왼쪽에 놓는다.

제사상 바로 앞에 적은 소반을 놓고 그 위에 술잔과 술 주전자와 퇴주잔을 놓고 그 옆에 향나무 가지를 피운 화로를 준비한다. 제사 지내는 순서는 기제사와 같다. 기제사 때와 이년상 삼년상 때는 보통 제문을 읽고 제사를 시작한다. 시아버님이 살아계실 때는 제문은 늘 시아버님이 쓰시고 읽으신다. 명절 제사는 제문을 읽지 않는다.

우리 집 시조부님이 삼형제 중 막내시다. 제일 큰집이 안에 보갈 아지뱀네 집이고 두 번째가 의인 아지뱀네 집이고 금당실댁이라 불린 우리집이 막내집이다. 그래서 보통 우리 집에서 제사를 제일 단아하게 지내고 그 다음 두 번째 큰집에서 제사를 지내고 마지막에 안에 제일 큰집 보갈 아지뱀댁에서 큰 제사를 지낸다. 사랑방 사랑마루에 제사 지내는 사람들로 북적인다. 그다음 옆집이나 다른 일가친척들 제사에 참여 한다. 몇몇 제사 끝나면 반나절이 훌쩍 지나간다.

설이나 추석 같은 명절 제사는 아침에 지내니 좀 낫다. 기제사는 제사 드는 날 밤 자시(子時)가 지나야 지낸다. 지내고 나서 첫 닭이 울면 모두들 주무시러 가신다.

처음에 시집왔을 때나 지금이나 제사는 한결같다. 시조모님이 마루에서 나보고 제사 지내는 것을 잘 눈여겨보라고 하신다. 친정에서 보아왔던 것과 대동소이하지만 시키는 대로 눈여겨보았다. 늘 시아버님이 제주로서 제사상을 차려 놓으면 화로에 향을 먼저 피우신다. 향은 미리 칼로 향나무 조각을 준비하셨다. 옆에서 시동생이 잔에 술을 부어서 드리면 시아버님이 솔잎이 두세 개 있는 퇴주 그릇에 따르신다. 그리고 절을 두 번 하신다. 이어서 모든 제관들이 절을 두 번씩 한다. 우리 여자들은 마루에서 절을 네 번씩 한다.

이어서 시동생이 시아버님이 잡고 있는 술잔에 술을 부어주시면 받았다가 다시 시동생에게 주면 시동생은 상 위에 올려놓는다. 이어서 밥그릇 뚜껑을 열고 숟가락을 국그릇에 담갔다가 꽂는다. 젓가락은 쇠고기 절편 위에 놓는다. 이를 삽시(揷匙)라고 한다.

그리고 모두들 무릎을 꿇고 눈을 감고 잠시 기다린다. 아마 이때 조상신이 나타나서 차려놓은 음식을 먹는다고 믿는 모양이다.

잠시 후 제주가 '에헴'하고 일어서면 모두들 일어선다. 이어서 국을 물리고 냉수를 올린다. 숟가락으로 밥을 물에 세 번 말아 놓고 수저를 물그릇에 놓는다. 잠시 선 채로 두 눈을 감고 묵념을 들인다. 이어서 수저를 거두고 밥그릇을 닫는다. 모두 함께 두 번 절한다. 안마루에서는 여자들이 네 번 절한다. 제사가 끝났다. 시아버님이 지방을 창밖에서 불사른다.

제사 음식을 모두 물린다. 제주를 먼저 나눠 드시고 이어서 제사 비빔밥에 간장만 타서 드신다. 과일과 떡도 조금씩 드신다. 시간이 지나 첫 닭이 울 때 쯤 모두들 헤어지고 잠을 잔다. 안에서는 쥐가 못 먹게 모든 음식을 치워야 해서 한참이 더 걸린다. 제삿날은 여자들이 무척 힘 드는 날이지만 내색을 하지 말아야 한다. 조상 덕에 우리가 이렇게 살고 있으니 감사한 마음으로 정성을 다해 제사를 모시는 게 유가(儒

家)의 풍습이다.

설음식은 고기만두와 꾸미를 넣은 떡국이다. 떡국은 으레 설 제사상에 올리고 나서 모든 식구들이 떡국 한 그릇을 먹으면 나이 한 살을 더 먹는다고 한다. 아이들은 떡국 위에 얹어 먹는 꾸미를 무척 좋아한다, 꾸미는 계란말이 채, 김, 쇠고기, 깨소금으로 만들어 입맛을 돋운다. 설 제사상에 놓이는 세주는 차가운 막걸리다. 새로운 봄을 맞는다는 뜻이 있다. 옛날에는 집집마다 좁쌀이나 수수 등으로 막걸리를 만들어 제사에 썼지만, 군사혁명정부가 들어서고부터는 각가정에서 막걸리 만드는 것을 금지시키고 도가에서 만든 막걸리를 사다 썼다. 아마 나라에서 술 세를 받고 곡식을 아끼려고 한 것 같다. 사랑어른들은 도가 막걸리가 맛이 없다고 농주를 늘 그리워하셨다. 설날을 기억하게 하는 백설기 같은 떡과 다식 같은 한과, 식혜 술 등은 설날 먹는 별식이다. 무섬은 안동 풍습의 영향을 입어서 매운 식혜를 해먹는 집이 꽤 있다. 물론 아이들이 좋아하는 감주도 만든다.

설 제사와 가을 추석 등 명절 제사는 물론이요, 조상이 돌아가신 날을 기념하여 지내는 기제사도 준비는 모두 아낙네들 몫이라 죽어라 일하며 준비해야 한다. 우리는 작은집이라 제사가 별로 없지만 큰집들은 제사가 많아서 큰집 며느리들은 무척 힘들다. 그래도 제삿날은 쇠고기 국물이나 생선나부랭이와 쌀밥을 맛볼 수 있어 그나마 다행이다. 그런데 이상하게도 설날이나 정초에는 무섬에서는 양 성씨가 함께 즐기지 않고 김씨네는 김씨 일가끼리만 박씨네는 박씨네 일가끼리만 제사지내고 음복을 나눠먹는다. 나는 박가라 가끔 중간마을에 그래도 형편이 나은 영감댁이나 도기천 어른댁에 제사가 있는 날은 떡도 얻어먹곤 했다. 같은 박씨라 나를 친절히 대해주고 스스럼없어 좋았다.

제사가 끝난 후에는 떡국을 먹어야 나이 한 살을 먹는다고 한다. 우리 고향 방석이나 무섬이나 여러 가지 미신적인 이야기가 많다. 설날이나 상묘일에는 여자들이 아침 일찍 남의 집에 출입하면 그 집에 재수가 없다고 해서 남자 아이들만 세배를 다니고 이웃집 설제사에 참석한다. 왕골이나 보리대궁으로 만든 복조리는 복을 끌어들인다고 문설주에 달아놓는다. 설날 새벽에 밖에 나가 까치 소리를 들으면 길조이고 까마귀 소리를 들으면 불길하다고 한다. 무섬에는 마을 앞에 아주 키가 큰 미루나무가 여기저기 있고 까치 둥지가 높이 있어 까치가 자주 운다, 그래서 마을이 길하다고도 한다. 정초에 아녀자들은 토정비결이란 책을 보아 운수를 점치기도 한다, 무섬 같은 양반 동네 사랑 어른들은 그런 걸 잘 믿지 않지만.

설 놀이

설 제사가 끝나면 사내아이들은 제기차기, 자치기 던지기와 연날리기 등 놀이를 한다. 우리 삼이는 연도 잘 만들었다. 대나무가 귀해서 가느다란 싸리가지를 반으로 쪼개서 사각형으로 만들고 가운데 십자 모양으로 가로대를 만들어 문지를 붙인다. 연줄은 가느다란 명주실이 제일 좋다고 나한테 조르고 졸라서 달라고 한다. 나는 할 수 없이 아이들의 놀이가 별로 없으니 그것이라도 만들어 놀게 한다. 무섬은 갱변이 넓어서 연날리기에 안성맞춤이다. 이웃아이들과 연싸움도 하고 노는 것을 먼발치에서 보는 것도 즐거울 때가 있다. 네모난 연이 하늘 위로 오르락내리락하는 것이 신출귀몰하는 것 같기도 한다. 연줄을 당기는 손재주가 있어야 한다. 깨어진 사금파리를 돌로 잘게 빻아서 풀로 연줄에 붙여 연줄을 만들어서 연싸움을 하면 다른 아이들한테 이긴다. 연줄끼리 서로 부딪히다가 상대방의 연줄이 끊어져 연이 떨어져 멀리 산 위로 날아가 버리면 이기게 된다. 이긴 아이는 좋아서 소리치지만 진 아이는 울상이다. 사랑어른은 마을 앞 갱변에서 연 날리다가 연이 혹시라도 지붕 위에 떨어지면 집안에 우환이 생긴다고 연 날리는 것도 못마땅하게 생각하고 야단을 치기도 한다.

물론 눈이 많이 내린 겨울에는 눈싸움을 하기도 하고, 눈사람을 만들기도 한다. 앞강이 얼면 나무판을 신발처럼 만들어 밑에 철사줄을 박아 넣어 얼음질을 치기도 한다. 더 어린 아들은 철사줄로 만든 얼음썰매를 탄다. 눈이 내린 뒷산 경사진 밴달에서 헌 비료 포대나 떨어진 가마니 쪽으로 눈썰매도 탄다. 아이들은 헐벗은 옷차림이지만 추위도 아랑곳없다. 나이 어린 아이는 콧물이 줄줄 흘러내리면 턱 밑에 헝겊으로 콧물받이를 만들어 달고 다닌다. 이걸 안 달아주면 소매에 코를 닦아 소매가 더럽고 반질반질하다. 아이들은 손등이 얼어 터져도 추위 속에서 놀기 좋아한다. 부자집 아이는 예쁜 손수건을 달고 다니지만. 어느 해인가 부잣집 아들의 친척이 도시에서 사온 스케이트로 뽐낸 적이 있다. 시골에서는 아주 드문 장면이다. 이런 놀이는 봄이 올 때까지 자주 한다.

여자 아이들은 윷놀이와 널뛰기를 한다. 김씨네 가문은 물론 초하루부터 보름까지 거의 매일 윷놀이를 즐긴다. 무섬서 윷은 집집마다 높은 산에서 굵은 싸리나무를 베서 만든다. 오래 묵은 싸리나무는 단단하고 무게감이 있어 손으로 윷가락 네 개를 꽉 잡으면 느낌이 좋다. 위로 올려 던지면 윷끼리 부딪히며 깔아 놓은 돗자리나 멍석에 떨어지는 소리도 듣기 좋다. 청기 시누이가 일월산에서 묵은 싸리나무로 만든 윷을 가져와서 동네에서 함께 놀 때도 여러 번 있었다.

손때가 묻은 오래된 윷은 그 집의 역사가 담겨있다. 이 놀이는 내가 시집오던 해부터 70년대 중반 지금까지 거의 40여 년간 이어오고 있다. 보통 날씨가 좋으면 옆집 넓은 마당에서 놀거나 마루나 큰 방에서 놀기도 한다. 무섬 김씨네 윷놀이는 특이하다. 보통 아들들, 새신랑들, 딸네들, 새색시들 그리고 시어머니들이 함께 어울려 논다. 사랑어른들은 양반 체면에 사랑어른들끼리 어떤 사랑채에 모여서 술 마시고 담배 피우고 끝임 없이 이야기를 하고 지낸다. 별다른 낙이 없다. 그 반면에 젊은 남자들과 젊은 여자들 및 아지매들은 윷놀이를 신나게 즐긴다. 윷을 노는 데 윷말을 그리지 않고 '공중윷말', 즉 머릿속에 윷말판을 그려 놓고 말들이 지나가는 것을 기억하면서 논다. 보통 한편 10여 명씩 편을 짜서 4동 또는 심지어 6동 내기도 한다. 4동 내기는 쉽게 기억하는데 6동 내기하면 정신이 없다. 양쪽 편 중에서 윷말을 잘 쓰는 한두 명이 공중윷말 놀이의 동들의 위치를 잘 기억하고 상대방의 윷을 예상해서 잘 배치하고 써야한다. 윷말의 이름을 모두 잘 기억하고 있어야 한다. 하지만 읍내에 장터에 가면 윷말을 써 놓고 했다.

나는 내가 속한 편에 윷말 쓰는 것을 여러 번 담당했다.

"자, 알방석댁이 우리 편이니 윷말을 책임지고 써야 덴데이."

"알았니더 한 번 해보시더."

기억력이 좋고 윷말을 잘 쓴다고 주로 내게 맡긴다. 잘 못 써서 곧 날 동들이 상대방한테 잡혀 먹히면 야단도 많이 듣지만 그래도 재미 있다. 우리 딸 둘매도 윷말을 잘 썼다. 남자로는 영춘댁네 기진이하고 한절마댁 광택이도 잘 썼다. 모라든가 윷이 나오면 춤을 추고 손뼉 치고 소리 지르고 난리가 난다. 상대방도 마찬가지다. 상대방 동을 잡거나 또 모나 윷이 나오면 얼싸안고 춤을 추기도 한다, 아마 총각들, 처녀들, 새신랑들, 새며느리들, 시어머니들이 모두 함께 춤추면서 노는 윷놀이 순간에는 지난 한 해의 어려운 것들을 다 잊어버리게 해서 더 좋은 것 같다. 이러한 윷놀이 대회에서 지는 편이 보통 비빔밥을 준비 한다. 이긴 편은 밥이 준비될 때까지 술을 준비해서 마시거나 가볍게 윷놀이나 노래를 하기도 한다. 이때 먹는 비빔밥은 꿀맛이다. 윷놀이 덕택에 먹고 마시고 하루를 보낸다.

선성 김씨 집성촌에서 전통 윷놀이가 열리는 날이면 엄격한 선성 김씨 사람들이 남녀노소 할 것 없이 모두 모여 덩실덩실 춤을 추고 마을 잔치를 하는 날이다. 중간마을 박씨네도 비슷하게 마당에서 윷놀이 를 자주 했다. 나는 박가로 거기에 어울릴 때도 많았다. 갈 때마다 아이들 주려고 뭔가를 얻어왔다. 아직 우리 집은 가난에서 헤어나지 못하고 있었기 때문이다. 박씨네 딸네들도 내게 잘 따르고 잘 대해주었다. 그래서 이 마을의 전통 윷놀이야말로 세대 간의 벽을 허물고 가족 친지 이웃들이 함께 즐길 수 있는 가장 흥겨운 오락이다. 윷놀이를 하면서 응원을 하고 박수를 치고 또 놀이에서 이긴 쪽 사람들이나 진 쪽 사람들이나 모두 덩실덩실 춤을 추는 모습은 무섬마을에서 가장 인상적인 놀이다.

아이들은 저녁에 끼리끼리 모여서 노래도 하고 놀기도 한다. 하여튼 정월 초하루부터 정월대보름까지는 이렇게 놀자판이 연일 벌어진다. 대보름 새벽에는 또 오곡 찰밥에 유과, 술 등을 준비해서 재미있게 먹고 논다.

무섬동네에서 여자들이 가장 즐기는 놀이가 널뛰기이다. 양반동네라 여자들이 몸가짐을 단정히 해야 한다고 늘 조심을 하며 사는 데 널뛰는 날은 모든 것이 허용되어 신나게 논다.

무섬동네에서 설 지나고 정초에 널뛰기를 해야 그해 한 해 동안 들이나 산에서 가시에 찔리지 않고 발에 병이 나지 않고 지낼 수 있다고 시어머니가 말한 적이 있다. 길고 큰 송판으로 만든 널 한가운데 아래쪽에 짚단이나 말은 멍석을 괴어놓는다. 그리고 널빤지 양쪽에 한 사람씩 올라가서 널을 뛴다. 처음에는 먼저 올라선 사람이 널빤지 끝에서 널판을 구르며 튀어 오르면 반대편에서도 널판을 딛고 튀어 오른다. 이렇게 두 사람이 번갈아 발로 널판을 구르며 뛰는 행위가 반복되는 놀이가 널뛰기이다. 처음 뛸 때 옆에서 손을 잡아주기도 한다. 그래서 4~5명이 있어야 제대로 즐긴다. 이것도 내기를 하는데 어느 한쪽이 균형을 잃어 널에서 떨어지면 진다. 보통 삼세판을 한다. 편을 짜서 교대로 널뛰기를 한다. 보통 널뛰기는 힘이 많이 들기 때문에 여러 사람이 두 편으로 나뉘어 하기도 한다. 팔을 벌리고 하늘로 날아오르며 두 발을 약간 앞으로 내밀었다가 균형 있게 내려오면서 세게 발판을 밟으면 상대가 더 높이 올라가 균형을 못 잡으면 널판에서 떨어지기 쉽다. 양쪽 실력이 막상막하라 한참 오르고 내리고 널뛰기를 하면 양쪽 편을 드는 사람들이 박수를 치고 흥을 돋운다. 오래 춤추듯이 높이 오르내리며 널을 뛰는 장면은 장관이다. 뛰는 사람들도 옆에서 응원하는 사람도 흥이 저절로 난다. 몸의 균형감각을 통해서 육체도 단련되고 마음을 정화시키고 야릇한 희열도 느낀다. 처음에는 살짝살짝 뛰다가 나중에는 힘껏 뛰기도 한다. 가끔 중앙에 사람이 앉아 있기도 한다.

널뛰기는 주로 처녀들이나 어린 여자아이들이 즐긴다. 처녀 시절에 널을 뛰지 않으면 시집을 가서 아기를 제대로 낳지 못한다는 이야기도 있어서 처녀들은 누구나 널뛰기를 잘 한다. 새색시나 아지매들도 즐긴다. 옛날에 널 한쪽 높이 뛰어올라 담 너머 이웃집 총각을 흘낏 보기도 했다는 이야기가 전해온다. 박씨네 집과 김씨네 집이 담을 사이에 두고 살았기 때문에 타성의 총각을 보고 싶지만 옆집으로 갈 수는 없으니 널을 뛰면서 보았다고 한다. 옛적에 양반 동네 부녀자들은 주로 집 울타리나 담장 안에서 갇혀 살았기 때문에 널뛰기를 하면서 공중 높이 뛰어올라 담장 밖의 이웃이나 세상을 살펴보았다고도 한다.

색동저고리를 입고 자기 키 반키 정도로 하늘로 올라가면 속치마가 살짝 보인다. 마치 선녀가 하늘로 날아오르는 기세다. 다시 내려오는 상대방이 하늘로 올라간다. 이러한 장면은 설날 이후 정초에 한가할 때 잘 어울리는 놀이다. 가끔 누가 가장 멀리 올라가나 내기도 한다. 높이 올라갈수록 균형을 잘 잡아야 한다. 몇몇이 둘러서서 잘한다고 박수 치고 "우리 딸, 최고데이! 우리 며느리, 최고데이!"하고 소리친다. 정말로 잘 뛰는 여자는 공중에 올라가서 양쪽 다리를 살짝 벌렸다가 내려앉는다. 또 손과 다리를 앞으로 뻗기도 하고 치마로 뭔가를 받는 시늉을 하기도 한다. 양반 동네에서 여성들의 놀이가 별로 없는데 널뛰기는 정말 신나는 놀이다. 물론 총각들과 함께 뛸 때도 있다. 잘 뛰는 총각은 발을 양쪽으로 높이 올리고 손바닥으로 박수를 치고 흥을 돋구기도 한다. 물론 처녀가 총각보다 더 잘뛸 때도 있다. 어느 해인가 재주 많고 노래도 잘 하는 우리 시누이가 영양 청기서 정초에 친정에 왔다. 시집 동네에서 배운 널뛰기 노래를 흥얼거리면 마을 새색시나 처녀들이 따라 불렀다.

박촌에 내가 일가라서 자주 가는 손녀뻘 되는 순우는 노래도 잘하고 가사도 잘 읊는다. 글도 잘 쓰고 재주가 좋다. 화수회를 가면 순우가 그 기분을 가사로 아주 잘 쓰곤했다. 참 재주가 좋았다.

묵은해는 지나가고 새해설날 맞이했네. 앞집의 수캐야 네 왔느냐 뒷집의 순이야 너도 왔니 만복무량 소원 성취 널뛰자 널뛰자. 새해맞이 널뛰자. 금년 신수 좋을시구 서제도령 공치기가 널뛰기만 못하리라 널뛰자 널뛰자. 새해맞이 널뛰자. 규중 생장 우리

몸은 설놀음이 널뛰기라 널뛰기를 마친 후에 떡국놀이 가자세
라. 널뛰자 널뛰자 새해맞이 널뛰자.

저녁에는 법전댁이나 뒤세댁에 모여서 가사도 읊고 흘러간 전설 같
은 이야기도 한다. 특히 법전댁이 내가 가난한 집에 시집와서 우리가
너무 가난하게 사니까. 어여튼 지혜롭게 힘을 써서 살다보면 살림이 불
어나서 부자로 살 수 있다고 해서 위안이 되었다. 법전댁은 이야기도
잘하고 가사도 잘 써서 만날 때마다 배울 게 있었다. 그러면서 봉화 법
전 동네에 새 며느리가 현명해서 부자가 된 이야기를 얼핏 해주었다.
　옛날에 이웃동네 가난한 며느리가 법전 마을 가난한 집안에 시집을
오니 시아부지하고 서방이 일을 잘 안 하고 놀기만 하니 살림이 불어
나지 않아서 답답해서 신랑보고 "놀기만 하면 뭐하니껴, 그럼 집에 들
어올 때라도 돌기라도 하나씩 주워 와서 뒤안 울타리 밑에 쌓아두이
소."라고 했다. 그러케 신랑이 놀다가 집에 들어올 때마다 돌기를 하나
둘 주워 와서 울타리 밑에 쌓고 하니. 어느 날 그 돌무더기에 서기가
돌아서 햇빛이 쪼이니 반짝거리기 시작했다. 앞집 며느리가 그 반짝거
리는 돌이 금인 줄 알고 우리 고방에 나락이 몇 섬 있으니 가져가고
그 돌을 날 주이소했다. 그래서 돌과 나락을 바꾸어서 가난을 벗어나
기 시작했다는 이야기를 해주었다. 새 며느리가 지혜로워서 가난한 집
이 살아난 이야기다.
　그러면서 지금은 목구멍에 풀칠하면서 간신히 살지만 하늘이 무너
져도 솟아 날 구멍이 있으니 무엇이든지 열심히 하면 부자로 잘 살 거

라고 한다. 법전댁 말은 언제나 위로가 된다.

도시에 갔다가 방학이나 설이나 추석에 온 동네 청년들이나 도회지로 시집갔다고 친정에 온 딸네들이 〈차차차〉 노래를 얼마나 잘 부르는지 너무 멋지다. 사랑어른들은 아이들이 노래 부르는 걸 별로 좋아하지 않아 아이들은 사랑어른 없는 친척 집에 가서 주로 노래를 부르며 논다. 우리 옆집 봉대형님 댁 영진이가 어디서 구해왔는지 유성기를 틀어놓으면 유행가가 자주 들려왔는데 이젠 다 자란 아이들이 밤에 모여 직접 부른다. 〈오동추야 밝은 달밤〉에도 듣기 좋고 〈차차차〉도 듣기 좋다.

대보름

대보름날 새벽에 잠이 깨고 나서 말하기 전에 추자, 밤, 불콩, 땅콩 같은 딱딱한 과실이나 열매인 부럼을 깨면 일 년 내내 피부에 부스럼이 나지 않고, 귀밝이술을 마시면 일 년 내 좋은 소식을 듣는다는 이야기도 있다.

대보름에는 지난 봄 여름 내내 말려놓았던 묵은 나물을 먹으면 여름에 더위를 타지 않는다고도 한다. 오곡밥의 원래 이름은 잡곡찰밥인데 대체로 정월 열나흘 날 저녁에 지어 보름날 이른 아침에 그리고 그 이후까지 먹는다. 오곡 찰밥에는 물론 대추, 밤이 들어가서 약밥이라고도 한다. 오곡밥과 말린 호박, 가지고지로 만든 묵은 나물은 타성(他姓)받이 집의 밥을 먹어야 좋다고 해서 김씨네는 박씨네 집에서 박씨네는 김씨네 집에서 얻어먹기도 한다. 이는 아마 마을에서 타성 집안과 사이좋게 잘 지내라는 의미인지도 모르겠다. 나는 특히 중간 마을 박실(영감)댁과 도기촌댁 우리 일가 집안에 자주 다녔다. 그 두 집은 박씨 집안에서는 가장 부자였다. 갈 때마다 늘 따뜻하게 대해주어서 친정 같았다. 영감댁 오빠는 나와 항렬이 같아서 나를 누이동생처럼 대해주었다. 아랫마을 김씨 가문에 와서 아들 많이 나아서 우리 박가의 자랑이라고 칭찬도 해주고 그 집 큰 손녀가 바로 나를 무척 따랐던 순우이다. 그 집 큰아들 종우는 우리 큰딸 둘매와 동갑이다. 순우네 작은 집 큰딸이 우리 큰집 윤진이와 혼인을 하여 각별한 관계였다. 영감 어른도 글을 잘 했고 그 아룻대 찬하 씨의 부인은 또 석포 어른 사촌 누이와 결혼해서 우리 김가네와 각별한 관계였다. 찬하 씨는 글씨도 잘 쓰고 글도 잘 했다. 만년에 바둑을 좋아해서 우리 어린 경이와 한철이를 불러 바둑 상대도 해주고 과일도 떡도 주곤 했다. 박씨 촌에서의 큰 행사에 나는 자주 간 편이다. 같은 일가라 스스럼이 없었다. 뭐라도 하나 얻어와서 우리 아이들을 먹였다.

특히 무섬의 대보름에는 불과 관련된 쥐불놀이와 앞 갱변에 외나무다리가 시작하는 근방 모래사장에 짚으로 높이 단을 쌓고 불을 지피는 달집태우기 놀이를 한다. 아이들이 어디서 주어왔는지 깡통에 구멍을 듬성듬성 내고 그 안에 불쏘시개를 넣고는 철사줄로 양끝을 묶어서 깜깜한 하늘에 돌리다가 멀리 던지고 소리치고 신나게 논다. 대보름달 아래에서 즐기는 달집태우기 놀이는 보름

달과 불을 관련시키고 이를 그해 풍년이 들기를 바라고, 부정과 사악한 질병이 없어지라고 달에게 기원한다고 한다. 또 젊은이들의 소원이 이루어지기를 빈다. 이런 놀이는 거의 대부분 남정네 중심이다. 박씨네와 김씨네가 한데 어울려 흥겹게 논다. 설부터 대보름까지 여러 금기가 따르는데 이를 어기면 부정을 탄다. 여기에 다 적을 수가 없다.

물론 설거지에 힘이 들기는 하지만 집집마다 며느리들도 보름 동안 잘 논다. 정월 보름날이 지나면 또 가사 일에 몰두해야 한다. 겨울에는 큰일은 없고 뜨개질을 하거나 물레질을 하거나 바느질로 옷을 만기도 한다. 남정네들은 산에 가서 갈비를 끌어 모으고 나무를 해온다. 또 산토끼를 잡거나 꿩을 잡아 오면 그날은 고기 맛을 볼 수 있다. 산토끼는 주로 올가미를 사용하고 꿩은 콩에다가 사이나(시안화 칼륨) 같은 독약을 넣어 잡는다.

아이들은 소쿠리를 짝대기로 고여놓고, 새끼줄로 묶어서 바라지문 안까지 느려뜨려서 줄을 잡고 기다리다가 새들이 모이를 주워 먹으러 소쿠리 속으로 들어가면 새끼줄을 당겨서 참새를 잡는다. 또 밤에 참새들이 추녀 밑 참새 집에 들어가 잘 때 후라시로 불을 비추어서 손으로 잡기도 한다. 잡은 참새는 부엌 아궁이에서 구워먹는다. 농촌에서 긴 겨울나기가 쉽지 않다. 육이오 동란 이후 여러 해 동안 식량이 부족해서 겨울에는 아침을 늦게 먹고 점심은 건너뛰고 저녁을 일찍 먹을 때가 부지기수였다. 그 당시 가난한 삶은 누구나 겪어야 하는 일상생활이었다. 배고픔과 가난은 지긋지긋하지만 피할 수 없었다. 춘궁기에는 더욱 힘들었다.

그래도 아이들은 추위도 배고픔도 아랑곳없이 앞 강물이 얼기 시작하면 얼음지치기를 좋아한다. 철사줄을 나무판때기 밑바닥에 박아 고정 시키고 끈으로 나무판때기를 신발 밑에 묶어서 얼음 위에서 외발로 얼음 위를 타고 논다. 물에 빠져 양말이 다 젖어 들어 올 때도 부지기수다. 사랑어른이 알면 혼이 나게 야단을 들으니 몰래 안방 창문으로 들어오면 시어맴이 손주들을 아랫목에 앉혀놓고, 언 발을 손으로 싹싹 비벼주신다.

산판과 뗏목 운반

무섬에 들어가는 길은 외나무다리뿐이었지만 겨울에 강물이 잦아들면 몇십 년에 한 번 정도 산판(벌목)을 하고 목재를 실으러 커다란 도라쿠(화물차)가 수십 대씩 마을 앞을 지나 소두리를 거쳐 높은 산 밑으로 간다. 산 밑에서 목재를 실은 화물차가 무섬 앞 모래밭을 천천히 지나가면 아이들이 화물차 뒤에 매달러 가기를 좋아한다. 어른들이 위험하다고 해도 아랑곳없다. 무섬에서 아주 드물게 볼 수 있는 광경이기 때문이다. 바퀴 달린 자동차가 물로 삼면이 둘러싸인 동네에 나타나니 진기할 수밖에 없다. 화물차가 띠얏 물나들이를 건널 때 조금 깊은 물에 빠지면 기다란 철판을 발통 밑에 깔아서 지나가곤 한다. 동네사람들은 산판을 하고 버린 소나무의 잔가지들을 지게로, 소로 실어 나른다. 많이 실어오면 한두 해 겨울은 나무가 풍부해서 땔감 걱정을 할 필요가 없다.

한번은 박씨 가문의 영감댁 산인 앞산 뜰뻘산의 수백 년 자란 아름드리 크기의 소나무들을 산판을 하였다. 노송들로 가득한 산이 무척 아름다웠는데 산판을 한다고 다 베어버리니 민둥산처럼 보인다. 잡나무들만 자란다. 보기가 익숙하지 않아 흉하기 짝이 없다.

소나무를 밧줄로 엮어서 커다란 뗏목을 만들어 물에 띄워서 강 하류로 옮긴다. 동네에서 힘센 청년들이나 어른들이 품삯을 받고 통나무 뗏목에 두 사람씩 타서 뗏목을 옮긴다. 물 위에서 떠내려가는 모습이 장관이다. 마을 뗏목꾼들이 수십 리 아래 예천인가 어딘가 강 가까이 도로가 나 있는 곳까지 운반해서 강가로 뗏목을 끌어 내놓고 열차를 타고 돌아온다. 품삯을 받아 오면서 술도 사먹고 반찬거리도 사온다. 조용한 마을에 와자지껄한 사건이다.

무섬의 봄소식은 강가에서 얼음 깨지는 소리와 더불어 온다. 봄이 오면 만물이 생동한다.

정월달에는 봄을 알리는 계절 중에서 입춘(立春)이 있다. 지난겨울 엄동설한에 문풍지로 스며드는 찬바람이 살을 에는 듯했다. 한겨울에 젖은 손으로 문고리를 잡으면 손이 쩍쩍 얼어붙는 추위는 갔으나 아직 날씨가 제법 쌀쌀하고 춥다. 한겨울 내내 꽁꽁 얼었던 강물이 풀리면 녹아내리는 얼음이 햇볕에 반사되어 반짝거린다. 무섬의 봄소식은 강가에서 얼음 깨지는 소리와 더불어 온다. 얼음이 녹아 깨지는 소리가 저 멀리 강가에서 딱딱하고 들려오면 봄이 오는 소리다. 강물은 아직 차가우나 봄의 기운이 느껴진다. 들과 밭에는 끄트머리가 누런 보리에 봄 서리가 하얗게 내리기도 한다. 이때는 보리밭을 발로 밟아줘야 보리가 말라 죽지 않고 뿌리를 잘 내린다.

사랑어른이 아이들을 시켜서 벼루 통을 내어 놓고 먹을 갈아서 붓으로 한지에 立春大吉(입춘대길), 建陽多慶(건양다경)이란 글자를 써서 대문에 붙이라고 하신다. 또 기둥 여기저기에 家和萬事成(가화만사성), 父母千年壽(부모천년수), 子孫萬世榮(자손만세영) 등의 글씨를 써서 붙인다. 옆집, 앞집, 뒷집, 큰 집, 작은 집 할 것 없이 집집마다 새봄에는 크게 길하고 경사스러운 일이 많이 생기기를 바란다는 뜻이다.

시골에서는 이처럼 절기에 따라 농사를 짓는다. 우수(雨水)가 찾아오면 눈과 얼음이 녹아 물이 흘러가는 계절이다. 이때부터 읍내 5일, 10일 영주 장에 가서 씨앗도 사오고 면사무소에서나 이장이 나눠주는 새로운 씨앗도 받아 온다. 사랑어른들은 삽을 들고 논밭으로 가서 물길을 만들기도 한다. 또 벌레나 해충 알을 죽이기 위해 밭두렁 논두렁을 태우기도 한다.

겨울 농한기에는 시아버님과 사랑어른들이 왕골, 새끼나 싸리나무로 다래끼 종자 뿌릴 때 쓰는 종다래끼, 거름 져 나르는 발, 마당 쓰는 싸리비를 만든다. 싸리 돗자리도 만들고 왕골로 우아한 골 돗자리도 만든다. 아이들이 자라면 아이들 지게도 만든다. 가는 새끼줄을 꼬아서 소쿠리도 만들고, 닭 둥지도, 닭 우리도 만든다. 시아버님은 고드 렛돌로 골 돗자리를 아주 잘 만드시고 정교한 골로 정교하고 단단한 신발도 만드신다. 짚으로 만든 짚신보다 훨씬 오래 신는다.

시아버님은 집안에 필요한 것은 대부분 직접 만드셨다. 개꼬리로 만든 빗자루는 안방 쓰는 데 제일 좋다. 매년 식구가 보신용으로 잡아먹는 누런 삽살개의 꼬리를 잘 무두질 하여 싸리나무 자루로 만들었다. 사랑방 빗자루는 시아버님이 어디서 말총을 구해 오셔서 손잡이를 크게 하고 만드셨다.

우리 시아버님이 짚신 만드는 도구를 늘 닦고 간수를 잘하셨다. 손재주가 좋으셔서 아무거나 잘 만드셨는데 특히 왕골로 단단한 짚신을 잘 만드셨다.

정월달을 쉬어가며 지내던 농가는 음력 이월이 되면 바빠지기 시작한다. 겨울 농한기가 끝나고 농사를 시작한다. 마당에 모아놓은 거름을 소는 소바리로, 사람은 지게로 밭으로 논으로 실어 나른다. 집안이나 밖이나 생기가 돈다. 이월 초하루에는 대개 봄맞이로 집안에 대청소를 하기도 한다.

어느 해 어느 날 영양 청기서 손아래 시누이가 왔다. 하도 오래되어서 연도도 날짜도 잘 기억나지 않는다. 설 지나고 보름도 지나고 정월 말쯤 된다. 정말 오랜만에 친정에 왔다. 나와는 각별한 관계다. 내가 무섬으로 시집와서 그래도 가장 가까운 말벗이었다. 나보다 3살 아래라서 우리는 서로 잘 이해하고 서로 도우고 했다. 새언니, 새언니 하면서 나를 무척 따르고 나와 뭐든지 상의하는 것을 좋아했다. 이렇게 우애가 좋은 걸 보고 이웃에서 '저들은 시누이가 아니라 오누이처럼 보인다.'고 했다. 내가 시집오고 몇 년 안 되어 손아래 시누이도 저 멀리 일월산 영양 청기로 시집을 갔다. 마침 정든 누이동생이 따나가듯 슬품이 몰려왔다. 나를 가장 잘 이해하고 서로 여인의 어려움을 하소연하고 서로 나누었는데. 자주는 아니지만 그래도 가끔 편지를 주고받곤 해서 너무 반가웠다.

이렇게 친정에 오니 시어머님이 무척 좋아하신다. 시아버님도 오랜만에 시집간 딸이 오니 반가워 하신다. 우리 시누이는 이야기도 잘하고 다정스럽다. 시어머님과 이야기꽃을 피운다. 잠시도 쉴 새 없이 안방도 집안도 정리하고 시어머님이 하시던 옷가지 꿰매는 것도 도와주고 어깨도 팔다리도 만져주고 한다.

"어매, 어매 건강하게 오래오래 살아야 되네."

"오냐 내 걱정 말거레이. 너희들 식구들 아이들 다 잘 있니? 이서방도 아무 탈 없고."

"응 우리 다 잘 있데이."

"니집 사돈네도 안녕하제이. 모시느라 니 고생이 만체이. 부모나 마찬가지니 잘 모세야지. 옛 말에 '약해도 부모요 글로재도 부모요 말로재도 부모'란 말이 있단다. 안 아프면 다행이제. 늘 하듯이 시어머님을 각별히 잘 모셔야 된데이. 등 따시고 배부르면 최고데이. 부디부디 성심껏 돌보거레이."

오랜 만에 만난 모녀는 이야기가 끝이 없다.

아이들이 들어와서 왁자지껄하다. 청기 고모가 캬라멜이나 눈깔사탕이라도 가져온 줄 알고 주위에 둘러 앉는다. 보따리에서 누가를 꺼내어 아이들에게 두 개씩 나누어 준다. 모두들 "우리 고모아지매, 고맙데이. 최고데이." 하면서 받아 들고 나간다. 집안에 생기가 돈다. 이야기 잘하는 고모가 오면 아이들은 둘러 앉아 옛날이야기를 해달라고 조른다.

옛날 옛날에 호랭이 담배 피우던 시절 이야기를 또 한다.

"애들아 부모님 말씀 잘 들으면 호랭이도 감복해서 물어가지 않은 데이. 옛날 일월산 밑에 마음착한 효자가 살았데이. 어느 날 어무이가 무척 아파서 감홍수(감홍시)를 먹고 싶어 했단다. 효자는 한겨울이라 감홍수를 구할 데가 어디일까 하고 집을 나섰데이. 아무리 걸어가도 감홍수를 찾을 수 없어서 절망에 빠졌데이. 집에서 시름시름 앓고 있는 어무이 생각에 기가 막힌 게라. 그러다가 지쳐서 어느 골짜기 큰 나무 아래 털썩 주저앉아 울음을 터트리고 있는데 갑자기 구렁이(골짜기) 떠나가도록 큰 호랭이 울음 소리가 나서 정신을 바짝 차렸지. 잘못하면 호랭이한테 물려가 죽을 것만 같아서. 그런데 호랭이가 의외로 효자 앞에 넙죽 엎드려서 등에 타라는 시늉을 했데이."

"고모, 사람이 소 등에 타듯이 호랭이 등에 타고 갈 수 있니껴?"

"그럼, 그러고 말고. 호랭이 등에 올라앉으니 호랭이가 날아가듯이 빨리 달려 어느 산골짜기 불 밝힌 집에 도착했데이. 그 집에 들어가니 마침 제사를 지내는데 제사상에 감홍수 대신 잘 삭은 김(고욤)을 한 사발 올려놓고 제사를 막 끝내고 음복을 나누는 참이었지. 그래서 효자가 우리 어무이가 많이 아파서 조식을 끊고 감홍수를 구해오라 해서 여기까지 달려 왔는데 감홍수 대신 김을 달라고 하니 주인 아지매가 지극한 효심을 딱하게 여겨 김을 싸주었지. 김을 들고 나오니 호랭이가 삽짝거리에 웅크리고 기다리고 있어서 다시 호랭이 등에 타고 집으로 돌아와서 어무이 한테 감홍수 대신 더 달콤한 김을 갔다 주고 어무이 병을 낫게 했단다. 그 호랭이는 어무이가 언젠가 산에서 호랭이 굴에서 새끼들에게 밥을 준 것을 기억하고 있었던 거야. 그리고 효도를 다하는 효자를 위해 짐승도 감복했데이. 그러니 너거들도 언제나 부모님에게 효도를 다 하거레이. 이제 이야기 끝났으니 그만 자자."

몇 년에 한 번 시누이가 오면 집안이 온통 화색이 가득하고 떠들썩하다. 나는 시누이를 위해서 특별히 뭔가를 준비해야 한다. 겨울이라 먹을 게 별로 없다. 아이들 보고 저 거렁가(개울가) 모래에 묻어둔 배추 한 포기하고 무우 하나 파 오라고 한다. 이이들이 삽과 괭이를 들고 쏜살 같이 뛰어나간다. 고모가 달콤한 사탕을 가지고 왔으니 저들도 저절로 신이 나는 모양이다. 땅속 석자 밑에서 파내온 배추로 부엌에 솥뚜껑을 거꾸로 해놓고 배추적을 부쳤다. 지난 장날에 정육점에서 얻어 온 돼지기름으로 적을 부치니 맛이 고소하고 참 좋다.

배추적은 시어머님도 시아버님도 좋아하신다. 온 식구가 다 좋아한다. 시골에서 먹을 거라곤 이것뿐이다. 시누이가 백설기를 조금 해와서 온 식구가 함께 먹었다. 마른 명태도 미역도 멸치도 가져왔다. 저녁에는 조밥에 쌀을 조금 낮게 넣고 양대도 조금 넣어서 밥을 했다. 말린 호박과 우무 말랭이는 물에 불려서 멸치도 넣어 된장찌개도 하고 마른 명태도 불려서 미역국도 끓였다.

밤이 되면 이웃이 모여서 또 이야기꽃을 피운다. 모두들 와란 아지매, 와란 할매 복덩이가 왔다고 칭찬한다. 그러면 시어머님은 활짝 웃으시며 김치물과 김치전이라도 내어와서 막걸리라도 대접하라고 하신

〈경노의 심곡〉 원본

다. 어떤 밤에는 시누이가 시어머니에게
두루마기 가사를 꺼내 읽어준다. 올 때
마다 법전댁한테 빌려 온 부인언행록이
나 한양가를 읽어드리는데 들을 때마다
좋아하신다. 〈경노의 심곡〉도 다시 꺼내
읽고 시어머님에게 이야기해준다. 특히
두월댁(이중선)의 〈화전가(花煎歌)〉를 나
와 번갈아 읽으며 눈물도 흘리다가 서로
손잡고 울기도 한다. 시누이나 나나 비슷

방석댁이 베껴 쓴 〈경노의 심곡〉

한 시집살이의 한을 잘 표현하고 있어서다. 시누이는 가사도 잘 읽고
글씨도 잘 쓴다. 시아버님이 붓글씨를 잘 쓰니 딸도 잘 쓰는 모양이다.
나보다 글씨체가 똑바르다. 농한기 겨울밤에 유일한 낙이 이런 가사라
도 읽고 듣고 하는 게 무섭의 풍습이다.

〈화전가(花煎歌)〉

어화우리 친구님네 화전가를 들어보소
이때가 어느땐고 갑술삼춘 호절일세
난초지초 향기뛰고 이화도화 만발한데
두견화를 찾아가서 우리벗님 모여노세
화전간다 통문돌아 상중하촌 들먹들먹
삼월보름 정일하여 우리들 칠팔숙질
형형색색 고은치장 알숭달숭 곱게입고
길고고은 우리머리 공단같이 쪽을찔러
매화잠 국화잠에 고리잠 연봉잠을
고운댕기 사이사이 예쁘게도 꽂은후에
비단당혜 갈아신고 상하일촌 다모이어
꽃등산을 향해갈적 앞천방 방덕송은
온화춘풍 흥겨워서 우쭐우쭐 춤을추니
유유청청 세류들도 한들한들 신이 난다.
말고긴 시냇물은 선계촌을 둘러싸고
유유장장 흘러가며 동산남산 향기풍에
우리행보 아름답게 물을따라 내려가니
위험한 배로길에 고이고이 조심하여
꽃등산에 도착하니 지고이고 미리와서
불을살라 점심짓고 면면각각 꽃을따서

화전을 구어낼제 둥실둥실 좋은모양

울긋불긋 꽃을놓아 빛도좋고 맛도있네

⋯⋯

또 어떤 날은 윷놀이도 한다. 청기 일월산에서 베어서 만들어 온 싸리 윷이 최고라고 사람들이 말한다. 앞에서도 이야기했듯이 무섬서는 윷을 놀때 서로 상대편 중에서 기억력이 좋고 총기가 좋은 여자가 윷말을 쓴다. 왜냐하면 전부 머리 속에 기억하는 공중윷말을 쓰기 때문이다. 시누이도 총기가 좋아서 나와는 늘 반대편의 윷말 쓰는 것을 담당한다. 나도 윷말 쓰는 데는 우리 시누이 못지않다. 시누이가 친정에 와서 지내는 날들은 늘 웃음이 가득하고 잔치 기분이다.

경칩이 지나면 농촌에는 새 농사 준비로 바빠지기 시작한다.

농촌에서는 음력 날짜와 절기가 잘 표시된 달력을 많이 거는데 영주 참의원과 국회의원이 선물한 것이다. 절기에 따라 2월에는 개구리가 땅속에서 뛰어나오기 시작한다는 경칩(驚蟄)이 있다. 이날부터 더욱 바빠진다. 2월에 햇볕이 따뜻해지기 시작하면 바깥나들이 하기도 좋다. 날 좋은 날 하늘에는 뭉게구름과 조개구름이 떠다니고 누렁이는 집 주위를 맘껏 뛰어다닌다. 그러나 아직 아침저녁으로 쌀쌀하다. 봄이 찾아와 새싹이 돋고 나무는 꽃이 먼저 피고 잎이 인다. 갑자기 눈발이 날릴 때도 있다. 차가운 봄바람이 꽃을 시새움한다고 하기도 하고 풍신이 꽃을 미워하기도 한다고 친정 할매가 이야기한 적이 있는데 무섬도 마찬가지다. 특히 강바람이 꽤 추우면 산의 참꽃도 큰집 뒤안의 매화꽃도 옴츠린다. 사람도 옴츠린다. 그러나 곧 다시 따뜻해지면 집안이나 들이나 생기가 넘치고 더욱 바빠진다. 새들도 짝짓기 위해 울음소리가 요란해진다.

음력 2월 중순에는 춘분(春分)이 있다. 춘분은 밤낮의 길이가 같은 날이며 봄이 한창인 때이다. 봄이 완연히 시작되는 계절이다. 산천초목이 생기를 발한다. 사람도 짐승도 벌, 나비도 활발히 움직인다. 무섬에서는 춘분이 지나면 봄보리 밭을 갈기 위해 밭을 소로 갈아 엎는다. 보리밭이나 밭가, 들에는 달래, 냉이 등 봄나물과 들나물을 캐서 먹는다. 봄 처녀 치마 속으로 봄바람이 불어오면 바람난다는 이야기도 있다.

이어서 청명이라는 절기가 온다. 청명(淸明)이란 말 그대로 하늘이 차츰 맑아진다. 봄기운이 완연하다. 한식날과 함께 시작할 때도 있다. 그래서 농촌에서는 '청명에 죽으나 한식에 죽으나'라는 말도 있다. 또 나라에서 정한 식목일인 양력 4월 5일 경이다. 농촌에서는 이장이 나눠 준 과일 나무 등을 심기도 한다. 농사가 바빠 읍내 주변처럼 식목일을 크게 기리지는 않는다. 봄갈이를 본격적으로 하기 때문에 청명에는 날씨가 청명하면 올해는 농사가 잘 될 거라고 시아버님이 하신 말씀이 기억난다.

이때가 되면 슬픈 추억의 이야기를 간직한 할미꽃을 비롯해서 양지바른 곳에 산야초 꽃들이 만발한다.

뒷동산의 할미꽃 꼬부라진 할미꽃 싹 날 때에 늙었나 호호백발 할미꽃 천만 가지 꽃중에 무슨 꽃이 못 되어 가시돋고 등굽은 할

영주 외나무다리 마을 무섬 알방석댁 이야기

미꽃이 되었나.

하얀 민들레 꽃이 피고 민들레 꽃씨가 바람에 날아가고 나면 할미꽃이 피어난다. 할미꽃의 고양이 수염이 마르면서 하얀 할미꽃 홀씨가 솜털로 변한다. 솜털과 함께 작은 까만 씨앗이 날아가 여기저기 퍼진다.

곡우(穀雨)는 곡식이 자라는 데 도움이 되는 봄비가 내리는 날이다. 이때부터 농촌에서는 못자리를 준비하며 본격적인 농사철로 접어든다. 눈코 뜰 새 없이 바빠진다.

농사에 중요한 비가 와야 하는 이 절기에 비가 안 오면 시아버님께서 "곡우에 가뭄이 들면 논바닥이 거북등처럼 되고 석 자나 말라서 갈라진다."라고 태산 같은 걱정 어린 말씀을 한 적이 있다. 만물이 생동하는 시기이다. 시아버님은 하늘빛을 바라보시고 내일은 비가 올 것 같다 하시면 정말 비가 올 때가 자주 있다. "곧 비 올지 모르니 마당에 설거지 빨리 하고, 장독대 잘 덮어 두거레이."하시면 그날은 비가 온다. 이처럼 농사가 본격 시작되면 농촌의 천수답에는 비가 가장 중요하다. 일 년의 시작인 봄의 계절은 농촌에서 가장 생기가 도는 시기이다. 새색시가 아이를 낳기도 하고 닭이 알을 까서 햇병아리가 마당에서 태양을 쪼이고 어미닭을 따라다니며 풀벌레나 모이를 쪼는 모습이 보기 좋다. 누렁이도 새끼를 낳는다. 산토끼도 들짐승도 새끼를 낳는다. 벌도 나비도 산새도 꿩도 알을 낳는다. 띠앗 갱변에 따가운 햇살 속에 새가 자갈을 모아놓고 집을 만들어 알을 낳는다. 2주 정도 지나면 새 새끼들이 아장아장 걸어 다니다가 가까이 가면 폴짝 날아 도망간다.

봄이 오면 논에 거름을 내는 것도 보통 일이 아니다. 소 등에다가 지르매를 얹고 단단히 고정시켜야 거름을 잘 실을 수 있다. 사랑어른은 능숙하게 하신다. 지르매는 늘 소 마구 문 옆 처마에 보관한다.

머슴 동우도 배우더니 척척 잘한다. 그리고 그 위에 옹구를 걸친다. 옹구는 거름 실어 나를 때나 감자나 무 배추를 추수해서 가져올 때 사용하는 발이나 새끼로 엮은 통이다. 집집마다 귀중한 농기구이다. 소도 거름을 싣고 가고 일꾼도 싸리로 만든 거름지게에 거름이나 똥장분(똥장군)을 지고 간다.

가장 힘 드는 일이 무논을 갈아엎는 일이다. 일꾼이나 사랑어른이 쇠훅지로 무논을 간다. 그리고 써래로 갈아엎은 덩어리를 부수고 다시 한번 널판 번지로 쭉쭉 밀어야 논이 반듯해진다. 이 힘든 일을 하는 데 우리 암소가 일등공신이다. 논 가는 날은 특별히 농주 막걸리 적부치기 등 새참도 잘 준비하고 점심도 많이 해야 한다. 소에게도 콩을 섞어서 쇠죽도 잘 쑤어서 먹여야 한다. 시아버님이 끌과 도끼로 길고 큰 통나무를 파서 만든 쇠죽겨통에 쇠죽을 준다. 밤에는 쥐가 남은 콩조각을 먹으려고 달려든다. 논 가는 날은 사람도 소도 힘이 든다. 일년 농사 중 가장 힘든 일이다. 아이들도 어른들이 쉬는 시간에 소를 앞세우고 훅지를 잡고 철벅한 논흙을 뒤집어보는 게 기특하다. 어른들은 똑바로 논을 가는 데 아이들은 소를 제대로 못 몰아 비뚤어지게 간다. 그래도 어른들 따라서 해보는 게 기특하다. 천리길도 한걸음부터라고 조금씩 농사일을 배워가는 게 기특하다.

우리 집에 안방이나 아래채 소 마구간 남쪽 벽면 처마 밑에 있는 둥

그런 통나무 벌통에 벌들이 열심히 들락날락한다. 우리 사랑어른은 벌을 잘 키우신다. 봄에 벌이 너무 많이 나면 산골 아는 사람들한테 배메기를 준다. 나무에 여왕벌이 날아 앉으면 수만 마리의 일벌들이 따라간다. 그러면 바가지에 꿀이나 조청을 발라서 지난해 준비한 마른 쑥으로 벌을 살살 바가지 안으로 몰아넣는다. 그 다음 둥근 통나무 벌통 위에 고정시키고 이웃마을이나 산간 마을 술미나 소두리 석탑 동네에 배메기로 준다. 늦가을이나 초겨울에 사랑어른이 배메기 준 집에 가서 꿀을 딴다. 꿀은 반반씩 나누어 갖는다.

시조모님이 재미있는 이야기를 해준 적이 있다. 어느 날 벌무리가 뒤안 감나무 가지에 둥우리져서 윙윙하는 걸 사랑어른(돌아가신 시조부)이 바가지에 조청을 발라 쑥 뭉치로 몰아넣어서 우리집 벌키우기가 시작되었다고 한다. 앞으로 집안에 경사가 대대로 날거라고 하셨다. 그리고 재미있는 이야기를 또 해주셨다. 벌 베메기를 하는 사람이 주인을 속이고 꿀을 따먹으면 그 이듬해 벌이 꿀을 안 만들고 날아 가버린다고 한다. 벌이 미물이지만 정직하게 벌을 길러서 원주인을 속이지 않아야 된다고 한다. 벌이 날아간 그 집에는 다시는 벌을 배메기로 주지 않는다. 시아버님도 우리 토종벌을 잘 키우셔서 꿀을 많이 따셨다. 시아버님은 집안에 사는 가축들 중 벌이 제일 영물(靈物)이라고 하셨다. 그래서인지 벌을 아주 잘 다루시고 소중히 여기셨다. 벌이 없으면 꿀도 없고 꽃들이 수정을 하지 않으면 좋은 열매도 못 딴다고 하셨다. 이처럼 벌은 사람한테 아주 유용한 것이라고 하셨다. 우리 집에 벌을 처음으로 시작하신 시조부가 돌아가셨을 때 벌집에 금줄을 쳤는데 그 밑으로 벌이 하얀 띠를 두른 채 날아들곤 하였다는 전설 같은 이야기를 해주어서 신비롭게 생각한 적이 있다. 벌이 영물임에는 틀림없는 것 같다. 우리 사랑어른도 벌을 정성껏 잘 기르셨다. 우리 조선 토종벌은 뭔가 신비로운 게 있는 모양이다. 이웃집들도 벌을 많이 키웠다. 집집마다 처마 밑에 둥근 벌통이 놓이고 봄이 되면 벌들이 열심히 들락날락하면서 꿀재료를 따온다. 여름에는 말벌이 날아와 일벌들을 물어 죽이고 꿀을 훔쳐 먹는다. 그러면 벌통 입구에 작은 망을 쳐서 작은 일벌만 드나들고 큰 말벌은 못 들어가게 해야 한다. 그리고 보는 즉시 빗자루로 잡아 죽여야 한다.

우리 사랑어른은 또 암탉들이 병아리를 많이 품으면 그것도 다 못 키우니, 15마리 정도 병아리와 암탉을 닭둥우리에 넣어서 산골 마을에 베매기로 준다. 보통 늦가을에 병아리가 다 자라서 살아남으면 절반을 우리가 가져오고 절반은 키운 집이 가진다. 물론 암탉은 우리가 다시 가져온다. 암탉은 겨울 내내 알을 낳는다. 이런 식으로 우리 사랑어른은 닭과 벌을 많이 키우셨다. 이런 기술은 시조부한테서 유래되었다고 한다. 또 이웃집의 암탉이 알을 낳는 것 같은데 달걀이 없다고 하면서 암탉을 가져오면 우리 사랑어른이 배를 만져보고 이 닭은 분명히 알을 낳으니 아침나절에 홰에서 내려와 모이를 먹고 어디로 가서 알을 낳는지 잘 살펴보라고 하신다. 큰 장닭(수탉)이 있는 옆집의 나락가리나 나무가리 밑에 알을 몇 개 낳은 것을 발견한다. 그 옆집 장닭이 힘이 세서 그 암탉을 거느리고 있는 것이다. 우리 사랑어른은 이런 면에서 신통하시다. 어느 날 병아리 한 마리가 통시에 빠졌다. 사랑어른이 건져서 강가에 가서 씻어 헝겊으로 싸서 부엌 아궁이 앞에서 말려서 살아나게 하셨다. 부엌에 온통 냄새가 등청을 해서 혼났다. 그러나 다 죽어가는 병아리를 살려냈다. 이웃집 아지매가 "아이고 무새라! 방석양반은 통시에 빠진 똥 묻은 병아리도 살리시네."한다.

사랑어른은 시어른을 닮아서 평소에 자상하시고 집안 대소댁 일에 앞장서고, 동네일도 동네 가족이나 친족끼리 다툼이 있으면 조언도 자주 하셨다. 그래서 나중에 젊은 나이에 이장도 하게 됐다.

3월이 되면 봄기운이 완연하다.

무엇보다도 강남 갔던 제비 오는 날이라고 하는 삼짇날은 음력 3월 3일인데 본격적인 봄이 시작된다. 농촌에서 일손이 바빠지기 시작한다. 논도 갈고 밭도 갈아야 한다.

삼짇날 무렵이면 봄기운이 왕성하고 흥이 저절로 나, 특히 여자들은 산과 들로 몰려나가 참꽃으로 화전을 만들어 먹으며 봄을 맞이한다. 무섬에서는 화전놀이는 물 건너 띠앗 갱변에서 많이 한다. 갱변에서 둘러서서 노들강변이나 아리랑 노래를 구성지게 부르고 춤을 추고 놀았다. 내 고향 방석이나 무섬에서는 이른 봄에 고리떡을 해먹었다. 찹쌀과 송기와 쑥을 넣어서 만든 떡이다. 또 부드러운 새 쑥잎을 따서 찹쌀가루에 섞어 밥솥에 쪄서 떡을 만들어 먹으니 이것을 쑥떡이라고 한다. 아이들이 무척 좋아한다. 시아버님과 사랑어른들께 막걸리를 만들어 드리는 데 참꽃을 넣으면 향기도 좋고 맛도 좋아서 무척 좋아하신다. 나는 봄에는 참꽃 막걸리 늦가을에는 국화꽃 막걸리를 매년 만들었다. 이웃집 석포 어른이 늘 이런 막걸리 한 잔 달라고 찾아오곤 하셨다.

단오절: 그네타기와 씨름

단오(端午) 또는 수릿날은 한국 명절의 하나로, 음력 5월 5일이다. 더운 여름을 맞기 전의 초하(初夏)의 계절이며, 모내기를 끝내고 풍년을 기원하는 기풍제를 지내기도 한다. 동네 모든 사람들이 한숨 돌리고 하루 푹 먹고 마시고 쉬는 날이다. 머슴도 삶 일꾼도 식모도 다

무섬 마을 모래 강변의 방구 소나무 (사진 김기현)

영주 외나무다리 마을 무섬 알방석댁 이야기

쉬어가며 지내는 날이다.

무섬에서는 초여름에 단오절(음력5월5일, 양력 6월초)이 오면 온 동네가 떠들썩하게 잔치를 한다. 있는 것 없는 것 다 내어 놓고 푸짐하게 먹고 마시고 즐긴다. 농주막걸리와 떡과 적부치기는 기본이고 특별한 반찬을 준비해 오는 집도 있다. 중간 마을 모래밭에 큰 방구 소나무 밑에서 먹고 마시며 논다. 본격적인 여름이 시작되는 입하(立夏)가 시작되는 날이기도 하다. 따뜻한 양지바른 논의 묘판에는 볍씨의 싹이 많이 자랐다. 밭에는 보리 이삭들이 팬다. 집안에서는 어린 뽕잎을 따서 누에치기를 시작한다. 논밭에는 잡초가 자라니 밭매기에 무척 바쁘다.

한창 농번기이지만 단오날은 모두들 쉬면서 논다. 방석 우리 친정 마을과 비슷한 점도 있고 다른 점도 있다. 무섬 마을에서는 마을 앞 모래사장에서 자라는 커다란 방구 소나무에 그네를 달고 어른 아이 할 것 없이 그네타기를 즐긴다. 소나무 밑에서 청년들은 씨름도 하고 어른들은 팔씨름을 하면서 술내기를 한다. 가끔 짚으로 긴 줄을 꼬아서 줄 당기기 놀이도 한다, 물론 남정네들만.

여자들은 단오날에 치장을 한다. 창포물에 머리를 감는다. 창포물은 창포 잎과 뿌리를 삶아서 만든다. 이날 머리를 감으면 머리에 윤기가 나고 머리카락이 빠지지 않는다고 하는 풍습 때문이다. 그리고 피마자 기름으로 머리를 가다듬는다.

단오 때부터 하지가 시작되기 전까지 일 년 동안 사용할 쑥과 익모초를 뜯어 말린다. 약쑥은 한 다발로 묶어서 대문 옆에 달아둔다. 이는 나쁜 벌레나 재액을 물리친다고 믿기 때문이다. 말린 익모초는 말 그대로 여인들의 월경 고통을 덜어준다고 하고 배가 아플 때 다려 마시기도 한다. 뜨거운 여름철 더위를 먹어 식욕이 없을 때 익모초 즙은 식욕을 왕성하게 한다고 시어머님이 자주 말하셨다. 농가에서는 약쑥을 뜯어 말렸다가 여름날 마당가에서 저녁을 먹을 때 피우면 모기가 몰려오지 않는다. 이날 시어머니는 부적을 만들어 기둥에 붙이기도 한다.

단오절에는 각종 놀이가 있다. 남자들은 마을 앞에서 그네를 타지만 여자들은 집 뒤 산협에 만든 작은 그네를 타기도 한다. 물론 김씨네 일가끼리 총각 처녀들이 쌍그네를 타기도 한다.

특히 여자들은 술도 빚고 봄나물로 적도 부친다. 봄이 제철인 쑥으로 쑥떡도 해 먹는다. 한해 내내 재액을 물리치기 위해 쑥떡을 만들어 먹는다.

단오날은 동네 사람들이 특히 박씨네와 김씨네가 한데 어울려 논다. 무섬 동네에서 가장 큰 행사인 앞에 이야기한 늦가을 외나무다리 놓을 때도 양 성씨 사람들이 어울러서 화목하게 일을 하고 먹고 마신다.

그런데 이상하게도 설날이나 정초에는 양 성씨 사람들이 함께 즐기지 않고 김씨네는 김씨 일가끼리만, 박씨네는 박씨 일가끼리만 제사 지내고 음복을 나눠 먹는다. 혼사나 환갑잔치에는 주로 남자들만 타성 잔치에 간다. 물론 무섬 내에서도 박씨와 김씨 간에 혼사를 치러서 사돈 간인 집안이 더러 있다. 원래 무섬은 물 건너 마을 머럼(탄산리: 원암)에서 3백여 년 전에 박수할배가 무섬에 처음 정착했다. 지금 만죽재(晚竹齋)란 고(古)기와집인데 나와 일가라서 나는 각별히 친하게 지낸다. 나중에 김 대할배가 박씨네 각시한테 장가들어 처가살이 하면서 식구들이 불어났다. 지금은 박씨 가문보다 김씨 기문이 더 많다. 박씨들 중에서 깨친 사람들은 일찍이 마을을 떠나 안동, 대구 등지로 출세하러 나갔다. 그럴 때마다 여유가 있는 집 가문에서 집과 터를 사들이곤 했다. 시어머님이 이야기를 해주었는데 무섬에 처음으로 정착한 만죽재댁 도기천 어른이 아들이 죽자 실망하여 마을을 떠나려고 집과 뒷산을 우리 친척인 게일 아지뱀네 한테 팔기로 문서를 닦았다. 이를 알고 박촌의 영감어른이 그래도 무섬의 상징인 박씨 종가댁이 김씨 가문에 넘어가는 게 섭섭하여 두 분을 불러다가 잘 타이르고 해서 매매계약을 물리게 했다고 한다. 우리 큰집 보갈 아지뱀네도 이사 나가는 박씨 가문한테서 집과 터를 샀다고 한다. 나중에 김씨들 중에서도 깨친 가정은 읍내로, 안동, 대구, 서울 심지어 일본으로 유학가거나 돈 벌러 간 사람들도 꽤 있다. 나는 반남 박가라 무섬 박씨네와 한 성이다. 박씨촌에 나보다 높은 항렬도 있고 낮은 항렬도 있어 처음 시집왔을 때도 덜 서먹한 게 사실이다. 무섬은 큰 동네라 이처럼 다양한 삶이 존재한다.

꽃이 만발한 따뜻한 봄날에 온갖 생물이 나서 자라 흐드러질 적에 가슴이 두근두근하는 아낙네들이 강가 갱변에 모여서 흐드러지게 노래를 부른다. 〈노세노세 젊어서 놀아〉는 늙어가는 세월을 아쉬워하는 노래다. 모두들 흥겹게 어울려 합창을 한다. 그리고 재간 있는 아지매는 멋지게 자기 노랫말을 붙여서 부른다.

늦봄에 박씨 가문은 박씨끼리, 김씨 가문은 김씨끼리 화수회를 간다. 꽃피고 잎 필 때 청명한 날 잡아서 놀러 간다. 무섬은 갱변이 넓고 깨끗하고 커다란 버드나무가 강가에 가지를 늘어뜨리고 있어 그 밑에서 놀기 좋다.

무섬 동네 김씨네는 단오절 무렵 여자들이 띠앗 갱변이나 윗마 갱변에 모여 하루 즐거운 시간을 가진다. 처녀들, 젊은 며느리, 아주머니들, 근력이 좋으신 할머니들도 한데 어울려 노래도 하고 춤도 춘다. 고향을 찾아오는 딸네들도 함께 어울려 더욱 신나게 즐거운 시간을 가진다. 쑥떡, 적부침개, 기지떡 등 맛있는 음식도 준비한다. 집에서 만든 막걸리도 마신다. 춤을 출 때는 〈아리랑〉이나 〈노들강변〉을 합창으로도 하고 독창으로도 한다. 두월댁은 자기 이야기를 가사로 구성지게 잘도 읊는다. 〈아리랑〉에 무섬 이야기를 담아 즉석으로 부르는 재주꾼도 있다. 석포댁은 노래도 잘한다. 하루 노래하고 춤추며 보내면서 쉬기도 하고 고달픈 농촌 일을 잠시 잊어버린다. 처음에 무섬 갱변에 모여서 〈노들강변〉을 부를 때 노들강변이 무섬갱변을 그렇게 부르는 줄 알았다. 무섬에서는 노들강변 대신 무섬갱변이라고 불러서 그런 것 같기도 하다.

술이 좀 취하면 노래 소리도 더욱 다양해지고 긴긴 겨울에 안방에서 모여 앉아 읊조리던 〈창부타령〉, 〈사랑타령〉을 더욱 구성지게 부른다. 웃마을 과부댁은 〈창부타령〉의 애틋한 가락을 쉼 없이 읊조리면 모두들 가슴 뭉클해진다. 당시에 호열자로, 동란으로 청상과부가 많아서 더욱 가슴에 와 닿는 모양이다. 어디 하소연할 데 없는 여인들의 삶이 슬프기 그지없어 그런 모양이다.

오뉴월 하루 볕이 무섭다.

 6월초 사랑어른이 달력에서 절기를 보고 "벌써 망종(芒種)이다." 하시면 말 그대로 가을 곡식 씨앗을 뿌리기에 적당한 시기이다. 특히 모내기와 보리 베기에 알맞은 때이다. 하지가 가까이 다가오고 무더운 여름이 시작한다. 농촌이 바쁘지 않을 때가 별로 없지만 장마와 가뭄 대비도 해야 하므로 이때는 일 년 중 가장 바쁠 때다. 여름 누에치기, 감자 수확, 꼬치(고추) 밭 흙 돋우기, 보리 수확 및 타작, 그루갈이용 늦콩 심기 등 일이 끝이 없다. 꼬치 밭에는 흙 돋우기 전에 목흑지로 흙을 먼저 간다. 꼬치들이 떨어지지 않게 소 대신 삼이가 앞에서 목쟁기를 당기고 사랑어른이 목흑지로 조심스럽게 꼬치 심은 골과 골 사이의 밭 흙을 갈아 올린다. 소를 사용해서 쇠흑지로 갈면 꼬치가 다 떨어지기 때문이다. 그러면 경이나 숙진이가 그 흙을 호미로 고른다. 그래도 꼬치가 떨어지면 다 주워 와서 먹는다.

 집안에서 특별한 일이 없으면 늘 사랑어른을 따라 들로 가야 한다. 본격적인 장마가 시작되는데 시기를 놓치면 감자도 썩고 난리다. 감자 캘 때 이따금 썩은 감자는 냄새가 고약하고 흐물흐물하지만 버리지 않고 따로 주워 담는다. 집에 가져가서 독에 물을 넣고 푹 삭혀서 나중에 가루로 양대나 굵은 콩을 넣고 감자떡을 만든다. 시큼한 냄새가 나지만 시어머님과 아이들이 특히 좋아한다.

 구름만 지나가도 비가 온다는 여름에는 하루도 쉴 날이 없다. 비가 많이 오면 일하기가 힘들어 사랑어른들이 띠나 부들로 엮은 되랭이를 걸치고 삿갓을 쓰고 사까레를 들고 논물을 보러 가신다. 시집와서 오랫동안 이런 모습을 많이 봤다. 지금은 우산이 있어 다행이지만. 오뉴월 하루 볕이 무섭다고 모든 게 때가 있는데 이것저것 하다 보면 때를 놓치는 게 많이 있다. 곡식이 하루가 다르게 자란다. 망종 무렵 서둘러 모내기를 해야 했다. 무섬에서 모내기는 보통 큰집이 먼저 한다. 그러면 작은집 식구들과 이웃들이 가서 도와준다. 그리고 그 품앗이 한 덕분에 작은집이 모내기하면 큰집 식구들과 이웃들이 도와준다.

"망종이 지나면 오전에 심은 모와 오후에 심은 모가 다르다."고 사랑어른들이 말한다. 정말 오뉴월 하루 볕이 무섭다는 말은 이를 두고 하는 말인 것 같다. 또한 하지에 비가 오면 풍년이 든다고 믿기도 한다. 하지까지 앞 강에 은어가 올라오고 하지가 지나면 서천을 따라 영주나 내성천을 따라 봉화까지 올라간 은어가 알을 낳고 내려간다. 동네에서 청년들이 올라갈 때와 내려갈 때 두 번씩 은어를 잡을 기회가 있다. 강물 고기 중에서 은어가 수박 향기도 나고 맛도 제일 좋다. 사랑어른들은 아이들이 은어를 잡아 오면 "어디 보자, 이리다고."하시면서 회를 쳐서 막걸리 안주로 삼으신다. 보통 다른 피라미들은 매운 풋꼬치를 넣고 된장으로 찌개를 해 먹는다. 피라미를 넣은 된장 조림은 무섬 와서 배운 물고기 반찬이다.

무섬에서만 하는 개매기(겨매기)로 잡은 피라미들과 붕어는 여름에 맛볼 수 있는 물고기다. 그것도 아이들이 있는 집에서나 맛볼 수 있다. 여름마다 삼이, 경이, 숙진이가 개매기로 고기를 잡는다. 또 강가 버드나무 뿌리나 바위 밑에서 맨손으로 뱀장어, 메기, 붕어들을 잡아 오기도 한다. 그래서 우리는 자주 물고기 반찬을 해 먹었다. 개매기란 고기를 잡는 방식이다. 마을 앞 강가에 물이 낮게 흘러가다가 작고 깊은 소(沼)가 만들어지는 곳이 있다. 거기 낮은 물살이 흘러가는 곳에 마당 정도의 크기로 사까레로 모래를 파서 빙 둘러 막는다. 아래 입구 문에는 양팔 정도로 넓게 하고 약간 깊게 판다. 그리고 바로 그 양옆 둑에 물고기가 뛰어오를 수 있게 통을 만든다. 이것이 개매기이다. 개매기 통 안쪽으로는 낮게 하고 뒤는 높게 한다. 그리고 개매기 속에 된장을 약간 섞은 당겨나 밥찌꺼기, 닭뼈 등을 여기저기 넣어 놓는다. 그리고 마른 당겨를 물 위에 조금 띄워 보낸다. 아래 깊은 소 속에 있는 물고기들을 유인하기 위해서다. 그리고 입구 문쪽 물가에 나뭇가지를 꽂아 놓는다. 그러고는 멀리 언덕 나무 밑에서 반 시간에서 한 시간 정도 기다린다. 소에서 놀던 물고기들이 음식 냄새를 맡고 먹으러 천천히 개매기 안으로 들어와서 음식을 먹고는 여유롭게 지낸다. 그때 발을 들고 나뭇가지를 세워놓은 곳까지 살며시 다가간다. 그다음 갑자기 뛰어가서 입구를 발로 막는다. 개매기 안에서 먹고 놀던 고기들이 자기가 들어왔던 물이 약간 깊은 입구 쪽으로 달려온다. 거기에 높은 발이 있으니 뛰어올라 봤자 나가지 못하니 다시 입구 쪽에 만들어 놓은 통으로 뛰어오른다. 많이 먹은 큰 물고기들은 대부분 다 통으로 저절로 뛰어 오른다. 거기로 뛰어오르면 바깥으로 나갈 거라고 생각해서이다.

무섬에서만 하는 기가 막힌 고기잡이 방법이다. 조상의 지혜가 담겨있다. 시아버님이 아래 동네에서는 개매기로 물고기를 제일 잘 잡으셨다. 우리 사랑어른은 개매기를 별로 하지 않았다. 나중에 우리 삼이가 커서 물고기를 잘 잡았다. 그래서 조손이 닮았다고 사람들이 말했다. 세숫

대야나 바께쓰나 다랭이로 피라미, 붕어, 사징어, 모래무지, 먹지, 은어 등
여러 물고기들을 주어 와서 배를 따 창자는 닭에게 준다. 그렇게 하지 않
으면 더운 여름에 고기가 상한다. 많이 잡을 때는 바께스로 절반 가까이
잡을 때도 있지만, 보통 세숫대야로 한 대야 정도 잡는다. 개매기는 보통
낮에 점심 때 하기도 하고, 저녁에 하기도 한다. 특히 저녁 해질 무렵에
만들어 놓고 저녁을 먹고 어두울 때 가면 더 많은 물고기들이 모여들어
따뜻한 개매기 안에서 밥을 먹고 잠을 자고 있다. 밤 개매기에는 메기나
뱀장어, 자라도 들어올 때가 가끔 있다. 밤에 물고기들은 먹을 것을 찾아
다니는 습성이 있는 모양이다. 세숫대야나 양푼에 가득 물고기를 잡으면
큰집, 작은집, 이웃과 나누어 먹기도 한다. 고기나 생선이 귀한 농촌 동네
가 대부분이지만 무섬 동네는 그래도 물고기를 자주 많이 잡아먹어서 다
행이다. 이웃 동네가 부러워할 지경이다. 내가 어릴 때 매꼴 방석에서는
겨우 도랑에서 가재나 잡고 논에서 골뱅이, 미꾸라지를 잡는 게 전부였
는데 무섬에 오니 물고기가 참 흔하다.

　어느 해인가 하지 무렵 비가 너무 오지 않고 가뭄이 들어 논바닥이 갈
라졌다. 밭도 타들어갔다. 산야에 나무도 풀도 메말라갔다. 이때는 개매
기도 못한다. 물이 있어야 물고기가 있으니까. 옛날 조선 시대에 임금이
덕이 없으면 온 나라가 가뭄이 연거푸 든다고 했는데 나라를 다스리는
대통령 탓인가. 나라와 읍, 면에서는 기우제(祈雨祭)를 지낸다고 야단이
다. 시골 마을에서는 대부분 천수답이라 막막했다. 그나마 작은 못이 있
는 놀기미 구렁은 좀 나았지만 어렵기는 마찬가지였다. 밭농사도 논농사
도 제대로 지을 수가 없다. 올해도 흉년이 오면 겨울을 어떻게 보낼까가

가장 큰 걱정이다. 모두들 걱정이 태산이다. 몇 년 전에도 이런 한재(旱災)가 있어 초근목피(草根木皮)로 살아갔는데 올해도 이런 걸 가지고 살아가야 한다니 가난도 지긋지긋하다. 없는 살림에 동냥하러 다니는 거렁뱅이도 늘어나고 중들도 더 자주 대문 앞에서 목탁을 두드린다. 한쪽 팔이 없거나 한쪽 다리가 시원찮은 육이오동란 상이군인들도 가끔 먹을 것을 요구한다. 각설이 타령도 더 자주 들린다. "작년에 왔던 거렁뱅이 죽지도 않고 또 왔네." 나라나 가정이나 어려움이 말이 아니다. 나라에서 구호 식량이 배급된다고 하는데 농촌 가정까지 얼마나 배당될지 의문이다. 농협에서는 곡식을 조금씩 빌려주고 내년에 갚으면 된다고 하지만 그것도 턱없이 모자란다. 가뭄이 들 때마다 저수지나 못을 더 만들어야한다고 떠들썩 해대지만 제대로 실천이 안 된다. 사람들이 살아가는 모습이 예나 지금이나 별로 다르지 않다. 어리석기 그지없다.

하지가 지나고 7월 초순경 소서(小暑)가 온다. 말이 작은 더위지 정말로 본격적으로 더워지기 시작한다. 보리를 베어낸 자리에 그루갈이로 오조와 늦가을 수확할 그루조를 심는다. 사랑어른이 씨삼태기에 서숙 씨를 담아 뿌리면 아이들이 뒤따라가면서 발로 살짝 밟아준다. 조밭의 김매기는 초복 무렵에 애벌을 매고 중복 무렵에 두벌을 매고 말복 무렵에 세벌을 맨다. 한여름에는 잡풀이 왜 그리 빨리 자라는지 정신없이 밭을 매 줘야 한다. 하도 무더워서 쪼그리고 앉아서 내리쬐는 따가운 햇볕을 등에 지고 조밭을 매면 무릎 밑이 문다.

시골에서 그루아재비와 오조카가 있는 집이 더러 있는데 오조, 그루조라는 말에서 유래한 것이다. 한집에서 며느리가 아이를 낳고 느지막에 시어미가 또 아이를 낳으면 그렇게 말한다. 즉 항렬이 낮은 조카가 먼저 태어나고 항렬이 높은 아재비가 늦게 태어나서 그루아재비라 한다. 이때 안방 아랫목에서 시어머니가 며느리 아기 즉, 손자를 받아내어 수발을 하고, 또 며느리가 시어머니 아이를 즉, 시동생을 받아내어 수발한다.

달밤에 피는 야생화 달맞이꽃

어느 한해 점심을 먹고 4시경까지 집에서 쉬다가 일을 하러 들에 갔다. 달이 뜨기 시작하고 별이 반짝이기 시작한 늦은 저녁까지 일하고 오는데 밭둑에 노오란 꽃이 피어났다. 사랑어른이 이는 '월견초(月見草)'라고 부르는 야생화로 달맞이꽃이니 꽃을 조금 따 가지고 가자고 한다. 달이 뜨는 저녁에 피기 시작하고 아침에 지는 꽃이라 해서 달맞이꽃이다. 울타리 가에 피는 나팔꽃과 비슷하다. 아이들이 일어나면 인사를 하는 나팔꽃은 새벽에 피고 낮에 진다. 달맞이꽃은 피부병에 좋은 약초로도 쓰고 여름철 잘 쉬지 않는 기지떡을 만들 때도 사용한다. 어릴 때 할매가 애처롭고 슬픈 달맞이꽃 이야기를 해 준 것이 생각난다.

옛날 어느 산골 외딴 마을에 달밤에 홀로 달을 바라보고 노래 부르기를 좋아한 어여쁜 처자가 살고 있었다. 그 처자는 노오란 수가 놓인 저고리를 입고 있었다. 그러다가 어느 달밤에 귀신인지 뭔가에 홀키어 산골짜기로 들어갔다. 시골에서는 과년한 처자가 가끔 달빛에 약간 이상해졌다는 이야기가 전해온다. 은은한 달빛이 비치는 깊은 산골짜기에서 그 처자는 어떤 이름 모를 총각이 자기를 자세히 바라보고 지나가는 것 같음을 느꼈다. 뭔가 느낌이 좋기도 하고 무섭기도 했다. 처자는 그만 그 순간 사라진 총각을 그리워하게 되었다. 그러나 처자는 혼인이 정해진 규수였다. 혼인 날짜가 다가오자 불안해진 처자는 어느 달밤에 다시 그 총각을 만날까 하고 골짜기로 갔으나 총각은 만나지 못하고 그만 길을 잃어버렸다. 마을에서 사람들이 사라진 처자를 찾아 나섰으나 찾지 못했다. 그 이야기를 들은 이웃 동네 총각이 혹시나하고 어느 달밤에 처자를 처음 만났던 골짜기로 갔다. 그러나 그녀를 만나지 못하고 대신 키가 크게 자란 노오란 달맞이꽃을 발견했다. 그는 처자를 찾는 것을 포기하고 집으로 왔다. 아침에 다시 그 골짜기를 찾아가니 달맞이꽃이 보이지 않고 꽃잎이 시들어져 있었다. 이렇게 달뜨는 밤에는 화려한 모습으로 꽃을 피우고 누군가를 기다리다가 아침이 오면 시들어버리는 그 꽃은 2년 동안이나 지속되었다고 한다. 그러니 부모가 정해준 신랑과 결혼해야지 헛되게 다른 총각을 꿈꾸면 달맞이꽃 신세가 된다고 한다. 할매 이야기는 언제나 교훈적이다.

이어서 7월 중순경 대서(大暑)가 시작하면 더욱 덥다. 삼복더위가 본격적으로 시작한다. 그러면 일 년 내내 키운 누렁이, 멍멍이를 잡아 집안 식구들이 보신을 하면서 더위를 식힌다. 너무 더워서 농민들이 좀 숨을 돌리고 쉬기도 한다. 무섬은 강이 있어 물만 있으면 쉴만하다. 젊은이들은 더위를 피해 계곡이나 산으로 놀러 가기도 한다. 한낮에는 어른들은 집안이나 마을 앞 소나무 그늘에서 쉬고 낮잠을 자고 아이들은 강물 속에서 논다.

　4시가 너머 해거름에 해가 지면 그때에서야 온 식구들이 밭으로 들로 가서 퇴비를 준비한다. 무섬에서 퇴비는 여름 동안 웃자란 풀을 산더미처럼 베어서 쌓는다. 밭에서 뽑아낸 풀과 함께 통시에 모아 둔 대변을 똥장분으로 그리고 소변이 든 오줌장분을 소와 지게로 날라 풀 위에 뿌리고 또 흙으로 덮고를 되풀이해서 퇴비와 두엄을 만든다. 한 달 이상 지나면 가을 농사 준비할 때 쓰는 소중한 퇴비다. 잘 발효된 거름이다. 시골에서 언제나 늘 비료 값이 비싸서 보통 퇴비로 비료를 대신한다. 농촌 시골집에는 모두 이 장분(장군)이 한두 개씩 있다. 겨우내 모아둔 인분이나 오줌은 중요한 거름이기 때문이다. 농사를 짓지 않은 이웃들이 우리 통시에 와서 뒤를 보라고 권하기도 한다. 그만큼 농촌에서 인분과 오줌은 중요한 거름이다.

　마당가에 만들어 놓은 거름(두엄)을 소바리에 싣고 와서 퇴비와 섞어서 밭의 밑거름으로 사용한다. 오랫동안 해 내려온 친환경 농사법(유기농법)이다. 이 퇴비 만들기도 쉬운 일이 아니다. 하나같이 힘든 작업이지만 해마다 되풀이해야 한다. 아이들이 더운 여름에 풀을 베야하고 오줌, 똥을 날라다 뿌리는 걸 제일 싫어한다. 그러면 새참으로 달래야 한다.

하늘이 무너져도 솟아날 구멍이 있다

어느 해인가 하지가 지나고 소서까지 무척 더웠다. 비도 안 오고 더

위는 기승을 부리고 살아남기가 난감했다. 다행히 대서가 지나서야 견딜 만해졌다. 늦여름에 비가 조금씩 오기 시작해서 산천의 초목도, 들에 풀도, 밭에 곡식도 살아난다. 바닥을 보이던 앞 강가에도 물이 흘러가니 물고기도 나타난다. 밭도랑에도 논도랑에도 작은 징거미와 버들피라미가 왔다 갔다 한다. 이처럼 비가 소중한 걸 또다시 느낀다. 하늘이 무너져도 솟아날 구멍이 있다고 하시던 시어머님 말이 생각난다. 비가 오면 말라빠진 강에 생기가 다시 돈다. 물고기도 징거미도 피라미도 잡을 수 있다. 강물 속에 반쯤 잠긴 버드나무 뿌리 속을 아이들이 손으로 훔쳐서 물고기를 잡아낸다. 큰 바위 주위를 사까레로 둘러막고 여끼라는 독초를 바위에 문질러 그 물을 사까레로 바위 밑으로 퍼 넣으면 조금 있다가 미기(메기)와 뱀장어, 붕어 등이 꾸물꾸물 기어 나온다. 그러면 반두로 한 마리씩 건져낸다.

무섬에서는 아이들이 나무뿌리 밑이나 바위 밑 속에 숨어 있는 물고기를 손으로, 반두로 잡는다. 그날 저녁에는 모든 식구들이 물고기 된장 조림을 맛볼 수 있다. 고기 먹는 날이다.

무섬에는 비가 안 와도 먹을 물은 구할 수 있다. 어릴 때 내 친정 방석에서도 몇 번 가뭄을 겪었는데 샘이 말라 먹을 물이 부족하면 가장 고통스러웠다. 아이들이 물지게로 강가에 파놓은 물을 지고 날라서 편할 때도 있지만 이른 새벽에 물이 필요하면 버지기를 이고 가서 물을 떠와야 한다. 무섬에서는 여자아이들이 어릴 때부터 작은 버지기로 물을 이고 나르는 것을 배운다. 다행히 무섬은 강바닥을 파서 샘을 만들어 먹을 물은 한 번도 부족한 적이 없었다. 사시사철 모래 사이로 생겨나는 깨끗한 물을 마실 수 있는 무섬은 복된 마을이다. 그래서인지 샛골에 사시는 이빨 잘 고치는 박 씨 영감이 "무섬 사람들은 건너 마을 머럼 사람들보다 대게 이가 더 튼튼하다."고 한다. 가난한 사람들은 읍내 치과에 못 다니고 손재주가 좋은 박 씨 영감한테 가서 이빨을 치료한다.

알방석댁 알부자라 불린 나도 1933년에 시집와서 40여 년이 지나 70년대 중반까지도 가난에서 헤어나지 못했다. 주위에는 우리보다 더 비참해서 결국 시골에 못 살고 도회지로 이사 가기 시작해서 무섬마을은 인구가 줄어들기 시작했다. 대개 일제 강점기 때 독립운동 한 가정은 살아가기 더욱 힘들었다. 아비 없는 시골 집안은 말이 아니었다. 그래서 '독립투사 나온 집안은 3대가 가난에서 벗어나기 힘들다'는 말을 하곤 했다. 도와주고 싶어도 우리도 먹고 살기 바쁘고 도와 줄 건덕지가 없어 맘이 아플 때가 많았다. 그 집 아이와 우리 집 아이가 잘 어울려 놀아도 끼니때가 되면 슬그머니 피해를 끼치지 않으려고 자기 집으로 간다. 사실 있어봤자 얻어먹을 게 별로 없으니. 어느 집이나 가난에서 헤어나지 못하는 게 내 일생 내내 눈으로 보고 겪어왔다. 지긋지긋한 가난 언제 벗어날까 생각했지만 벗어나지 못하고 사는 인생 너무 힘들었다. 죽어서야 이 가난, 이 고통 잊을 것 같다. 그래도 형편이 괜찮은 집안의 아이들은 영주로, 안동으로, 대구로, 서울로, 부산으로 떠나가는 집이 계속 불어났다. 우리 아이들도 농사를 지어서 먹고살기 힘들다고 도회에 사는 진척이나 이모한테 신세를 지면서 떠나갔다.

초가을 곡식도 초가을 채소도 자랄 수 있어 다행히 올 겨울을 견딜 것 같다. 해마다 날씨에 따라 그해 농사를 잘 지으면 겨울나가기 좀 수

영주 외나무다리 마을 무섬 알방석댁 이야기

월하고 그렇지 않으면 고통스럽다. 이런 가난이 언제까지 지속될까 걱정이 태산이다. 농촌에서는 아직도 입에 풀칠을 제대로 못하는 집이 많다. 박 장군이 대통령이 되고 춘궁기가 점점 사라진 게 다행이지만 이런 상황이 내가 시집올 때부터 70년대 새마을 운동이 시작될 때까지 정도의 차이는 있었으나 40여 년간 지속되었다. 나는 어릴 때부터 지금까지 가난을 겪고 목격하고 살아왔다. 아이들이 언제 다 자라서 돈을 제대로 벌어 가난의 굴레를 벗어날지 까마득하다. 일찍이 도회지로 나간 이웃집 아이들이나 우리 아이들도 먹는 것은 좀 더 나아졌지만 아직 사는 게 말이 아니다. 우리 앞집 숙혜와 문갑이네 4형제는 제대로 배우지도 못하고 농촌서 살기가 너무 힘들어 모두 도회지로 가버렸다. 가끔 숙혜가 새 양은 그릇과 숟가락을 가져와서 놋그릇으로 바꿔갔다. 그 후 소식이 끊겼다. 그 집 둘째는 무슨 양은 공장에서 일하다가 직업병을 얻어 일찍 죽었다는 소문이 들려왔다. 배운 아이들은 그래도 살아가는 게 좀 나아 보였다. 더 많이 배우면 더 잘 살 수 있다고 시아버님이 하시던 말씀이 맞는 것 같다. 맏이 경이가 대학을 나오니 지댁하고 벌어서 살아가지만 형제들과 부모를 제대로 돌볼 여유는 아직 없는 것 같다. 아이고 이것들이 언제 돈 벌어서 잘 살게 될지 내 살아 생전에 볼지 모르겠다.

입추(立秋), 가을의 시작

지독한 더위가 맹위를 떨치던 대서가 지나고 열닷새가 지나면 음력으로 7월 초순, 입추라는 계절이 시작된다. 반가운 계절이다. 농촌에는 가을 농사 채비를 시작한다. 아직 한낮에는 땀이 줄줄 흐르고 무덥지만 강가에 나가면 저녁에는 견딜 만하다. 음식물 등을 서늘하게 보관하거나 머리에 이고 나를 때 사용하는 광주리나 망태를 들고 고추밭에 가서 붉은 고추를 골라 따서 말려야 한다. 이것저것 할 일이 태산 같다. 농촌지도소에서 새로 개량한 무와 배추 씨앗을 사 와서 심는다. 배추 씨앗이나 무 씨앗은 너무 작아서 고무래로 밭의 흙을 잘 고른 후에 뿌리고 다시 발가락 고무래로 살짝 흙을 덮거나 그냥 발로 밟으면 된다. 서너 개의 발이 나란히 달린 발고무래도 있다. 삼사 일이 지나면 싹이 튼다.

두 달이나 지나면 겨울 김장용 무가 허옇게 속살을 내놓고 땅에서 삐죽이 올라온다. 배추는 곧 지푸라기로 묶어주어야 속이 제대로 찬다. 이때는 서숙 밭 김매기가 가장 힘들 때다. 여름방학 때 내려온 아이들이 오금 밑이 묻다고 조밭 매는 것에 질색을 한다. 그래도 잘 달개서 데려가야 한다. 일손이 부족하니 어쩔 수 없다. 그런 것만 하면 그래도 좀 한가해지기 시작한다. 8월에는 수수대가 바람에 건들거리듯이 아이들도 어른들도 어느 정도 건들거리며 놀고 쉬는 시간이 생긴다. 아이들이 학교에 갔다 오면서 살찐 메뚜기도 잡아 온다. 부엌 숯불에 구워 먹어도 맛있고, 많이 잡아 오면 튀겨도 먹는다.

이제 진짜 가을 같은 날씨인 처서(處暑)가 시작되면 모두들 숨을 제대로 쉬어가며 농사를 지을 수 있다. 폭염과 열대야가 식어지고 매미 소리도 잦아지고 밤이 되면 귀뚜라미가 나타난다. 이제 가을 맛이 난다. 하늘에 뭉게구름이 두둥실 떠다니면 아이들이나 어른이나 기분이 좋아진다. 논의 나락도 저절로 익기 시작한다. 세월의 변화는 농촌에 여실하게 나타난다. 논두렁에 물꼬만 잘 보살피면 된다. 메뚜기도 살이 쪄서 잡아먹기 좋은 계절이다. 시골에서는 처서에는 하늘이 개야지 비가 오면 다 된 농사를 망칠 수도 있다고 하지만 사실은 꼭 그렇지도 않다. 처서에 혹 비가 내리더라도 조금 내리고 마는 수가 많다. 간혹 비가 오고 늦더위가 시작되기도 하지만 이제 누구나 가을 채비를 본격적으로 한다. 해가 지고 달이 뜨듯이 계절의 변화는 신비로울 지경이다.

처서 무렵에 사랑어른은 소주와 안주를 가지고 자식들을 앞세워 일가친척들과 조상의 묘를 찾아 낫으로 일일이 벌초를 하신다. 여름내 웃자란 풀도 베고 혹 장마에 무너져 내린 묘 봉우리도 손질해야 한다. 이때 기승을 부리는 말벌 떼도 조심해야 한다. 묘소 주위에는 살갗을 쏘는 쐬기 등 풀벌레도 많다. 조상 묘들이 여기저기 큰 산, 먼 산에 있는 큰집들은 품앗이를 해서 하든지 사람을 사든지 제궁지기로 하여금 하도록 하기도 한다. 조상을 모시는 것이 농촌에서 무엇보다 중요해서 지극정성을 다한다. 요즘 젊은 자식 세대는 언제까지 이런 힘든 일을 계속해야 되는지 회의적으로 묻기도 한다. 하지만 농촌에서는 아직 누구나 다 하는 연중행사다.

왜가리와 백로가 이리저리 날아다니는 9월로 접어드는 백로(白露) 무렵이면 논의 나락은 저절로 익는다고 사랑어른이 말하던 게 기억난다. 농촌에서도 여유가 있어 5일, 10일 장날 읍내에 가는 횟수가 잦다.

어느 해인가 뒷집 조카 이진이가 농악대를 몇 명 데려와서 아래 강변에 모여서 장구치고 꽹과리 울리고 춤을 추었다 이진이는 말은 좀 더듬을 때가 있지만 재주가 좋아 선창을 하면 농악대가 울리고 우리 모두는 후렴을 부르며 손을 머리 위로 올리고 덩실덩실 춤추던 때가 그립다.

이진이는 재주도 좋아서 뭘 부탁하면 안 되는 일도 잘 되게 한다. 말 잘 안 듣는 아이가 있으면 이진한테 부탁하면 얼마나 잘 구워삶는지 금방 해결한다. 면소재지나, 지서에서 순사가 와서 너무 심하게 농주를 적발하거나 무리하게 해대면 조리 있게 따지고 야단도 잘 쳐서 무사하게 해결한다.

꽹과리는 천둥 번개 소리요, 장구는 소나기가 내리는 소리이며, 징소리는 바람이고 하는 등 농악에 대해 설명하는 것 보면 어디서 많이 보고 놀아본 경험이 있다. 안동에서 학교를 다녀서인지 아는 게 많다. 아는 게 힘이다.

여름 농사를 다 짓고 추수할 때까지 잠시 일손을 쉬는 때이므로 옆집의 아지매들이 친정 나들이를 간다. 나는 친정 어매가 살아계실 때는 다녔지만 어매가 돌아가신 이후 친정 오빠네가 객지로 이사 가고는 방석은 갈 일이 없어서 영주 한절마 형아네 집만 아주 드물게 다녀왔다. 형아네도 형부님이 별로 일자리가 없어 가난을 벗어나지 못해서 고생이 말이 아니다. 그래도 맏이 응식이가 이발 기술을 배워서 근근이 식구들이 살아갔다.

나이가 드니 무섭이 고향이나 마찬가지다. 이는 아마 나뿐만 아니라 시골 사는 아낙네들 대부분이 비슷한 심정일 것이다. 일단 출가하면 시집이 고향이나 다름없다. 태어나고 어릴 때 살던 친정 고향보다 시집에서 서너 배 더 오래 살아가니까.

시집와서 얼마 안 되어 알게 되었는데 이 무섬 마을에 큰 수난이 있었다는 이야기를 들었다. 그 당시에 일본인들이 조선을 강압적으로 다스리고 있었는데 이 마을에서 '아도서숙(亞島書塾)'이란 한글학교를 세워서 동네 청년들이 일제가 탄압하여 못 가르치게 한 한글을 가르치면서 반일운동을 하다가 사람들이 옥고를 치루고 고통을 당했다고 시어머니와 이웃집 할머니들이 이야기해주었다. 일본 순사와 그 앞잡이들이 그만 아도

무섬마을 동네청년들이 아도서숙이란 한글학교를 세워서 일제가 탄압하여 못 가르치게 한 한글을 가르치면서 반일 운동을 하다가 사람들이 옥고를 치루고 고통과 죽음을 당했다. 영주신간회가 폐쇄된 이후 여기가 주 본거지가 되었다.

서숙이란 학교를 불태웠다고 한다. 참봉댁 금당실 아지뱀이 윗마을 초입에 땅을 내주어서 지은 작은 공회당이다. 우리 집안의 어른이신 한 분(김성규: 문전 아지뱀)이 천재라서 서울로 유학가서 신학문을 배워와서 읍내에서 무슨 항일단체를 만들어 독립운동을 하였다.

또 무섬에서도 문전 아지뱀(김성규), 해우당 어른(김화진), 유동 어른(김종진) 등이 아도서숙을 만들어 동네 청년들을 가르치시며 항일운동을 하셨다고 한다. 훗날 이야기이지만 성규님의 사위가 그 유명한 동탁 조지훈 시인 교수이다. 조 서방님이 처가에 오면 우리 사랑어른과 석포어른과 우산어른과 갱변에서 밤새 술을 마시며 지내다가 술이 떨어지면 술을 얻으러 오시곤 했다. 아랫마을 이웃집 유동댁은 남편(김종진)이 항일 독립 운동하다가 고생을 해서 해방 이후 병마로 고생하시다가 돌아가셔서 혼자 몸이 되었다고 한다. 그분의 두 아들 식이하고 근이가 있었는데 근이는 초등학교 때 공부를 아주 잘해서 칭찬이 자자했다. 아부지가 없으니 더 이상 공부를 못한 것이 아까웠다. 또 일가친척 어른 한 분(김명진 이르실 어른)도 독립운동하시다가 행방불명이 되었다고 한다. 그 집에도 두 아들 벽이와 제락이가 있었는데 가장이 없는 집안의 살림살이는 말이 아니다. 나중에 벽이는 서울로 가서 자수성가했다고 한다. 벽이는 아주 야무지고 우리 삼이와 아주 친하게 나무도 같이하고 우리 집에 와서 밥도 같이 먹고 했다. 윗마을 해우당의 어른 한 분(김화진 줄포 어른)은 도일하였다. 훗날 문전 아지뱀이 불러와서 영주와 무섬에서 항일독립운동하다가 주모자(主謀者)로 잡혀가서 그 집안이 풍지박살이 났다고 한다. 그분도 마을에서 젊은이들을 선도했다. 그런 집안이 모두 김씨 가문에 다섯이나 되고 박씨 가문에도 한두 명이 있고 물건너 마을 머럼 박씨들도 있다고 한다. 이웃 마을 어떤 이는 일본 앞잡이 노릇하며 재산도 많이 모아 그 자손 대대로 잘 사는데, 우리 양반마을의 독립 운동가들의 자손들은 대대로 가난하게 살아가는 모습이 안타깝다. 아부지가 안 계시니 그 자녀들은 초라하기 그지없다. 나는 이런 이야기를 들으니 한편으로 무섭기도 하고 한편으로는 양반 동네 사람들이 목에 칼이 들어와도 의를 위해 몸을 받친다는 옛날이야기가 현실에서 일어난 것 같아 감동을 받았다. 동네 청년들이 어른들한테 배운 창가를 불렀는데 하도 우렁차서 이웃 아이한테 가사를 적어달고 해서 속으로 몇 번 따라 불러 본적이 있다.

> 학도야 학도야 청년학도야,
> 벽장의 계종을 들어보시오,
> 한소리 두 소리 가고 못 오니,
> 인생이 백 년 가기 주마 같도다.

이외에도 노래가 더 있었는데 기억이 안 난다.

나중에 바깥출입을 많이 하신 석포 어른, 우산 어른이 아도서숙 다녔던 옛 어른들한테 배운 것을 누가 적어주었는데 무척 맘에 다가왔다. 노래로 못 배운 게 한이 되었다.

사랑어른이 아이들 가르칠 때, 늘 '소년이로(少年易老)에 학난성(學難成)하니 일촌광음(一寸光陰)도 불가경(不可輕)이니 열심히 한문을 배우라'고 할 때도 이 문구를 인용하는 걸 자주 들었다. 또 우리 딸 둘매 나이 또래는 남자아이들도 여자아이들도 무섬 노래를 만들어 씩씩하게 불러댔다.

우리 뒷집 재주 좋은 큰집 조카 이진이가 가사를 지었다. 젊은이들이 의기 투합하고 단결하는 데는 노래가 최고이다.

〈무섬 청년들의 노래〉

    학가산 상상봉 정기를 받고 유구한 역사와 전통을 이어
    무섬의 청년들 서로 뭉치니 거룩한 존재여 선김 화수회
    순결한 정신에 이상을 걸고 그 옛날 그 업적 길이 빛내리

    앞내를 본받아 쉬지를 말고 흐르는 강물과 어깨 겨누어
    오늘도 내일도 굳게 싸우는 위대한 존재여 선김 화수회
    우뚝 선 소나무 그 정신 같이 그 옛날 그 업적 더욱 빛내리

    백사장 넓은 땅 우리의 일터 깨끗한 모래알 우리의 마음
    비바람 눈보라 휘몰아쳐도 백사에 뭉쳐진 선김 화수회
    숭고한 정신에 이상을 받아 우리의 이름을 길이 빛내리

영주 외나무다리 마을 무섬 알방석댁 이야기

〈무섬 딸들의 노래〉

문필봉 솟은 아래 의좋은 터전
무섬에 빛내리라 우리 딸들아
중엄한 산세 속에 자라난 딸들
억만년 이어나갈 우리 딸들아
딸들의 자랑 무섬에 자랑
그 생명 길고 길어 만세 만만세

의에 죽고 참에 살던 송백과 같이
아침하늘 햇빛 같은 우리 딸들아
비바람 불어쳐도 끝없이 싸워
억만 년 이어나갈 우리 딸들아
딸들의 자랑 무섬에 자랑
그 생명 길고 길어 만세 만만세

무섬딸네들: 진남(서늘기댁 맏딸), 경순(석포댁 맏딸), 춘희(문전댁 네째딸), 진옥(방석댁 맏딸),
병희(닭실댁 맏딸), 권숙자(춘양댁, 노식 형수). 윤자(이르실댁 맏딸) (왼쪽부터 차례로).

무섬마을의 추석명절은 정말 명절답다. 하늘에는 뭉게구름이 높게 떠서 유유자적한다. 철새들도 하늘 높이 이리저리 날아간다. 붉은 가을 고추잠자리도 위로 솟구치면서 하루살이를 사냥한다. 들판에는 오곡이 익어간다. 땡그랑땡그랑 깡통이 달린, 머리만 달린 허수아비가 바람에 소리를 내는 풍경은 정겹다. 모든 집에서는 물론 아낙네들이 추석 제사 준비하느라 무척 고생하지만. 그러나 집안의 전통을 이어온 조상을 기리고 한해 농사를 잘 지어서 그런 조상에게 새로 지은 알곡, 과일 등으로 떡을 하고 밥을 해서 제사를 지낸다. 설날처럼 제사가 많지 않은 우리 집에서 간단히 지내고, 둘째 큰집, 의인 아지뱀 집에서 제사를 지내고 마지막으로 안에 제일 큰 집안 보갈 아지뱀 집에서 제사를 지낸다. 옆집 참봉댁 사랑 큰 마루에서 여러 사람들이 모여서 제사를 지내면 거의 반나절이 지나간다. 아이들은 자치기 놀이를 하거나 갱변에서 짚으로 만든 공이나 돼지 위(밥통)로 만든 공으로 공차기를 한다. 사랑어른들은 모여 앉아 술 마시고 논다. 아낙네들은 설거지하고 집안 정리하느라 하루 종일 바쁘다. 이처럼 명절 잔치는 먹을 것이 여유 있고 좋으나 뒤처리를 우리 여자들이 다 해야 하니 힘이 든다. 그러나 힘든 기색 없이 묵묵히 해야 한다. 여인네들의 숙명이니 어쩔 수 없다. 맏딸이 있는 집은 그래도 수월하다.

바쁘지만 풍성한 음력 8월 15일 중추절이 지나고 양력 9월 22일 추분(秋分)이 오면 완연한 가을 날씨다. 이제 밤이 낮보다 길어지기 시작하여 하루가 금방 지나가는 것 같다. 윤달이 있으면 추분이 먼저 오고 추석이 나중에 온다. 추분이 와도, 햇볕이 따가워 곡식이 무르익는다. 가을 곡식이 가장 풍성하게 익어야 다가오는 한해를 잘 지낼 수 있다. 3월 춘궁기까지 버티어야 한다. 겨울나기가 쉬운 게 아니다. 해마다 가을 날씨가 그해 겨울을 어떻게 보내야 할지를 결정한다. 늦은 태풍이나 비바람이 심하게 몰아치면 다 되어 가는 곡식을 망치기 쉽다. 밭에는 콩, 서숙, 수수, 들깨, 참깨도 여물어가고 김장용 배추도 알이 차고 무도 굵게 자란다. 허수아비도 바람에 옷깃을 펄럭이며 제 역할을 한다. 논에는 나락이 익어가는 모습이 장관이다.

메뚜기도 한 철

가을 곡식을 제대로 맛보려면 음력 9월 초순경 다가오는 절기인 한로(寒露)가 지나야 한다. 한마디로 오곡백과가 익는 계절이다. 제비 등여름 철새들이 강남으로 가고 기러기 등 가을 철새가 날아오기 시작한다. 무섬 강을 따라 기러기 때가 지나가면 가을이 깊어지나 싶다. 메뚜기도 한철이라고 아이들이 논에 가서 나락 잎을 파먹어 살찐 메뚜기를 잡아 온다. 메뚜기는 시골에서 아주 좋은 영양분이 있는 먹거리이다. 소금을 쳐서 볶아 놓으면 아이들이 무척 좋아한다. 아이들이 추석 제사용으로 나락 벤 자리에서 미꾸라지를 잡아 오면 추어탕도 맛이 있다. 들판도 산도 서서히 붉고 노랗게 물들기 시작한다. 풍년이 드는 가을이면 너도나도 신이 난다. 시아버님이 천고마비(天高馬肥)의 계절이라고, 가을이 농촌에서는 제일 좋은 시간이라고 한다. 강 건너 논밭 두렁에 알밤이 떨어진다. 중간마을 박 씨네 도기촌댁 뒷산에는 굴밤이 대굴대굴 떨어진다. 아이 어른 할 것 없이 굴밤 주워 모아 묵을 만들어 먹는다. 날 잡아 먼 월미산으로 굴밤을 주우러 가기도 한다. 이 시기에 사랑어른이 아이들을 데리고 이웃 큰집 친척과 더불어 먼 산소에 시제(時祭)를 다녀오기도 한다.

사랑어른이 음력 9월 9일 중추절이 지나고 음력으로 9월 중순이 넘어 상강(霜降)이 오면 서리가 내리기 시작한다고 호박도 고추도 밭에서 빨리 가져와야 한다고 재촉하신다. 천고마비의 계절이 겨울 채비로 분주해진다. 상강은 말 그대로 서리가 내린다는 뜻으로 아침저녁으로 제법 쌀쌀해진다. 그러나 아직도 한낮의 날씨는 매우 쾌청하고 산에는 나무들이, 들에는 풀잎들이 단풍으로 물들기 시작한다. 추석에 햅쌀밥을 제대로 먹지 못하고 맛만 보았으나 이때가 되면 대부분 농가에서는 잡곡 등 햇곡식으로 밥도 해 먹는다. 햇고구마, 토란도 캐서 보관하기 시작한다. 붉은 고추를 집집마다 말린다. 무섬에서는 주로 햇볕이 따갑게 내리쬐는 모래 갱변에 발을 깔고 말린다. 깨도 들깨도 단으로 묶어서 서로 맞보기로 세워서 말린다. 다 마르면 이불을 펴놓고 깨를 턴다. 이때는 또 여러 가지 곡식을 한꺼번에 추수해야 한다. 서숙 수확은 10월 초중순이다. 서숙과 나락(벼)은 수확 시기가 같기 때문에, 이때쯤이 되면 나락 베랴 서숙 베랴 정신없이 바쁘다. 손이 열 개라도 모자라는 계절이 연속된다. 그러나 알곡 터는 재미로 힘드는 줄도 모른다.

이 외떨어진, 삼면이 물로 둘러싸여 섬 같은 평화로운 무섬 마을에도 큰 수난이 몇 번 있었다. 그 중에서도 위에 쓴 일본제국주의 탄압에 희생된 항일 독립운동을 한 가족들이 가장 큰 희생이다. 옆에서 보기가 안타깝기 그지없지만 모두들 가난한 살림이라 어쩔 수 없는 것이 더욱 안 됐다.

또 한번은 언젠가 마을 뒤, 내성천과 영주천이 만나는 곳에 산협이 병목 같이 잘록해서 거기를 파서 댐을 만들어 물길을 돌리고 무섬 앞 갱변에는 토지로 개발한다고 일본제국주의자들의 앞잡이들이 지형을 재고 줄을 긋고 하는 사건이 있었다. 우리 시아버님 등 동네 어른들이 그런 계획을 세우는 사람들을 곰방대로 후려쳐서 못하게 해서 순사들이 와서 잡아가고 하는 사건이 있었다. 곧 물길을 만들고 댐을 만들면 무섬 동네 망한다고 어른들이 난리였다. 결국 계획을 세우다 만 사건이다.

겨울의 시작 입동(立冬)

음력으로 10월 초순이 되면 입동(立冬)이다. 사람도, 동물도 식물도 움츠리는 시기이다. 겨울을 대비해서 어른도 아이들의 옷을 준비해야 한다. 할 일이 태산 같다.

이어서 소설(小雪)이 시작된다. 이시기에 무엇보다도 농가에서 가장 중요한 것이 김장을 담그는 일이다. 뒤안의 양지바른 곳에 땅을 적당히 파고 독을 두 개 정도 묻는다. 짚으로 거적을 엮어서 움막을 짓는다. 큰 독에는 배추김치를 해 담고, 좀 작은 독에는 무김치를 해 담는다. 김장김치를 담글 때도 이웃과 함께 서로 품앗이를 한다. 하루 전에 배추, 무를 들에서 뽑아 와서 씻은 다음 소금에 절인다. 양념도 준비한다. 고춧가루, 다진 마늘, 파, 새우젓으로 양념을 만든다. 그러면 이듬해 3월 초순 봄이 올 때까지 신선한 김치를 먹을 수 있다. 추운 겨울에는 독 뚜껑을 열면 살얼음이 끼지만 괜찮다. 또 강가에 모래를 반키 정도 파서 무를 묻어두고 겨울에 가끔 파내어 먹는다. 깨끗한 모래 속에서 신선한 무가 겨울잠을 잔다. 가끔 밤도 함께 묻는다. 집집마다 무모래더미가 있다. 무 잎과 줄기는 새끼로 잘 엮어서 그늘진 곳에 달아서 말린다. 이 시래기는 겨울에 된장국을 끓여 먹거나 정월 보름에 나물로 먹기 위해서다. 호박고지, 가지도 썰어 말린다. 겨울 끝자락에 김치가 떨어질 때가 되면 무를 잘게 썰어서 햇볕에 말려서 김치가 떨어지는 춘삼월에 마른 고춧잎을 불려서 함께 곤짠지를 담가 반찬으로 먹는다. 마른 무말랭이에서 단맛이 난다.

김장에 관한 가사를 흥얼거리며 김장을 하면 피로도 덜 한다.

무 배추 캐어 들여 김장을 하오리라
앞 냇물에 깨끗이 씻어 소금 간 맞게 하소
고추 마늘 생강 파에 조기 김치 장아찌라
독 옆에 중두리요 바탕이 항아리라
양지에 움막 짓고 짚에 싸 깊이 묻고
장다리 무우 아람 한 말 수월찮게 간수하소.

정학유의 〈농가월령가〉 중에서

11월 초가 되면 나락을 베서 논에서 일차로 말리고 소등이나 사람의 지게로 운반해서 마당가에 나락 가리를 만든다. 손이 많이 가는 가을 추수가 끝날 무렵 이웃의 도움을 받아서 나락을 타작한다. 마당가에나 뒤안 울타리가에는 타작을 마친 볏짚을 하늘 높이 쌓아 올린다. 봄에 싹이 틀 때까지 소가 먹고 살 식량이다. 또 겨울 내내 땔 나무도 해서 나뭇가리를 만든다. 모두 사람의 손으로 베서 사람의 등으로 져서 나르거나 소로 운반해야 해서 여간 힘든 게 아니다.

이어서 큰 눈이 앞 강변을 덮는 계절인 대설(大雪)이 음력 11월 초순에 시작된다. 동네 농사짓는 어른들은 이날 눈이 많이 오면 다음 해 풍년이 들고 푸근한 겨울이 될지도 모른다고 한다. 역시 눈이 오는 계절에는 눈이 많이 와야 하고 비가 올 때는 비가 와야 농촌은 농사를 잘 지을 수 있다.

긴 겨울밤이 시작되는 동지(冬至, 양력 12월 22일)가 오면 집집마다 팥죽을 쑤어먹는다. 어릴 때 할매가 붉은 팥죽을 먹어야 집안에 들어오는 귀신을 쫓는다고 이야기를 여러 번 해주었는데 어디가나 비슷한 이야기를 한다. 시아버님은 붉은 팥은 몸을 따뜻하게 해주고 많이 먹어도 독이 없는 성분 때문에 한약재로서도 쓰인다고 하셨다. 시골에서 시루떡을 만들면 팥고물을 많이 쓰는 것도 같은 이유다. 동지에는 팥죽에 찹쌀로 만든 새알을 넣어 먹으면 든든해서 배고픔도 덜 하다. 아이들은 초가지붕 서까래 사이에 손을 넣어 참새를 잡아먹기도 한다. 화롯불에 감자나 고구마도 구워 먹는다. 긴긴 밤에 할매한테 이야기를 해달라고 아이들이 조른다.

시어맴이 '은혜를 갚은 까치' 이야기를 해준다.

"옛날에 호랭이 담배 피우던 시절에 무섬 앞에 높은 미루나무가 있었데이. 거기에 까치가 둥지를 지어 놓고 알을 까고 새끼를 키웠지. 어느날 처녀가 물을 길러 오는 데 구렁이가 슬금슬금 까치 둥지로 올라가는 것을 봤지. 까치가 깍깍하고 울어대고 난리가 났지. 처녀가 무슨 일이 일어 나는지 알고는 집에 가서 긴 지게 작대기를 들고 와서 구렁이를 때려잡아서 거렁(강)에다가 내다버렸지. 까치가 안심을 하고 처녀가 하는 짓을 자세히 보았단다. 그리고 얼마 세월이 지나서 처녀가 밭가에서 뱀딸기를 따먹고 나무 그늘에서 잠이 들었는데 또 다른 구렁이가 슬금슬금 처녀한테로 기어가는 것을 까치가 보았제이. 이를 본 까치 두 마리가 휙 내려오면서 까악까악 소리치고 푸드덕 거리니까 처녀가 잠에서 깨어나 보니 큰 구렁이가 저 발밑까지 기어오고 있어서 얼른 일어나서 다시 구렁이를 잡아서 거렁에 던져버렸데이. 아마도 지난번에 죽은 구렁이의 다른 한 쌍이었나 봐. 그러나 이번에는 까치가 처녀의 목숨을 구해줬지. 이처럼 짐승도 은혜를 갚을 줄 아니 너희들도 자라서 누구한테 도움을 받거나 은혜를 입으면 반드시 갚아야 한데이."

무섬 양반집 아낙네들은 외간남자와의 사랑 이야기는 상상도 못하지만 글 속에 묘사된 것을 생각하고 즐기며 대리만족을 느끼는 것 같다. 황진이 시구에 무섬의 정서를 빗대어 읊기기를 좋아한다.

낙동강 줄기 내성천아 흘러감을 자랑마라

넓은 바다에 도달하면 다시 못 볼 터니
만월 달빛이 강나루에 가득하니 놀다 가거라

계남댁은 〈단종애사〉〈단종전가〉를 애틋하게 소리 내어 읊으면 언제
들어도 감동적이다. 가사를 하시는 서늘기 형님하고 정이 많은 세걸댁
은 눈물을 흘린다. 모두들 듣고 또 들어도 싫증이 나지 않는다. 무섬의
겨울밤은 깊어가고 가사 읊는 소리는 끝날 줄 모른다.
일찍이 호열자로 남편과 사별한 하회댁이 어떤 가사에 자신의 처지
를 보태어 읊는 가사는 모여 앉은 모든 이의 가슴을 적신다.

앞산뒷산 진달래야 꽃진다고 설워마라
명년삼월 봄이오면 너는 다시 피련만은
한번가는 우리인생 두번 다시 못온단다
시집올 때 젊었는데 피지도 못하고 시들어 버리는구나
호열자로 떠난낭군 다시 돌아오지 않는구나
전생에 지은 죄가 이처럼 크단말인가
온갖 꽃이 피고지는 봄이 가고 궂은비 하염없는 여름이 가고
귀뚜리 소리 달밤에 교교한 가을이 오고
긴긴 동지섯달 겨울이 와도 외로움이 그칠날 없구나
동네벗님네들 모여앉아 하소연 소리 들어주니 이내가슴 견딜만
하나
속으로 흐르는 눈물은 멈출길 없구나

여기모인 아낙네들 설움이 많다하지만
나같이 청상과부 된 여자 또 있을까
서럽다 서러워 한 많은 내 인생이 서럽구나.

 법전댁은 시집올 때 미래의 시아버님의 주문에 의해서 직접 여러
가지 가사를 베껴서 왔다. 법전댁 성품처럼 글씨가 참 곱다. 그중에서
도 즐겨 읽는 이야기책은 〈사씨남정기(謝氏南征記)〉이다. 이 가사에 나
오는 사씨의 남편이 모함에서 풀려나와 첩에 의해서 불행에 빠진 사
씨를 다시 찾아오고 간교한 책략을 꾸민 교씨와 그녀의 간부(奸夫)를
벌하는 장면에서는 모두들 박수를 친다. 인생에서 모든 게 사필귀정이
라고 한다. 이 이야기는 무섬에서 읽은 것 중에서 가장 재미있는 이야
기다. 해마다 긴긴 겨울밤이면 이야기를 읽어 달라고 한다. 모두들 내

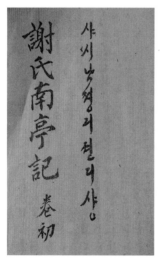
사씨남정기 표지

목소리가 낭랑하다고 읽어보라고 한
다. 석유등잔 밑에서 가사를 읽으면 모
두들 모여앉아 머리를 기울이고 듣는
다. 두월댁은 자기가 쓴 여러 가지 가사
를 낭송하면 모두들 무척 재미있어한
다. 두월댁 재주가 이만저만 아니다.

4부
해방과 6.25

해방

일본이 대동아전쟁에서 미국이 터트린 핵폭탄으로 패망하여 조선이 독립하게 되어 다행이다. 그리고 1945년 8월 15일 해방은 무섬마을에도 크고 반가운 소식이었다. 영주 등지에서 독립운동하시다가 마을에 정착하신 어른들과 동네청년들이 구겨진 태극기를 장롱에서 꺼내들고 만세를 부르며 동네가 떠들썩했다. 문전 아지뱀(성규 씨, 동웅의 부, 시인 조지훈의 장인)은 마을 갱변에 작은 책상을 내놓고 일장 연설을 하면 동네 사람들이 모여서 만세를 제창하였다. 우리 아녀자들도 먼발치에서 그런 감격적인 모습을 보니 가슴이 뛰기 시작하였다. 그 당시 한재이 형님댁 둘째 딸 진영이는 하도 총명해서 그때 배운 해방가를 잘도 부른다.

이 조용한 외딴 동네에도 아마 내 생애에 느낀 가장 감격스러운 사건이었다. 소식이 전해지자 모두들 이제 허리 펴고, 한글도 맘대로 배우고 외세 눈치 보지 않고 살 수 있다고 수근 거린다. 그러나 해방 후 나라 안팎이 어수선한 뉴스가 이 외진 동네에도 자주 들려왔다. 그러나 살아가는 방식은 옛날과 크게 다르지 않게 사시사철 농사짓는 것은 똑같았다. 사람들 생각이 좀 더 여유가 생긴 분위기는 느낄 수 있었다. 얼마 전만 해도 산에서 소나무에 낫으로 톱으로 자국을 내어 송진을 짜서 받치곤 하던 것을 이제는 하지 않아도 되었다. 금수강산에 아름드리 낙락장송이 상처를 입은 모습이 애처롭다. 일본의 강압적인 한반도 지배가 얼마나 무자비한지 알만하다. 우리 민족 다시는 외세에 침략당하지 않도록 만반의 준비를 해야 한다. 시아버님이 늘 '유비무환(有備無患)'이라고 말하듯이.

일본 순사와 그 앞잡이들이 나타나면 아이가 울음을 그치던 공포 분위기도 사라졌다. 그런데 나라가 일본 압제로부터 풀려났지만 두 동강이가 나서 북한은 소련의 입김이 좌우하고 남쪽은 미국 입김이 좌우해서 어수선한 분위기가 조성되었다. 마을의 뜻있는 분들, 일제때 반일운동 하던 분들은 나라를 위해 큰일이 남아 있다고 한다. 서울과 대구 등지에서 공부하던 젊은이들은 나라를 위해 더 큰 뜻을 품고 바삐 움직인다. 농사를 짓는 분들은 시골에서 삶을 이어가지만 서울이나 도회에 나들이 하는 사람들은 뭔가 분주히 움직인다. 새로운 세상을 맞이하여 희망에 찬 모습이기도 하고 어쩐지 초조한 모습이기도 하다.

시동생의 비보(悲報)

우리 집에서는 해방되기 전에 춘양으로 시집가신 맏시누이가 막내 남동생을 돈벌이 시킨다고 데려갔다. 아주 잘 생긴 우리 유일한 시동생이었다. 그는 거기 태백 광산에서 희생이 되었다. 어느 날 그런 비극적인 소식을 들고 온 춘양 형님은 시아버님한테 혼쭐이 나고 다시 고향에 오지마라고 호통을 받고 쫓겨났다. 춘양 형님은 일찍이 남편을 잃어서 혼자 그 당시 아들 둘을 데리고 살았다. 그전에 올 때마다 생선 어물을 가지고 와서 돈이나 곡식으로 바꾸어가기도 했다. 그 형님은 바깥세상 소식도 전해주었다. 혼자 살아가기가 무척 힘든 모습이 안되었다. 우리 집의 사랑어른의 유일한 남동생인 시동생이 그렇게 죽어서 집안 전체가 오랫동안 슬픔에 잠겼다. 시조모님은 당신이 덕이 없어 이렇게 손주가 불의의 객이 되었다고 한탄하셨다. 다 타고난 업보라고 한탄하신다. 그러나 "엎지른 물을 다시 담을 수 없으니 이왕 일어난 불행을 어떻게 하노 그만 이겨내고 살아가야한다."고 하셨다. 시아버님보다 시어머님은 한동안 식음을 드시지도 않았다. 나는 말도 못하고 슬픔을 참았다.

호열자 창궐

8.15 해방과 6.25 동란 전후에 전염병도 창궐하고 어른도 어린이도 많이 죽었다. 어떤 친척 집에는 며칠 사이로 호열자로 둘이나 죽기도 했다. 우리 집에서는 첫아들이 병이 나서 다섯 살 생일도 안 되어 죽었다. 시동생이 죽고 나서 가정에 생긴 가장 큰 불행이었다.

첫 아들을 잃고 슬픔에 젖어있었다.

"시아버님 왜 저는 이런 불행을 겪어야하니껴. 모두 지 불찰이고 천생에 뭐 잘 못한 게 있어 이렇게 우리 집안에 불행이 닥쳐온 모양이시더. 죽을 죄를 지은 가보시더." 내가 시아버님께 말을 하자 시아버님은 "야야, 걱정 너무 하지 말거레이. 살다보면 이런 일도 저런 일도 있는 법이데이. 병마가 동네를, 나라 전체를 휩쓸어가니 어디 우리 집만 이런 우환이 생기나. 그 가세 좋던 웃마을 문전이네도 며칠 내로 줄초상이 나지 않았나. 어려운 시기가 지나면 더 좋은 세월이 올기데이. 니 스스로 복을 타고나지 않았다고 한탄말거레이. 스스로 노력해서 복을 보태어 살면 된데이. 가난하고 어렵고 못 먹고 살아도 니 마음을 니가 다스리면 된데이. 우리다 그렇게 살아왔데이. 피치 못할 일이 일어나도 니가 니 인생길을 헤쳐 나가면 덴데이. 세상이 우리를 워찌하겠노. 부디 참고 올바르게 생각하고 살아 가거레이. 자식을 잃은 니 마음 다 안다. 니 시조모, 니 시어미 말 안 해도 슬퍼한다."라고 하신다.

동네 전체가 무시무시한 분위기에 휩싸였다. 큰집은 호열자를 피해 강 건너 큰 솔밭에 움막을 치고 한참 동안 살았다. 호열자의 전염을 피해서다. 마을로 들어오는 뒷길에 평은 지서에서 순사가 와서 지키고 마을 사람들이 나가지도, 외지 사람들이 들어오지도 못하게 했다. 이웃 간에 왕래도 금했다. 면사무소에서 서기가 입과 코를 가린 수건을 쓰고 와서 소독도 하고 마을 전체가 어수선했다. 그 당시 나라 전체에 그런 전염병이 퍼졌다고 한다. 먹고 사는 게 날이 갈수록 무척 힘들었다. 그러나 나는 시어머니와 누에도 치고 목화도 따고 길쌈도 하고 재봉틀로 동네 사람들 옷가지들을 만들어주고 훗날을 위해서 조금씩 돈을 모았다. 당시 목화는 집집마다 재배하여 솜을 만들어 가정에 이불 등 유용하게 사용하였다.

식구들이 첫 아이를 잃어버린 슬픔을 빨리 잊게 해주었다. 바쁜 농촌 생활이 오랫동안 슬픔에 젖어있지 못하게 했다. 임오년(壬午年, 1942)에 둘째로 태어난 딸 둘매와 병술년丙戌年, 1946)에 셋째 아들 삼이는 건강하게 자라가고 있어 그나마 다행이다.

따듯한 아랫목에서 아이를 낳을 때가 되면 시조모님께서 삼신할매에게 바치는 삼신상을 윗목에 차리곤 하셨다. 삼신상차림에는 주로 미역, 쌀, 강가 모래 샘에서 길러온 정화수(井華水)를 떠놓는다. 시어머니는 내가 아이를 낳으면 삼신상에 올렸던 미역과 쌀로 첫 국밥을 지어주신다. 미역은 예부터 젖을 잘 나오게 한다고 믿고 있다. 무엇보다 힘들게 아이를 낳은 후 먹기가 수월하다. 출산 후 3일째와 7일째 21일째도 삼신상을 차려 그 상의 밥과 미역국을 먹는다.

21일간 지푸라기로 왼쪽으로 엮은 새끼로 만든 금(禁)줄을 대문 위에 쳐놨다가 벗기면 삼신상을 더이상 차리지 않는다. 물론 백일잔치와 첫돌 잔치가 다가오면 또 삼신상을 차리시곤 하였다. 딸을 낳았을 때는 금줄에 수껑, 솔가지와 흰 헝겊을 달고, 아들을 낳았을 때는 고추, 솔가지, 고드레돌과 하얀 문종이를 달아놓았다. 부정 탄 사람이 갓난아기에게 해가 될까봐 출입을 금하는 상징이다. 우리 집에서는 늘 삼신상을 시조모님이 차리신다. 안방 방 머리맡에 짚을 깔고 상의 앞쪽으로 밥 뒤쪽으로 미역국과 물을 각기 세 그릇씩 차려놓고 삼신할매가 그 음식을 먼저 먹고 갓 태어난 아기가 탈 없이 잘 크도록 빈다. 시조모님은 삼신할매에게 빌고 또 빌어야 산통도 덜하고 아이가 병도 걸리지 않고 죽지 않고 잘 자란다고 말씀하셨다. 어릴 때 친정 할매와 어매도 비슷한 이야기를 한 것을 들은 적이 있다. 할매는 옥황상제가 우리 인간의 운명을 좌지우지하니 늘 착하게 겸손하게 살아야한다고 옛이야기를 해주면서 말했다. 나중에 시조모님이 돌아가시고는 시어머님이 그 자리를 대신하셨다.

둘매는 마침 밭에서 일을 하는데 산통이 와서 하마터면 밭에서 낳을 뻔했다. 서둘러 집에 오자마자 안방에서 아이를 낳았다. 시조모님이나 시어머님, 시아버님 모두 아들을 고대하고 있었는데 실망한 눈빛이었다. 그래도 시아버님은 영민하셔서 "큰딸은 살림밑천이 되니 딸이면 어떤노." 하시며 위로의 말을 하셔서 속으로 마음이 놓였다. 들에서 산통을 하고 딸이 나와서 이름을 둘매로 지었다. 다음에 아들을 낳으라고. 호적에는 진옥(鎭玉)으로 올렸다.

아이를 낳고 2~3일은 시어머니가 밥도 해주시고 돌봐주셔서 그나마 다행이다. 아들딸 낳을 때 바라지 하는 것은 시어머니가 도맡아 하셨다. 그러나 곧 아기 기저귀 빨래 등 모든 것을 내가 해야 해서 여간 힘든 게 아니었다. 밥을 하랴 집안 소지하며 아기 젖먹이며 돌봐야지 손이 열 개라도 모자랄 것 같았다. 이러한 일들은 아이를 낳을 때마다 되풀이되었다.

무자년(戊子年, 1948)에 넷째로 태어난 경이는 흉년으로 먹을 게 없어 젖도 제대로 나오지 않아 미음으로 젖을 대신하기도 했다. 이웃집 식모살이 하던 문한 어미가 마른 젖을 가끔 물려주어서 젖동냥으로 겨우 살아났다. 시어른이 큰 손자처럼 다칠까 전전긍긍하시며 돌봤다. 그러던 어느 날 심한 기침을 하고 열이 나더니 얼굴이 새까매졌다. 돌도 지나기 전, 눈보라가 치는 추운 겨울 어느 날이었다. 그러더니 숨이 넘어갔다. 시어머님도 눈물을 흘리며 고개를 돌리셨다. 차마 보고 싶지 않으신 모양이었다. 또 이런 슬픈 운명이 왜 또 내게 일어난

단 말인가. 나는 무섭고 겁이 났다. 그렇게 정성을 다해 삼신할미한테 빌고 또 빌었는데도 소용이 없다니 이 무슨 변고인고, 부처님도 신령님도 원망스러웠다. 저녁을 먹고 사랑어른은 괭이와 삽을 들고 나는 아이를 보자기로 싸서 산에 묻으러 나갈 채비를 했다. 기가 막힐 노릇이었다. 첫아들을 잃고 몇 년 만에 또 넷째를 가슴에 묻어야 하니. 바람이 몰아치고, 눈 싸래기가 너무 심하게 내리고 추웠다. 시어른이 "이봐라, 야들아! 이 추운데 산에 가면 땅도 얼었을 텐데 그만 방구석에 놔뒀다가 내일 날 밝으면 갔다 묻어라."하셨다. 그래서 안방 웃묵에 보재기로 싼 채 놔두고 잤다.

아침에 일찍 일어나 궁금해서 보재기를 약간 풀어보니 아이가 얼굴 색깔이 맑아진 것 같았다. 깜짝 놀라서 시어맴이 시어른을 불러 오셨다. 시어른은 가끔 동네서 침도 놔주시고 한약재로 간단한 약도 지으시는 분으로 병을 잘 다루셨다. 시어른이 귀를 아이의 코에 대시더니 야가 숨을 쉬는 것 같다고 하면서 얼른 보재기를 풀라고 하셨다. 그래서 우리 넷째 경이는 되살아났다. 그때까지 우리 집에서 일어난 경사 중의 경사였다. 죽은 아이가 살아났으니 천지신명이 도우신 모양이다.

경인년(庚寅年, 1950년) 육이오 동란의 상흔

조용한 마을에도 나라 전체의 운명을 뒤흔든 동란의 바람이 불어 닥쳤다. 얼마 전에 끝난 전염병 사태와는 또 달랐다. 해방되고 만세 소리가 울려 퍼진 지 엊그제 같은데 갑자기 또 나라 전체가 어수선하다. 바깥어른들이 왜놈들이 물러가고 대국인 미국과 소련이 남북을 차지하고 조선 민족은 고래 싸움에 새우 등 터지는 꼴이 되어간다는 이야기를 한다. 일제때 항일 운동하던 분들이 일본에 저항하기 위해 공산주의 사상을 신봉하고 민족주의 운동을 했는데 전쟁이 나니까 어떤 분들은 북에서 내려온 빨갱이 공산당의 편을 들어 마을을 떠나갔다. 마을 읍내뿐만 아니라 나라 전체가 어수선했다. 우리도 안동으로 피난 갔다가 다시 고향으로 돌아오기도 하고 다시 물 건너 콩밭에 숨기도 하는 등 우왕좌왕했다. 마을에서 멀지 않은 평은역 근방 산에서 따발총 소리가 연일 들려오고, 쌕쌕이 비행기가 하늘을 지나가며 귀청을 뚫을 것 같은 소리를 내고 하늘에 연기를 기다랗게 남기고 지나가고 어딘가 폭격 소리가 들려왔다. 무서운 시대였다. 한두 사람이 싸우는 것도 무서운데 이렇게 온 나라가 다 싸우니 비극이 아닐 수 없다. 어릴 때 우리 대한의 독립군들이 만주에서 일본군과 싸우는 이야기를 여러 번 들은 적이 있는데 그것은 이해가 되었는데 이번의 전쟁은 같은 민족끼리 죽이고 하는 싸움은 정말 이해가 안 되고 무서웠다.

공산당 부대가 낙동강하류 부산까지 갔다가 미국 등 다른 나라의 유엔군부대가 남한을 도와 다시 북한 괴뢰군대가 쫓겨갈 때 우리 마을에도 수십 명의 빨갱이 병사들과 장교들이 들이닥쳤다. 군인들이 초라하게 옷을 입고 음식을 조달하고 하루 자고 머무르다 갔다. 닭을 잡아달라고 하고 잡아주면 빨간 전표를 주었다. 나중에 통일하면 돈으로 보상해준다고 하면서.

그 뒤를 쫓는 국군 병사들과 장교들도 마을에 와서 자고 갔다. 엄격한 공산당 군대와는 달리 증표도 주지 않고 닭이랑 개도 마구 잡아먹고 식량을 달라고 해서 가져갔다. 밤에는 여자들이 공포에 사로잡혀 떨기도 했다.

그 전쟁 통에 윗마을 한쟁이 형님댁에서는 외동아들이 영주까지 온 김일성 장군의 공산군대를 따라갔다가 통일되면 내려온다 했는데 그 후 소식이 끊겨서 무척 안타까워했다. 그 집에는 딸만 여섯이나 있었다. 가족의 큰 슬픔이었다. 하나뿐인 아들의 소식을 기다리며 사시는 그 형님은 안타깝기 그지없다. 그래서인지 우리 아들들이나 다른 집 아들들이 가면 무척 반겨주신다. 우리 집 재현이를 양자 삼고 싶다고 하셨다. 그 집 둘째딸을 비롯하여 딸네들이 다들 노래를 잘 한다.

박 씨네 가족에는 정말 기고 나는 사람이 한 명 있었는데 영주 봉화 지구 공산당 대장이 되었다. 밤에는 나타나 무섬마을 사람들을 호도하고 낮에는 산에 숨고 했다. 그러나 동네 사람들을 고의로 해코지하지 않아서 다행이다. 다 일가친척 외손이니 인지상정인가 보다. 그래도 사상보다는 인륜이 앞서서 다행이다. 삼강오륜을 어릴 때부터 배운 동네 전통 때문이다. 그런데 어느 날 밤 그 공산당 대장을 잡기 위해 쌕쌕이가 마을을 폭격한다는 소문이 돌았다. 아이들과 여자들은 물 건너 콩밭에 숨기도 했다. 마을 어른들 중 바깥출입을 자주 하는 분들(우산 어른과 석포 어른)이 영주 안동 군부대에 찾아가고 대구에 갔다 오고 해서 다행히 폭격은 면했다.

그 외에 온갖 무서운 이야기가 나돌았다. 전쟁은 무서웠다. 피난길에 여자는 아이를 한 명 등에 업고 머리에 이삿짐 보따리를 이고, 남정네는 커다란 짐을 등에 지고 처량하게 가는 한 가족의 모습이 말이 아니었다. 두 눈만 까맣게 남은 피골이 상접한 다 죽어가는 아이를 버리고 가자는 집도 있었다. 뒤따라오던 가족이 하도 불쌍해서 그 아이를 업고 갔는데 나중에 살아남았다고 한다. 모두들 몰골이 사람 같지 않았다. 찰나의 순간에 사람이 죽고 사는 전쟁과 피란으로 나라가 극도의 혼란에 휩싸였다. 같은 민족끼리 서로 죽이고 하는 것이 공포스러웠다. 그래도 무섬 마을은 그런 사건을 직접 겪지 않아 천만다행이었다.

6.25 후 기근과 질병과 가난의 되풀이

전쟁의 회오리바람이 휩쓸고 지나간 후 마을에는 기근이 찾아왔다. 마을뿐만 아니라 나라 전체가 말이 아니라고 한다. 쌀 한 톨이 귀할 때인 어떤 때는 피죽을 끓여먹기도 했다. 보릿고개를 넘기기 위해 초근목피(草根木皮)를 먹고 겨우 살아났다. 나무줄기, 풀뿌리, 각종 약초, 들풀, 산나물을 뜯어 먹고 살아가야 했다. 지천에 자라는 쑥을 잘라서 콩가루를 묻혀 만드는 쑥버무리는 맛있는 음식이었다. 다시 농사도 지을 수 있어 해가 갈수록 조금씩 좋아졌으나 여전히 힘들었다. 사람 사는 게 말이 아니었다. 보릿고개는 해마다 사라지지 않고 되풀이되었다. 오죽하면 엄마가 아이들 보고 배 꺼질까 봐 뛰어다니지 말고 울지도 말라고 하셨을까. 지긋지긋한 가난이 되풀이 되었다. 그래도 살아 가야 했다. "하늘이 무너져도 살아날 구멍이 있데이." 시어머님이 늘 말씀하셨다. 아이들은 배가 고파도 달밤에 학교에서 배운 동요를 부를라치면 나의 어린 시절도 생각나게 했다. 달 밝은 밤 갱변에 모여서 따오기 동요를 부르며 친구들과 둥글게 손을 잡고 뱅글뱅글 도는 아이들이 배고픈 줄도 모르고 놀았다.

어느 날 학교에서 아이들이 하얀 탈지분유를 타왔다. 어떤 때는 노란 강냉이 가루도 타왔다. 미국 구호 식량이었다. 강냉이 가루를 쪄 먹기도 하고 떡을 만들어 먹기도 했다. 식량이 부족한테 큰 도움이 되었다. 분유는 처음에 멋모르고 먹다가 식구들 모두가 설사를 한 경험도 있다. 그러나 차츰 익숙해지니 아주 유용한 음식이다. 젖먹이들한테는 물에 타면 귀한 우유로 젖을 대신해서 인기가 있었다.

전쟁 후 알 수 없는 괴질과 피부병들이 생겨서 가정마다 별 고생을 다했다. 피부병에는 쇠비름과 어성초를 먹고 발라도 잘 안 들었다. 그런데 미제 맨소래담이란 약을 바르면 잘 나았다. 병도 잦아지고 농사 일도 정상으로 돌아오니 차츰 마을에 생기가 돌기 시작했다. 5일, 10일 장날 읍내에 가면 활기가 넘치기 시작했다, 다리를 절거나 한쪽 팔이 없는 불쌍한 상이군인들도 눈에 많이 띠었지만.

전쟁이 소강상태로 들어갈 때인 1951년 봄 신묘년(辛卯年, 1951)에 아들 숙진(일진)이가 태어나고, 또 갑오년(甲午年, 1954)년에 아들 재현이가 태어났다. 정유년(丁酉年, 1957)에 딸 순둘(진희)이가 태어났다. 몇 년 후 태기가 없다가 마흔다섯 살 무렵 임인년(壬寅年, 1962)에 막내아들 기현이가 태어났다. 그 이후 우리는 아들 부자라는 말을 듣게 되었

다. 비록 생활은 어렵고 가난했지만 가정에 행복이 넘치는 것 같았
다. "애들은 다 지 먹을 것을 가지고 태어나니 애들 많이 낳고 잘 길러
야 한데이."하던 할매 말이 생각났다.

6.25 이후에도 농한기에는 오랫동안 집집마다 길쌈으로 돈을 조금
씩 모으고 논밭도 사고 했다. 저녁이 되면 집집마다 찰카닥찰카닥 베
짜는 소리가 요란하게 들렸다. 우리는 시어머님과 큰딸과 함께 베도
짜고 명주도 짜니 훨씬 수월했다. 맏딸은 살림에 엄청 도움이 된다. 시
어머님은 힘드시면 삼베를 짜면서 베틀 노래도 흥얼거리셨다.

어머니는 베를 짜며 노래를 하였다. (그림 박원섭)

영주 외나무다리 마을 무섬 알방석댁 이야기

둘러보자 둘러보자 옥난간에 둘러보자
옥난간에 베틀노코 마루위에 물레노코
베틀다리 네다린데 앞다릴랑 돋아노코
뒷다릴랑 낮촤노코 도투마리 고여노코
베틀신대 잡아당겨 베틀신끈 팽팽하게
눈썹노리 가지런히 용두머리 바라보며
왔다갔다 북던지고 찰칵찰칵 베틀짠다
큰딸아이 아기안고 새근새근 잘도잔다
마당가에 누렁이도 우물가에 병아리도
경험없이 잘도논다 베틀놓은 삼일만에
삼배적삼 다짜내니 앞집이야 김서방님
뒤집이야 새색시야 우리선비 돌아올때
바늘한쌈 실한타래 사가지고 오라하게
앞냇물에 씻어다가 빨래줄에 걸어놔서
하루이틀 풀칠하여 낭군도포 지어놓고
뒷바라지 뒤로열고 앞창문을 반만열고
동남풍이 불어오면 낭군적삼 다마르네

　친정 엄마가 오시면 함께 물레도 자으시면서 녹두장군 노래도 부르
신다. 손이 열 개라도 모자란다고 늘 하시면서 잠시도 쉴 틈이 없는 게
농촌생활이다.

새야 새야 파랑새야 녹두밭에 앉지 마라 녹두꽃이 떨어지면 청
　포장수 울고 간다

　시어머님은 또 아이들이 "할매, 할매. 호랭이 담배피던 시절의 이야
기를 해줘."라고 조르면 이야기도 해 주어야 했다. 손주들의 인기를 끌
었다.

　"할매가 언젠가 한번 큰 산에 굴밤을 주우러 갔는데 바위 밑에 새끼
호랭이가 두 마리 앙금앙금 기어 다니면서 울고 있는 걸 보고 불쌍해
서 가져간 주먹밥을 조금씩 먹였다. 그 순간 어흐흥 하면서 커다란 어
미 호랭이가 나타났다. 아이코 꼼짝 없이 죽게 생겼구나 싶었다. 그래
도 옛말에 호랭이한테 잡혀가도 정신만 바짝 차리면 살아날 구멍이
있다는 소리를 들은 적이 있어서 주먹밥을 보여주며 새끼에게 먹여주
었다고 손짓을 하니 어미 호랭이가 지 새끼가 밥을 얻어먹고 만족해
서 새근새근 자고 있는 걸 보고는 갑자기 할매 앞에 넙죽 엎드렸다. 할
매가 무슨 뜻일까 하고 의아해하는데 어미 호랭이가 자꾸 등을 할매
다리 사이로 들이밀었다. 그제야 올라타라고 하는 줄 알고 굴밤 자루
를 들고 호랑이 등에 올라 탔제. 호랑이는 산을 쏜살같이 달려 내려가
마을 앞 물가까지 데려다 놓고는 흔적도 없이 사라졌다. 짐승도 은
혜를 갚을 줄 아니 너희들도 자라면서 누구의 덕을 보면 반드시 그 은
혜를 잊지말거래이. 배은망덕이 제일 나쁘데이."

　6.25 동란이 끝나고 세월이 좀 안정되는가 싶었는데 나라에는 온통
젊은 학생들이 데모를 해서 독재자들을 몰아내었다는 소문이 시골에
도 자자했다. 읍내에서는 중고등학생들도 거리에 나가서 자유니 뭐니

하면서 소리치고 난리였다. 빵보다는 자유가 더 귀중하다는 말 같지 않은 구호가 난무했다. 그리고 일 년이 지나자 이번에는 군인들이 혁명인가 뭔가를 한다고 나라를 다스리기 시작했다. 영주에 수해가 나던 해에 영주 장에 가니 박정희 장군이 영주 수해 현장에 왔다는 소식이 들어왔다. 그러나 시골 동네에는 예나 지금이나 가난을 벗어나지 못하고 어려운 생활이 오랫동안 계속되었다. 70년대에 들어서도 비슷했다. 새마을 운동으로 보리 고개를 무사히 넘기는 시골도 많았지만 여기는 큰 차이가 없었다. 또 라디오에서 뉴스가 나올 때 마다 서울에서 학생들은 지난번처럼 빵보다는 자유가 더 귀중하다는 구호를 외쳐댔다.

자식 이야기는 하면 끝이 없다.

사람들이 지 신랑 이야기나 자식 자랑은 하지 말라고 하지만 내 인생에 자식은 가장 소중하니 이야기하지 않을 수 없다. 내 인생 이야기가 지루하게 늘어지더라도 자식 이야기는 꼭 쓰고 싶다.

이제 큰딸이 된 둘매 혼사 이야기가 나왔다. 어느 날 안쪽 마을 뒤세댁 사돈 된다는 아지매가 안동 일직에서 찾아와서 혼사 이야기를 하고 갔다.

그러나 무섬서 농촌일 하는 것을 힘이 들어 해서 농군한테는 결혼하고 싶지 않다고 해서 교사와 결혼했는데 실패하고 다시 결국 농부하고 결혼을 했다. 밀양 박씨로 집안이 괜찮아서 재혼해서 아들이 없는 집에 시집가서 아들 둘 낳고 가문을 세웠다. 인생은 마음대로 되지 않는 모양이다. 누구나 다 자기 나름대로의 굴레를 지고 가는 모양이다. 결혼을 실패해도 이렇게 다시 살아나는 방도가 있어 다행이다. 하늘이 무너져도 솟아날 구멍이 있다고 하시던 시어머님의 말씀이 새삼 새롭다. 둘매도 초등학교 졸업하고 이웃집 딸이 중학교에 가니 자기도 가고 싶어했는데 집안 살림 때문에 못 보낸 것이 아쉬웠다. 세월이 그만큼 좋아진 탓이다. 현대 사회가 내가 어릴 때와는 천양지차다. 무섬 마을에서는 지난 40여 년간 옛날식으로 똑같이 농사짓고 옛날식으로 똑같이 살아가지만 시대의 흐름과 유행은 서서히 퍼졌다. 우선 자녀들이 학교에 많이 다니고 객지로 많이 진출했다.

나도 아이들 보고 중매 대신 자기들이 알아서 색싯감을 구해도 된다고 했다. 옛날 방식보다는 현대식이 더 편한 것 같다. 자기들끼리 맘에 들고 좋아하면 됐지 하는 생각이 들었다. 이웃들도 다 자란 아이들이 색싯감을 구해 오는 것을 좋아했다. 사랑어른도 어쩔 수 없으니 새 시대의 흐름을 따라가시는 눈치시다. 그래도 사랑어른은 '온고이지신(溫故而知新)이다', 하시면서 옛법을 잘 익혀야 한다고 타일렀다.

그런데 무섬 마을에는 병마와 전쟁으로 남편을 잃고 사는 과부들이 꽤 많았다. 잘 살던 집이 풍비박산이 났다. 유복자도 생겨났다. 양반 동네이고 세대가 달라 그분들은 옛날식으로 혼자 살아가는 수밖에 없는 것이 안타깝다. 양반 체면 때문이다. 우리 딸 세대만 해도 재혼도 하니 참 세상이 좋아졌다. 분하고 분하지만 딸이 새 삶을 살 수 있어 그나마 다행이다. 그때 하도 고민하고 걱정을 해서 편두통이 더 아파 왔다. 평소에도 머리가 아파서 뇌신[2]이란 약을 복용해왔는데 고민을 하면 병이 덧나는 모양이다. 자식의 슬픔이 어찌 부모의 고통이 아니겠는가.

부자간의 갈등 또는 日新又日新(일신우일신)

우리 사랑어른이 자녀들에게 가장 자주 하신 말씀은 '일신우일신(日新又日新)'이란 한자어 숙어였다. 아이들이 똑같은 일을 하더라도 자주 여러 고사를 들어가시며 늘 말씀하셨다. 일 년에 한 번 꼴로 벌초하러 산소에 갈 때 잡초에 뒤덮인 산길을 낫으로 쳐가시면서 말씀을 하셨다.

"이것 봐라, 길이 있었는데, 자주 다니지 않은 길은 이처럼 풀에 덮여 길이 길 같이 보이지 않는다. 마찬가지로 늘 새로운 마음을 먹고 늘 새로운 것을 추구하지 않으면 사람의 마음도 이 산길처럼 풀이 무성해지니 늘 새로운 마음가짐을 가져야 한다."

큰아들 삼이는 재주가 별로여서 중학교만 하고 그만 두었다. 맏이인데도 늘 아버지와 사이가 안 좋다. 어릴 때 지 할배한테 천자문도 열심히 배웠는데. 사랑어른이 공부 안하면 큰아들에게 "이 빌어먹을 놈아! 공부 안하고 뭐가 될끼노?"등 너무 심한 말을 해댄다. 그래도 중학교 다니는 삼이는 토요일 읍내에서 와서 부자간에 일도 잘 한다. 일요일

---

2) 해열 진통제의 하나.

쌀, 좁쌀, 야채, 된장 조금하고 보따리에 싸서 읍내 이모네한테로 가곤 했다.

삼이는 공부보단 다른데 관심이 더 많았다. 산에 가면 토끼도 꿩도 잘 잡아 오고 강에 가면 물고기도 잘 잡아 오곤 했다. 지 할배를 닮아 키도 크고 건장했다. 다만 아버지와 사이가 안 좋아서 늘 얼굴에 근심 걱정이 서린 걸 옆에서 보기에도 안타깝다. 아버지와 정이 안 드니 농사일도 싫어하면서 어쩔 수 없이 끌려 다니며 일터로 가곤 한다. 영주 기독교 중학교를 다녀서인지 일요일이 되면 문수국민학교 옆 기왓골에 있는 교회에도 다닌다. 사랑어른은 또 아들한테 예수쟁이가 된다고 고래고래 야단을 치신다. 그래도 참고 농사짓고 있는 것이 기특하다. 예수쟁이가 가지고 다니는 까만 책이 성경이다. 호기심에 조금 읽어보았다. 사람이 사람의 자식이 아니고 하나님의 자식이라고 하는 게 도대체 이해가 안 되었다. 예수란 선지자가 기적을 행하면서 돌아다니는 이야기는 흥미진진했다. 새로운 학문이다. 시아버님이나 아버님이 숭배하시는 유교사상과는 많이 대치되는 것 같다. 언젠가 읍내에서 깨친 사람한테 들은 것이 생각난다. 대원이 대감 시절 서양 선교사들과 조선의 예수쟁이들이 참수형을 받았다는 이야기다. 세상이 참으로 빨리 변해가는 것 같지만 무섬 동네는 새 문물이 늦게 들어온다. 옛 풍습을 너무 따르는 것 같다. 입만 뻥긋하면 삼강오륜(三綱五倫)이 어떻고 한다.

삼이가 영주 영광중학교 다닐 때 예수쟁이 학교라 기도문도 외우고 방학에 집에 오면 기왓골로 교회도 아버지 눈치 보면서 다니곤 했다. 거기에 가면 피아노도 잘 치는 이쁜 처녀가 있어서 형이 자주 간다고 경이가 언젠가 말해준 적이 있다. '공부에 관심이 없으면 뭔가라도 배우면 덕이 되겠지.'라는 생각을 해보았다. 새로운 시대에 새로운 바람이 불어오는 것 같다.

서울 나들이를 자주 다니시던 문전 아지뱀이 가져온 예수쟁이 책도 흥미로웠다. 사랑어른 몰래 읽어본 적이 있는데 도통 무슨 뜻인지 이해하기가 어려웠다.

그의 열매로 그들을 알찌니 가시나무에서 포도를, 또는 엉겅퀴에서 무화과를 따겠느냐. 이와 같이 좋은 나무마다 아름다운 열매를 맺고 못된 나무가 나쁜 열매를 맺나니 좋은 나무가 나쁜 열매를 맺을 수 없고 못된 나무가 아름다운 열매를 맺을 수 없느니라. 아름다운 열매를 맺지 아니하는 나무마다 찍혀 불에 던져지느니라. 이러므로 그의 열매로 그들을 알리라. 나더러 주여 주여 하는 자마다 천국에 다 들어갈 것이 아니요. 다만 하늘에 계신 내 아버지의 뜻대로 행하는 자라야 들어가리라 .

마태복음 7:16 - 21

우리 속담에 '될성부른 나무 떡잎부터 알아본다.'라는 이야기와 상통하는 것 같기도 하고 말장난이 요술 같기도 한 신학문이 궁금하고 호기심이 가지만 더 이상 알 길이 없다. 영주 시장 바닥에서 선남선녀들이 몸에 '예수님을 믿어라'라고 쓴 띠를 두르고 "예수님을 믿어라!"하고 소리치는 것을 몇 번 본적이 있는데 시골서 못 보던 새로운 광경이다. 도대체 예수가 뭐길래 젊은이들이 사장 바닥에서 저렇게 외치고 있을까 궁금한 적이 몇 번 있었다.

삼이는 군대에 갔다가 월남에 가서 일 년간 근무하고 돌아왔다. 월남 가서 돌아오면서 일제 히타치 라디오를 하나 사 와서 이제 집안에서도 바깥소식과 세계뉴스를 들을 수 있는 게 좋았다. 노래도 가끔 들을 수 있어 너무 좋았다.

제대하고 나서 나중에 영주서 서울로 이사 간 이모한테 갔다가 서울서 생선가게에서 일도 하고 이 일 저 일을 알아보고 지내다가 외사촌 익이 형이 중매를 해서 참한 색시와 약혼을 했다. 결혼을 얼마 앞두고 고향 무섬에 왔다가 서울 가는 길에 원주역에서 열차 사고가 나서 그만 저세상으로 갔다. 집안에 경사가 나려다가 청천벽력(靑天霹靂) 같은 비참한 소식이 전해졌다. 이 무슨 변고인지, 업보인지. 5살도 안 된 첫아들 잃어버린 슬픔을 잊고 살아왔는데 또 큰아들이 변을 당하다니. 사랑어른이 원주에 가서 시신을 수습해서 어디 야산에 묻고 왔다. 결혼을 하지 않은 불효자식, 정식 미(묘)도 안 쓴다는 마을 풍습이다. 양반마을의 유교풍습이다. 기가 막힐 노릇이다. 시어머님이나 나나 다른 식구들도 사랑어른의 뜻을 따를 수밖에 없다. 비록 그의 육신이 남 모를 산에 묻혀 있지만 내 가슴에 영원히 남아 있다. 신세한탄(身世恨歎)할 데도 없고, 마음이 찢어지게 아프지만 내색도 못하고 살아가야 할 내 운명이 슬프기 한이 없다. 이는 일생 동안 내 골수(骨髓)에 박혀 있다. 조물주가 시기하고 하늘이 미워하는가? 이내 가슴 슬프기 그지없네. 내가 무덕(無德)해서 그런가! "천지신명님! 이 원통함을 어떻게 참아야 하나요?"

둘째 아들 경이는 어릴 때부터 다른 형제들보다 좀 더 영리했다. 할아버지 덕택에 살아난 경이에 대한 집안 식구들의 관심이 더 크다. 다 죽었다가 간신히 다시 살아나서 다행히 돌잔치도 할 수 있었다. 돌잔치 때 차려놓은 쌀 방태기 위에서 돌잡이 할 때 실과 종이와 붓을 잡아서 시아버님이 어린 손자를 보시고 "야가 몸은 약해도 기특한 면이 많다."고 하셨다. 될성부른 나무는 떡잎부터 알아본다고 칭찬을 하신다. 국민학교 들어가기 전에 맏이 삼이도 천자문을 배우고 이어서 경이도 배웠는데 삼이는 싫증을 내서 천자문(千字文)을 다 못 뗐다. 경이는 총명해서 천자문을 다 떼고 유몽선습(幼蒙先習)을 배우기 시작하다가 국민학교에 나가고 그만두었다. 한문은 주로 큰집 보갈 아지뱀(遠奎 씨, 선광이 조부)한테 배우거나 종가댁 한절마 어른(承學 씨, 광옥이 조부)한테 배웠다. 그분들은 우리 시조부한테 한문을 배웠다고 한다. 집안 일가끼리 자식들을 서로 가르쳐주는 게 마을의 풍습이다. 천자문을 다 끝내고 백설기를 해서 갔다드렸다. 나도 무섭 마을에서 언문(諺文)인 아래한글을 배워 쓸 수 있고 읽을 수 있어 다행이다. 아이들이 읽는 국어책에 나오는 시가며 이야기가 재미있는 게 많아 좋았다. 아이들 덕분에 글을 더 깨우치게 되었다. 동네 귀한 친척 부인들한테서는 언문을 배우고 아이들한테서는 요즘 쓰는 새 한글을 배웠다. 웃마 하회댁과 계남댁은 글씨도 잘 쓰고 사돈지도 쓰고 여러 가지 가사도 가지고 있었다. 두월댁하고 법전댁하고 뒤세댁하고 유동댁하고 서늘기 형님하고 의인 형님하고는 붓글씨도 잘 쓰고 문장도 좋아서 내게 쓰고 읽는 것을 잘 가르쳐주었다.

주경야독

내 자식들 중에서는 그래도 둘째 경이가 가문의 공부하는 분위기를 이어갔다. 한문에 능통하신 시조부님과 시아버님은 마을에서 존경을 받은 분이다. 특히 시조부님은 경이의 한문 스승들(큰집의 보갈 아지뱀, 종가댁의 한절마 어른) 등이 어릴 때 천자문 등을 가르치셨다니 대단하신 분이었던 같다. 도시 등 바깥나들이도 하셨다고 한다. 시조모님과 시아버님이 이 이야기를 가끔 해주셨다. 시조부님과 시아버님은 동네 친척들이 상을 입었을 때 제사에 제문도 쓰곤 하셨다. 우리 사랑어른도 주경야독(晝耕夜讀)이라 하면서 늘 한문책을 보거나 아이들에게 붓글씨를 가르쳤다. 농사일로 많은 시간을 글공부에 집중할 수는 없었지만 한문과 한글을 다 깨우치셨다. 아마도 아도서숙에서 한글을 깨치셨는지 드물기는 하지만 아이들한테는 한글로 편지를 쓰시곤 하셨다. 봄이 되면 대문 등에 붙이는 입춘대길(立春大吉), 건양다경(建陽多慶), 가화만사성(家和萬事成), 부모천년수(父母千年壽), 자손만세영(子孫萬世榮) 같은 글씨를 수십 년 써서 붙이셨다. 나중에 삼이와 경이가 자라고는 삼이와 경이보고 쓰게도 하셨다.

지극정성(至極精誠)

경이는 어릴 때부터 무척 약해서 형이나 동생처럼 들에서 일도 제대로 하지 못했다. 국민학교 다닐 때도 병치레를 자주 해서 일 년간 학교를 쉬기도 했다. 아마 2학년 2학기와 3학년 1학기였을 것이다. 몸이 약해서 낮에 강에서 헤엄을 과다하게 치고 놀거나 피로하면 밤에 꼭 오줌을 싸곤 했다. 그러면 새벽같이 키를 덮어쓰고 소금 동냥을 하도록 했다. 여러 번 그렇게 해도 오줌 싸는 버릇이 고쳐지지 않았다. 사랑어른이 영천에 용한 한약방에 가서 야뇨증에 좋다는 한약을 두 재나 지어 먹고서는 많이 나아졌다.

육학년 때 중학교 보내준다고 하니 담임이신 전달영 선생님이 열심히 시켜서 졸업할 때 우등상을 받기도 했다. 5학년 때는 담임선생님의 사랑을 못 받아서인지 집에 와서 책 보따리를 펴서 공부하는 것을 본 적이 없었다. 이웃 마을인 노트리 출신인 전달영 선생님은 정말 아이들을 지극정성(至極精誠)으로 소중히 여기며 가르치셨다. 비록 형이 중학교 다니고 있어 약속했던 중학교에 보내주지는 못했지만. 그때 무척 실망하던 모습이 아직도 역력하다. 몸도 약해서 아부지 따라 농사짓기도 쉽지 않았다.

그해 여름 방학이 지나고 형이 고등학교를 안 간다고 했다. 나는 사랑어른한테 그러면 경이를 꼭 공부시켜야 한다고 말씀을 드렸다. 그래서 경이도 6학년 2학기를 다시 다녔다. 마침 이웃집 조카뻘 되는 동갑내기 한철이도 중학교에 가려고 다시 2학기를 다녀서 함께 그 먼 길

문수국민학교를 또 다녔다, 또 머럼 동네 친구인 박하서도 2학기를 함께 다녔다. 다행히 또다시 전달영 선생님이 담임이라 열심히 가르쳐주셨다. 학교에 호롱불을 가져가서 공부할 때도 있었다. 담임선생님이 열성을 다해 악착같이 가르치고 아이들도 잘 따라서 그해 많은 아이들이 읍내 중학교에 합격했다.

중학교 3학년 때 공부를 잘해서 대구나 서울로 유학시키고 싶었으나 가정 살림살이가 힘들어 포기하고 영주나 안동 고등학교로 가라고 하니 여름 방학 때부터 화를 내며 공부를 안 했다. 속이 탔다. "이 놈아! 미국 유학 간 큰집 윤진 형의 똥이나 주셔먹어라."고 심하게 야단도 여러 번 쳤다. 별 소용이 없었다.

그러나 안동고등학교에 합격하고는 공부에 흥미를 느끼기 시작했다. 영주와는 또 다른 분위기 때문인 것 같다. 중학교 때처럼 거의 매주 토요일 오후에 집에 와서 일요일에 갈 때 쌀 조금, 좁쌀이나 보리쌀, 채소, 된장, 장물, 고추장 등 싸가서 친구와 자취를 했다. 그때마다 옷도 내가 새로 빨아서 다려주곤 했다. 고등학교 3학년 때 아버지가 돈이 별로 없으니 2년제인 안동교대나 가서 초등학교 교사하는 게 제일 좋다고 타일렀다. 그런데 옆집 한철이처럼 서울로 대학을 가고 싶다고 했다. "부자집 아들 따라가면 안 된다. 뱁새가 황새 따라가면 가랑이가 째진다."고 타일러도 소용이 없다. 나이가 들어가니 고집이 세서 부모도 어찌할 도리가 없는 게 안타까웠다.

"어매. 우리 국어 담임선생님이 남자는 태어나서 서울로 가고 말 새끼는 태어나면 제주도로 보낸다고 했어라."고 하면서 지도 공부하러 서울 가고 싶다고 한다.

어느 날 국어 선생한테 배운 〈향수〉란 시를 강가에서 줄줄 외어대는 데 총명하기 그지없다.

> 넓은 벌 동쪽 끝으로 옛이야기 지줄대는 실개천이 휘돌아 나가고
> 얼룩빼기 황소가 해설피 금빛 게으른 울음을 우는 곳,
> 그곳이 차마 꿈앤들 잊힐 리야.
> 질화로에 재가 식어지면 비인 밭에 밤바람 소리 말을 달리고,
> 엷은 졸음에 겨운 늙으신 아버지가 짚 베개를 돋아 고이시는 곳,
> 그곳이 차마 꿈앤들 잊힐 리야.

일제 강점기에 살았던 정지용 시인의 향수라고 한다. 마치 우리 마을 풍경을 읊은 것 같다고 한다.

서울로 유학 가서 대학에서 더 공부를 하고 싶다고 한다. 할 수 없이 그렇게 하도록 했다. 1차 연세대에도 2차 외대에도 떨어져서 내려왔다. 사랑어른이 "오냐 잘 됐다. 나와 농사나 짓자."고 하면서 "니 참 착한 효자이데이."라고 타이른다. 속으로는 공부를 더 하고 싶은데 대학 입학시험에 떨어졌으니 일을 할 수 밖에 없어서 보기 안타까웠다. 한 자식이라도 공부를 해야하는데. 맏이 삼이는 군대에 갔다. 둘째 경이 셋째 숙진이 넷째 재현이 모두 일을 하니 사랑어른이 농사짓기가 좀 수월하다고 하신다. 나는 경이 하나라도 대학에서 공부하기를 속으로 바랐다.

경이가 마침 휴가 나온 형 삼이하고 낫으로 벤 밀과 보리를 소바리로, 지게로 거두어 들여서 땀을 뻘뻘 흘리며 도리깨로 밀, 늘보리와 앉은뱅이 보리를 타작했다. 타작을 하고는 고무레로 알곡을 모으고, 깍지로 보리 짚을 끌어모아 굼불을 때거나 쇠죽 끓일 때 쓴다. 이 깍지는 농촌에서 아주 유용하다. 산에 가서 소나무 갈비나 낙엽을 끌어모을 때도 깍지를 쓴다. 한번은 소가 보리타작을 하는데 보리쌀을 먹으려다가 눈에 보리 가시가 들어갔다. 연신 눈을 깜박이더니 뒷발을 앞으로 수구려서 발톱으로 눈을 비벼 가시를 꺼내는 것을 경이가 보고서 소리쳐서 모두들 신기하게 쳐다보았다. 농촌에서 소는 사람 같이 일하고 함께 사는데 자기 눈에 보리 가시 꺼내는 것도 사람처럼 한다. 참 기특하고 용한 동물이다.

삼이하고 경이가 보리를 팔아보니 비료 값 정도밖에 안 되는 것을 계산하고는 농사지어서는 수지가 안 맞는다면서 다른 일을 찾아본다고 한다. 그러나 몸이 약해서 일 찾기도 쉽지 않다. 다시 재수하고 싶다고 한다. 마침 서울로 간 이종사촌 형 응식이네 아이들을 가르치며 밥이라도 얻어먹을 수 있다고 하니 상경했다. 나도 경이를 데리고 이모댁에 가보니 동대문 근방 창신동 판잣집에 방 두 칸에 여덟 식구가 살고 있었다.

경이는 이모댁에 신세를 지고 살아갔다. 그나마 밤에 허리 펴고 누울 곳이 있어 다행이다. 역시 말만 듣던 서울은 어머어마 했으나 초라한 판자집들에서도 사람들이 옹기종기 살아가고 있었다.

그때 나도 서울에는 처음 가봤다. 영주보다는 건물도 크고 도로도 엄청나게 크고 사람들도 많고 복잡했다. 그래서 경이는 잠은 독서실에서 자고 밥만 얻어먹고 아이들 셋 가르치며 공부를 했다. 떠나 올 때 경이한테 뜻을 세웠으니 꼭 잡생각 말고 일념(一念)으로 노력하라고 신신당부(申申當付)를 했다.

그해 또 서울대학을 시험 봤는데 떨어졌다. 다시 잠시 시골 왔다가 다시 서울로 가서 아르바이트로 재수를 또 시작했다. 나중에 동생 숙진이와 자취를 하면서 공부를 계속했다. 나중에 외대 노서아어과에 합격했다. 그나마 천만다행이다. 아이들 중에서 유일하게 대학을 다닐 수 있어 기쁘기 그지없다. 우리 집에도 대학생이 있어 자랑스러웠다. 등록금이 너무 비싸긴 했지만. 해마다 등록금을 대기 위하여 전지나 소를 팔아야 하는 게 마음 아팠지만 없는 집 농촌에서는 다른 방도가 없다. 동갑내기로는 옆 집 큰 기와집에 사는 부자집 참봉댁의 한철이와 종가댁 옥이가 대학을 다니니 아랫마을의 자랑거리였다.

그때 나라는 새 대통령 선거로 어수선했다.

대학 일학년 때 군대 징집령이 나와서 군에 입대했다. 야간열차로 논산 훈련소로 가는 경이가 몸이 약해서 걱정을 많이 하시는지 사랑 어른이 영주역까지 바래다주었다. 군대에서도 공부를 잘 해서 포병 교육을 잘 받고 전라도 광주 송정리 포병부대에 근무하게 됐다. 마침 윗마을 해우당 친척인 운한 장군이 포병학교 교장님으로 근무해서 사랑 어른이 두 번이나 찾아갔다. 아들이 몸이 약하니 걱정이 되어서다. 복무 중에 휴가를 오면 며칠이고 방에서 쉬면서 책을 읽는 게 기특했다. 군 복무 도중 1973년 마지막 휴가를 와서 형 삼이가 죽은 것을 알고 대성통곡을 한다. 앞집 집안 동생 인(재진)이가 와서 달래고 해서 마음을 잡았다. 이제 갑자기 지가 맏이가 되어서 책임감도 커진 것을 느끼는 것 같다. 제대하고 돌아오니 사랑어른이 맏이가 되었고 조모도 연로하시니 결혼도 하고 농사나 짓자고 한다. 나는 그래도 더 공부시키고 싶어 하니 나한테는 더 공부하고 싶다고 한다.

5부
자녀의 혼인과 근대화

영주 수도리 김규진 가옥 - 월미산초당(月美山草堂)

맏아들의 혼인

1974년 전라도 송정리 장차 며느리가 될 집에 가서 안사돈어른을 만나고 혼인을 정했다.

이제 맏이가 된 경이는 군 복무를 잘 마치고 다시 대학에 복학하기 위하여 서울로 올라가 아르바이트로 책 장사 등을 했다. 등록금을 다 벌지는 못했지만 그래도 일부분을 벌고 잡비도 벌어서 사는 게 기특했다. 방학 때 내려올 때마다 조모가 살아계실 때 맏손부를 봐야 한다

고 하니 사귀던 전라도 처녀를 보러 가자고 해서 경이와 전라도 광주까지 가서 처녀도 보고 사돈댁도 보았다. 가기 전에 처녀의 생년월일과 경이의 생년월일을 적어서 이웃 아지매한테 물어보니 8월 소띠와 2월 쥐띠가 괜찮다고 한다. 색시감이 얌전하고 친절하고 잘 대해주어서 승낙을 하고 왔다. 안사돈은 연신

1974년 전라도 송정리에 가서 며느리될 사람과 사진을 찍었다.

좋아하시는 눈치였다. 과년한 딸을 치우게 됐으니, 그러나 처녀의 올케와 오빠는 말은 안 하셨지만 걱정스런 모습이 역력해 보였다. 하나밖에 없는 여동생의 신랑감이 아직 학생이니까 그런 것 같다.

집에 와서 생각하니 걱정이 많이 된다. 용기를 내어 이웃 계남댁의 도움을 받아서 사돈지를 사돈께 짤막하게 다짐 편지를 보냈다.

사돈 부인 전상서

지난번에 만나 본 이후 존체 안강 하오신지요.

못난 우리 아들과 갑자기 찾아뵙게 되어 송구스러웠습니다. 그러나 사돈댁 식구들을 만나 뵙고 나니 자식 혼사가 더 믿음이 가옵니다. 따님이 아주 착하고 친절해서 저희는 더없이 기쁘게 생각하옵니다. 우리 아들은 여러모로 부족함이 많겠으나 이렇게 사위로 받아주셔서 기쁘고 고맙기 그지없사옵니다.

안사돈께서 홀로 25년간 고이 길러 오신 따님을 멀리 출가시키시려 하시니 기쁜 마음보다는 허전한 마음이 더 크실 줄로 생각되옵니다. 그러나 금지옥엽 길러 오신 따님을 천리 길 경상도 저희 집안에 보내주시기로 결정하셔서 우리 집안 모두가 기뻐하고 있습니다.

사위 될 우리 못난 자식이 아직 부족한 것이 많지만 따님과 백년가약을 맺었으니 더욱 열심히 살아갈 것이라고 믿습니다. 저들

둘이서 양가 풍습이랑 세상 물정을 더 많이 배우기를 고대해 보옵니다. 둘이서 노력하여 아들딸 낳아 복되게 잘 살 거라 굳게 믿고 있사옵니다.

어려우신 가운데에도 지난번에 정성껏 마련하여 주신 한과는 너무 고맙기 그지없사옵니다. 저희 또한 넉넉한 형편이 못되어 마음만큼의 정성을 보내 드리지 못해 송구할 따름이옵니다.

그러나 앞으로 따님이 우리 집 맏며느리로서 큰 어려움이 없도록 능력이 닿는 한 노력할 것이오니 사돈께서 그리고 며느리 될 사람의 오라버니와 올케께서도 지금은 혹여라도 섭섭한 마음이 있으시더라도 넓은 아량으로 이해해 주시리라 믿사옵니다.

사돈님 그리고 사돈댁 가족 모두가 건강하고 행복하시도록 항상 빌어마지않겠사옵니다.

장래의 사위 될 김규진의 모 박명서 올림

그해 1974년 겨울 둘을 광주 예식장에서 결혼시켰다. 첫아들 결혼은 시켰으나 지가 아직 학생이라 걱정이 태산이었다. 며느리 될 새사람이 "어머님 너무 걱정하지 마세요. 제가 돈도 벌고 해서 학교를 마치도록 하겠습니다."고 하는 것이 기특하고 용했다. 속으로는 아이고 이것들이 언제 돈 벌어서 잘 살까 걱정이 태산 같았지만 지켜볼 수밖에 없었다.

광주에서는 예식장에서 현대식으로 결혼하고 며칠 후 무섬으로 신행 와서 또 옛식으로 마당에서 꼬꼬재배를 올렸다. 맏딸 결혼식이나,

1975년 1월 무섬마을 집마당에서 김규진의 신혼식 날 (오른쪽 팔짱 끼고 있는 사람이 방석댁).

40여 년 전 시누이나 내 결혼식이나 별반 차이가 없다. 많은 요식이 간편해졌을 뿐이다. 무섬 동네는 이처럼 장례나 혼인 환갑잔치 등 큰 일도 윷놀이 등 노는 풍습도 농사짓는 방식도 많이 변하지 않았다. 구시대와 신시대가 함께하고 구세대 사람들과 신세대들이 함께 살고 있고 옛 풍습을 보존하고 있다.

새마을 운동

아들 결혼 무렵 새마을 운동이라고 요란하게 떠들었는데 전기불이

신혼식 날 무섬 강변에서 신랑(김규진)과 가마 속의 신부(최연자)

들어오고 초가집 마다 각각 앞 모래, 갱변 모래로 기와를 만들어 지붕을 바꾸었다. 내가 어릴 때부터 그때까지 친정 방석이나 무섬 동네나 방마다 호롱에 석유를 넣어 등잔 주위 둘러앉아서 저녁 시간을 보냈다. 나무로 만든 초롱은 부엌에 걸어놓고 저녁 설거지를 하고. 해마다 짚으로 이엉을 이어 지붕을 잇는 것은 큰 행사고 힘들었는데 시멘트 기와를 올리니 많이 수월해졌다. 볍씨도 개량종이 나오고, 감자 등 여러 농작물 씨앗도 면사무소에서 새 종으로 보급했다. 어떤 때는 새 종자들이 잘 될 때도 있고 잘 안 될 때도 있었다. 한번은 통일벼를 권해서 심었더니 웃자라서 나락이 잘 여물지 않았다. 그해도 식량이 부족해서 무척 힘든 한해였다.

읍내와 면 소재지 주변 농촌에서는 짐을 모두 리어카 구르마와 소달구지 또 어떤 집은 벌써 경운기로 실어 나르는데 여기 무섬 동네는 여인의 머리와 남정네의 등으로 실어 나른다. 읍내 장에 갈 때 갔다 올 때마다 우리는 이고 지고 간다. 우리 마을은 언제 면 소재지나 읍내 사람들처럼 저렇게 좀 수월하게 짐을 실어 나를까? 그렇게 되면 얼마나 편할까 생각해봤다. 내가 여기로 시집올 때인 40여 년 전(1933)이나 지금이나 똑같은 방식으로 사는 마을이 가끔 한심하게 느껴졌다. 두메산골의 삶이 고달프기 그지없다. 시골에서는 아직 누에도 해마다 계속 치고 길쌈도 계속하는 집이 있으나 예전 같지 않다. 손발이 모자라서 그만 둔 집도 많다. 어떤 집은 특수 채소나 과일이나 담배를 심어서 돈을 더 버는 집이 생겨나는 게 옛날과는 좀 달랐다.

그 이후 언젠가(아마 1970년대 후반) 무섬 마을에서 머럼 마을로 가는 강 위에 시멘트 다리를 놓고 나서 마을에도 변화가 일기 시작했다. 아마 새마을 운동의 일환인 모양이다. 읍내에서 기얏골에 있는 문수국민학교를 거쳐서 버스도 들어오고 택시도 들어온다. 이동하기가 참 편리해졌다. 우체국 배달부도 자전거로 마을로 들어오니 너무 좋다고 한다. 마을에서도 자전거를 사는 집도 생겨났다. 외나무다리 대신 시멘트 다리 덕분이다.

어느 해 순사가 와서 막걸리 해먹는 것을 조사하고 벌금을 물리고 술을 압수해가는 소동이 벌어졌다. 나락가리 밑에, 나뭇가리 밑에 숨겼는데도 귀신 같이 찾아낸다.

영주 장보러 가기

이제 영주 장 가기도 편리해졌다. 옛날에는 모두 머리에 이고 지게에 지고 십 리 길 문수역까지 걸어서 가서 거기서 기차로 영주 장에 다녔다. 마을에 버스가 들어오고부터는 이제 장 가기도 편하다. 쌀이나 좁쌀이나 콩이나 달걀이나 싸서 버스에 싣고 가니 한결 수월하다. 우리 같은 아낙네들이 영주 장에 제사 장보기나 큰 일이 있으면 생선 나부랭이나 사러 장에 간다. 장에 가는 날은 신이 조금 나고 마음이 들뜬다. 색다른 것들을 보고 듣고 살 수 있기 때문이다.

유랑단이 움막이나 텐트를 쳐놓고 기둥을 엇갈려 세워놓고 줄을 양쪽 끝에 매어놓고 고깔모자와 색옷을 입은 아이와 어른이 줄 타는 모습은 아슬아슬하다. 구성지게 농담을 하는 것도 책에서나 이야기에서 못 보고 못 듣던 것이다. 상스런 이야기로 보는 사람들의 혼을 빼는 것 같다. 정신없이 바라보고 있으면 이상한 술 냄새를 풍기는 남정네가 뒤에서 밀치기도 한다. 같이 간 이웃 아지매가 기겁을 하고 소리친다. 그나저나 장 가서 생선 나부랭이를 사거나 해서 돌아오는 길은 즐겁다. 어떤 때는 사랑어른과 함께 갈 때도 있다. 사랑어른은 늘 몇 발자국 앞서서 걸어가신다. 남사시럽다고 같이 걸어간 적이 한 번도 없다. 사람이 눈에 띄지 않으면 무거운 보따리를 바꾸어 들고 또다시 멀찌감치 앞서서 떨어져서 간다.

옆집 아지매와 장 보러 와 가지고 여기저기 쏘 댕기면서 시장 구경하는데 자기 것 사라고 앉아 있는 산나물 파는 중할매가 소리친다.

"보이소 요거 사소. 조금밖에 없니더 떠리 이시더."

"고거 얼매껴?"

"마카 다 백원이씨더."

"할매요 고거 싸주이소. 저거는 뭐이껴 도라진껴 더덕인껴."

"요거요. 산나물 뜯다가 캔 더덕이시더."

"월매이껴?"

"요거 한 웅큼 이백 원만 주소. 요거만 팔면 오늘 볼장 다봤니더. 나도 집에 가서 영감태기 미음이라도 *끄래줘야제*."

"아이고 살기 힘드네. 오늘 마니 팔았니껴?"

"어데요 다해바짜 육백 원도 안되더. 그래도 생선 한마리하고 미역 좀 살 수 있어 다행이제요. 하루하루 살아가기가 와 이리 힘드는지 내참."

"그러게요 또 보시더. 나도 갈라이더. 우리 시아버님께서 농주 안주로 더덕을 젤 조아하니더."

시어머니의 죽음

우리 친정 어매보다 연세가 조금 아래이신 마음씨도 고우신 시어머님이 3년간 눈이 어두워도 뒷간 출입도 잘하셨다. 이 없으면 잇몸으로 먹고 산다는 옛말대로 이빨 없이 잇몸으로 진지도 잘 드셨다. 만년에는 해마다 조금씩 여위어 가면서 마지막 생애를 곱게 마감하셨다. 오

영주 외나무다리 마을 무섬 알방석댁 이야기

래 보이지 않는 눈으로 객지에서 손주들이 오면 목소리를 듣고 "누구 오냐!"하시며 알아본다. 짓궂은 손주 녀석들이 말없이 지 할매 손을 잡으면 "누구로?"하시면서 어디보자하고 얼굴을 만지시고 "야가 숙진이구나. 기현이구나." 하시면서 알아맞히기를 하신다. 물론 단번에 알아맞히지 못할 때도 많다. 그러던 중 을묘년(1975년)에 86세로 돌아가셨다. 시어머님은 우리 친정 어매처럼 나무의 낙엽이 천천히 시들어 떨어지듯이 오래 사시면서 세월의 흐름을 따라 곱게 곱게 늙으셔서 돌아가셨다.

그래도 시어머님은 천만 다행이었다. 손부를 보고 돌아가셨으니. 아들 경이가 그 전 해에 결혼을 했기 때문이다.

옛날에 친정 어매가 돌아가실 때 친정 오라버니가 사람은 혼백 (魂魄)이 있어서 죽으면 백은 땅으로 가고 혼은 하늘로 간다고 하셨다. 사십여 풍상을 함께 자면서 살아오신 시어머님이 돌아가시니 슬픔이 몰아친다. 오래 사시고 큰 고통 없이 돌아가셔서 주위에서는 다들 호상이라고 너무 슬퍼하지 말라고 하지만 나도 모르게 슬픔이 복받친다. 옆에 춘양에서 오신 맏시누이 형님하고, 청기서 온 손아래 시누이가 함께 울고 함께 상 차리고 해서 위안은 되었다. 옛날 시조모님이나 시아버님이 돌아가실 때나 지금이나 장례절차는 비슷하다. 장례는 죽음을 처리하는 과정에서 행해지는 가정에서 가장 엄숙한 의례이다. 장례식은 염습, 발인, 운구, 매장 등 일정한 장례 절차에 따라 이루어진다. 다행히 큰집 장조카되시는 고통 아지뱀(德鎭: 선광 부친)이 외지의 친척, 지인들에게 부고장(訃告狀)을 보내는데 많은 도움을 주셨다. 장례는 오일장으로 치렀다. 무섬은 예나 지금이나 큰 변화가 없다.

사랑 창문 밑 마당에 가마니와 볏짚으로 움막을 만들어 사랑어른이 상주로서 문상객을 맞이하셨다.

사랑어른이 혼자 상주로 삼베 도포, 망건, 짚신을 신고 지팡이를 짚고 "아이고! 아이고!" 곡을 하시면서 조문객을 맞이했다. 상주가 혼자라 더욱 쓸쓸해 보였다.

시어머님을 실은 행상이 나가기 전날 또 많은 사람이 모였다. 스무여 명이 넘는 동네, 이웃 동네 젊은 상여꾼들이 모여서 술을 마시며 준비를 하였다.

장지는 이웃 마을의 경험 많은 지관이 패철을 가지고 와서 사랑어른과 미리 풍수지리 명당을 찾아 산으로 가서 정해놓았다. 우리 시아버님도 지관을 잘 보셨다.

상여가 나가는 날은 모든 식구들이 더 슬퍼하며 통곡을 한다. 상두꾼이 소리를 하면 상여꾼들이 따라 하는 소리가 처량하기도 하고 해학스럽기도 하다. 상여는 아랫동네를 한 바퀴 돌아 띠앗 쪽으로 강 옆 산길로 월미산을 지나 소두리 마을 뒷산 쪽으로 떠나갔다. 상여꾼들의 상여 소리만 아련히 들려온다. 소두리 마을 뒷산에 장사를 지냈다. 묏자리를 파고 관을 내리고 묻고 제사를 지내고 절차가 여간 복잡한 것이 아니다. 땅을 파고 고를 때도 여간 힘든 게 아니다. 그나마 며칠 전에 자리를 닦고 어느 정도 파놓아서 다행이다. 사까레, 곡갱이, 가래를 가져와서 여럿이 판다. 가래 양쪽에 줄을 묶어서 세 사람이 가래질을 하면 좀 수월해 보이나 역시 힘든 일이다. 묘의 봉을 만들기까지 힘이 드니 또 장사 노래를 하면서 가래질을, 사까레질을 하면서 일군들이 발로 묘를 다진다. 우리는 묘터 근방에 자리를 펼치고 새참 준비를 한다.

시어머님이 돌아가시고 두 해 동안, 소상(小祥)과 대상(大祥)을 지낼 동안 아침저녁으로 한 번도 거르지 않고 상식(上食)을 지냈다. 늘 따뜻한 밥 짓고 냉수를 상방에 준비한 제사상에 올리고 곡을 했다. 소상 때나 대상 때 청기 시누이가 오면 함께 더욱 슬피 울었다. 시어머니가 돌아가시고 나서 삼년상을 치를 때까지 정성을 다했다.

사랑어른이 새로 온 며느리 발바닥을 한지에 먹으로 본떠서 송곳으로 부엌 벽에 붙여 놓으셨다. 아마도 어려움이 있어도 집을 나가지 말라는 의미 같았다. 아주 오래전에 내가 이 집에 시집왔을 때 돌아가신 시아버님이 내게도 그렇게 한 것 같았다. 그래서인지 착실하게 견뎌내는 저 전라도 도시 광주 출신 며느리가 낯선 농촌에서 사는 게 애처로워 보였다. 어느 날 영주 장에 갔다 왔더니 마구를 깨끗이 다 치웠다. 그 많은 쇠똥과 젖은 지푸라기들을 쇠스랑으로 마구간 문 앞 마당에 산더미처럼 퍼내 쌓아 놓았다. 남정네도 하기 힘든 것을 새색시가 한 것을 보고 이웃들이 놀라기도 하고 칭찬이 자자했다. 황소같이 일 잘하는 며느리가 들어왔다고. 우리 며느리가 소띠라서 그런가 보다하고 속으로 생각했다. 밥 잘 못한다고 꾸중을 하니 뭔가를 보여주고 싶었던 모양이다. 아쉽지만 얼마 후 서방하고 함께 살라고 서울로 보냈다.

1977년 2월 이문동 외대 졸업식에 돌을 맞이한 손자를 안고 가 봤다. 수많은 학생들이 까만 가운을 입고 사각모를 쓰고 운동장에 모여

앉아서 하는 식은 장관이었다. 아마 대학 졸업식에 아들을 데리고 온 학생은 많지 않았을 것이다. 마침 3월부터 동화약품에 취직하여 돈을 벌게 되어 천만 다행이었다. 그때 동화약품 회사에서 첫 출근하는 날 부모를 포함해서 가족 모두를 초청해서 회사와 회사 공장을 구경시켜 주고 점심 대접도 해주고 선물까지 주었다. 버스를 타고 큰 회사를 구경하기는 난생 처음이다. 오래 산 보람이 있는 것 같다. 그 유명한 활명수 회사답다. 우리 아들이 공부한 보람이 있어서 참 좋은 회사 다니는 것이 마음 뿌듯했다. 그런데 몇 달 다니다가 어느 날 갑자기 그 좋은 직장을 그만두고 한양대학교 소련 연구소에 다니면서 공부를 더하고 싶다고 알려왔다.

돈을 벌어야 그 지긋지긋한 가난을 극복하고 잘 살 수 있을 텐데 걱정이 된다. "돈을 못 벌면 어떻게 살아가려고?"하니까, "어매가 어릴 때하도 자주 미국 유학 간 윤진 형 똥이나 주워 먹으라 해서 지도 더 공부해서 유학 가고 싶어서 봉급이 적지만 대학 연구소에서 근무하면서 공부를 더 하기로 마음먹었다."고 한다. 지 댁도 간호보조사로 일해서 돈을 버니까 살아갈 수 있다고 한다. 기특하나 걱정이다. 지들이 언제 돈을 제대로 벌어서 잘 살까 걱정이 이만저만이 아니지만 공부하고 싶다니 원 없이 하도록 놔두고 싶다. 미국 유학 간 윤진이 뒤나 따라 갈지 누가 아나. 속으로 무척 걱정은 되지만 막연한 기대를 해 본다.

아니나 다를까 한양대에 근무하면서 국비유학시험을 본다고 한다. 합격만 되면 진짜로 윤진이 형처럼 유학 갈 것 같으니 꿈만 같았다. 큰집 윤진이 미국 유학 갈 때부터 나도 꿈꾸어왔던 우리 아들의 유학 생각만 해도 가슴이 떨려왔다. 대학 입학시험 칠 때에도 하지 않았던 천지신명(天地神明) 님께 빌기도 했다. 합격을 하도록 안마루 기둥 앞에 새벽마다 시어머님이 하시던 것처럼 강가 샘에서 정화수를 떠 놓고 천지신명님께 빌었다.

셋째 아들 숙진(일진)이도 형 때문에 중학교에 진학을 하지 못했다. 영광중학교 시험은 쳐놓고 아예 발표도 보러 가지 않았다. 자식 모두를 공부시키지 못하는 것이 늘 마음에 켕겼다. 그러나 어려서 큰 불평 없이 묵묵히 참으며 몇 해 농사지으면서 읍내에서 영농기술도 좀 배우고 나무 공예도 좀 배우는 게 기특했다. 모두 적성에 안 맞는지 그만두고 지 형이 서울 재수하러 갈 때 서울 가서 자동차 정비학원, 운전학원을 다니며 기술을 익혔다. 학교를 못 다니며 공부를 많이 못 해도 지 살 길을 찾는 게 기특했다. 혼자서 검정고시 공부도 해서 영어도 세상 물정도 깨우쳤다.

넷째 아들 재현이도 중학교를 마치고는 공부가 취미에 맞지 않다고 지 아버지하고 농사를 짓다가 서울로 갔다. 큰형이 된 경이가 대학에 다니니 공부를 계속 할 수 없다는 것을 깨달은 것 같다.

다섯째 딸 순둘(진희)이는 그래도 공부를 잘해서 영주여고를 다녔다. 지 언니가 오래 전에 결혼하고 집안에서 연로하신 할매도 도와주고 집안일도 잘 하고 복덩어리다. 딸이 있으니 나도 집안에서 일이 많이 수월해서 좋다. 집안일 생각하는 것이 아들들 하고는 천양지차다.

한참 뒤에 낳은 늦둥이 기현이도 건강하게 잘 자라 영주 중학교에 진학했다. 어린 마음에 아버지 돕고 싶다고 한다. 농사짓는 형들이 아무도 없으니 농림학교에 진학하여 농사를 지어보고 싶어 하니 기특하다. 농사로 대를 이을 건장하게 자란 막내가 자랑스럽다. 이 막둥이가 장가갈 때까지 내가 살아있을지 모르겠다.

아이들 다 키우고 시어머님 삼년상을 치르고 나이가 들어 눈이 어두워지니 사설이나 가사 읽기도 힘이 든다. 더 눈이 어두워지기 전에 사랑방 벼루의 붓과 먹으로 한 많은 내 인생을 적어보기 시작했다. 쓰기도 쉽지 않다. 기억력도 사라져 가고 힘도 부족하다. 다행히 숙진이가 테이프로 녹음 한 것을 가져와서 가끔 가사를, 노래를 들어보지만 옛날 같지 않다. 모두들 눈이 어두워지니 호롱불 밑에서 책 읽고 글쓰기가 불편하다. 농촌에도 저녁에 할 일이 없으면 모여서 민화투를 즐긴다. 10원짜리 동전을 모두 한주먹씩 주머니에 넣어서 모인다. 세걸댁은 아직도 총기가 있어 화투놀이도 잘 하고 화투 창가도 잘 한다. 먼저 시작하면 모두들 따라한다.

재종질 윤진 이야기

우리 집안의 큰 자랑거리이고 무섬의 자랑거리인 우리 큰집의 윤진이 이야기를 쓰고 싶다. 어릴 때 우리 시어른한테 한문도 배우고 궁금한 게 있으면 내한테 자주 와서 이것저것 물었다. 비록 몸이 약하지만 말을 잘 하지 않고, 수줍어하는 성격이지만 호기심 어린 눈빛으로 뭔가를 알고 싶어 하는 모습을 역력히 읽을 수 있다. 하나를 가르치면 열

영주 외나무다리 마을 무섬 알방석댁 이야기

개를 깨치는 아이라고 시어른이 말하던 것이 생각난다. 재주 또한 남보다 뛰어나고 마음이 착하고 행실이 다른 아이들의 모범이 되었다. 문수국민학교를 나와서 안동 사범학교를 졸업하고 서울대학교에 입학했다. 무섬서는 서울대학교에 다니는 유일한 청년이다. 방학 때 내려오면 꼭 우리 집에 먼저 들러서 내게 인사를 하고 아이들에게 서울대학교 연필 한 자루씩 나눠 주었다. 아이들은 그것을 무척 자랑스럽게 여겼다. 그러고는 사랑방에 있는 천자문을 펼쳐서 훑어보고 다시 천자문을 접어놓고 한참 동안 외우기 시작한다. 대학생이 어릴 때 배운 천자문을 외우고 있을 정도니 얼마나 총명한지 알만하다. 천재가 따로 없다.

윤진이가 바로 천재다. 그러던 중 중간마을 박씨네 친척 각시하고 결혼했다. 아이 하나를 낳고 미국 유학을 혼자서 갔다. 무섬 마을에서

1982년 시카고대학에서 방석댁의 아들(김규진), 손자 제욱, 윤진.

미국 유학 간 유일한 청년이다. 이전에 일본에 유학 갔다 온 청년들은 몇 있지만 미국에 간 것은 윤진이가 처음이다. 가기 전에 우리 집에 인사차 들렀다. 몸이 좀 약해서 걱정이 되었다. "부디 객지에, 외국에 가면 몸조심하고 열심히 해서 금의환향(錦衣還鄕) 하거레이."라고 신신당부를 했다. 서울 가는 길에 먹으라고 쑥떡을 꿀에 발라서 조금 주었다.

우리 경이가 공부 안 하면 미국 간 윤진 형 뒤나 따라다니라고 충고하고 꾸지람을 많이 했다. 윤진은 한마디로 무섬의 귀감이었다. 미국에서 공부를 끝내고 박사를 하고 한국으로 오지 않고 캐나다 제약회사로 취직해서 갔다. 나중에 지 맥하고 큰아들 한형이를 캐나다로 불러갔다. 그때 편지로 지 맥이 비행기타고 캐나다 오는 요령을 깨알 같이 자세히 써 보냈다. 위에는 한글로 쓰고 밑에는 영어로 써서 비행장이나 비행기 안에서 말이 통하지 않기 때문에 승무원이나 공항 근무자들에게 손가락으로 써 놓은 글을 가리키면 영어를 못해도 한국에서 캐나다로 여행하는데 문제가 없다고 했다. 참말로 착실한 윤진이다. 윤진이가 다시는 한국에 오지 않아 다시는 만나지 못했다. 그러나 큰집을 통해서 캐나다에서 아이 셋을 더 낳고 훌륭하게 키운다는 소식은 가끔 들었다. 큰아들 한형이와 셋째는 의사가 되고 둘째는 변호사로 키웠다고 한다. 큰집 보갈 아지뱀이 우리 둘째 윤진이는 그만 캐나다 사람이 된 모양이다. 고향에도 한번 안 와서 섭섭하다고 말한 것이 기억난다.

영주 외나무다리 마을 무섬 알방석댁 이야기

둘째 큰집 재종제(再從弟) 고랑골 아지뱀(각규: 格奎)

어느 날 우리 집의 상일꾼인 암소가 약간 이상했다. 풀도 안 먹고 쑤어준 쇠죽도 잘 안 먹는다. 쑥물을 끓여 먹여도 마찬가지다. 사랑어른이 아이를 시켜 앞집 고랑골 아지뱀을 모시고 오라하신다.

앞집에 사시는 큰집 고랑골 아지뱀이 오셨다. 고랑골 아지뱀은 농사를 짓지만 읍내 장날은 꼭 소전에 가서 소를 거래하신다. 동네에서 누가 소를 팔거나 사면 꼭 구전을 받는다. 앞집은 우리 집 큰집으로 두 분은 재종지간이시다. 고랑골 아지뱀은 힘이 장사시고 건강하시고 술도 잘 드시고 목소리도 우렁차시다. 그분의 동생 예안 아지뱀도 건장하시고 통이 크셨다. 늘 우리 아이들한테 장차 큰 인물이 되라고 충고의 말씀을 자주하셨다.

우리 사랑어른이 그를 불렀다.

"어이, 이보게 각규. 고랑골이 올 장에 가는가?"

"예, 형님. 어째 아침은 자셨니껴?"

"그래, 묵었네. 자네도 묵었는가?"

"예. 묵었니더. 왜 불렀니껴? 뭐 일이 있니껴?"

"그래, 요즘 소끔이 어떤고? 마이 올랐는가? 맹 똑 같은가?"

"와요? 소 팔아불라꼬요?"

"워째 며칠째 소가 조께 이상하데이. 그만 팔아서 돈도 좀 장만하고 우리 경이 등록금도 줘야하고 송아지 새끼 하나 살라꼬."

"예, 어디 소 한 번 보시더. 워워워 이러이러 어디 좀 보자꼬, 이놈의

소새끼야."

고랑골 아지뱀이 소 타래를 잡아서 당기시더니 쇠코뿌리를 잡으시고 주둥이를 위로 쳐드시고 소를 이리저리 자세히 살펴보신다.

"이빨도 승하고 두 눈에 눈곱도 별로 없고 괜찮아 보이니더. 뭘 잘못 먹었는가 보이니더. 소장에 가는 길에 읍내에서 동물병원 가서 약 한번 사 메기고 소장에 가서 팔아보시더."

"소끔이 올라야할텐데 큰일일세."

"오르지요 뭐. 그키 안오를라꼬요. 두고 보시더 맺시에 출발 할라니껴?"

"마, 옷만 갈아입고 가재이. 그래 고랑골이 자네도 떠날 채비하게."

"예, 알았니더. 곧 가시더."

그래서 두 분이 소를 몰고 삼 십리 길 읍내장터로 떠나가셨다. 소를 파시고는 그날 저녁 무렵 두 분이 술에 취해서 암송아지 한 마리를 몰고 오셨다.

싸움은 말리고 흥정은 붙이라고 고랑골 아지뱀은 소파는 사람이나 소사는 사람 다 흡족하게 하는 말 솜씨가 좋다고 한다.

옆집 참봉댁 석포 어른(위진:胃鎭)

이웃집 석포 어른은 윗마을 기얏골에서 해우당 우산 어른과 술 한 잔 자시면 집에 오시는 길에 꼭 우리 집에 들르신다. 마을에서 우리 사

영주 외나무다리 마을 무섬 알방석댁 이야기

랑어른 등 대부분이 갓을 쓰고 바깥출입을 하시고 다녔지만 석포 어른과 우산 어른은 신식으로 나까오리 모자를 쓰고 다녔다. 소문에 의하면 두 어른이 기얏골 술도가에서 소리치며 취하시도록 마셔도 꼿꼿하게 앉아서 두루마기에 술 한 방울 떨어뜨리지 않으신다고 무섭 양반이 다르시다고 한다. 석포 어른(위진 씨)은 우리 사랑어른의 집안 조카뻘 되시고 연세가 좀 아래다. 그분은 동네에서 유일한 인텔리시다. 일제때 일본 유학까지 갔다 오셨다. 마을에서 제일 부자 참봉댁 자손이라 한국일보도 보시고 8남매 아이들 키우며 술을 즐기시고 바깥출입을 하신다. 여기저기 놀러 다니시고 일꾼을 부려서 농사를 지으신다. 일만 하시는 우리 사랑어른하고는 다르시다. 그 집 맏아들 한철이하고 우리 집 둘째 아들 경이하고 죽마고우(竹馬故友)로 학교를 같이 다니는 무자(戊子)생 동갑내기다. 둘은 불알친구다. 석포 어른이 도착하시면서 큰소리를 지르신다. 술 한잔하시면 뭐가 그리 좋으신지 왁자지껄하다. 아랫동네가 다 시끄러울 지경이다.

"방석 아재 집에 계시니껴? 방석 아재요. 아, 예. 방석 아지매껴! 참꽃 막걸리 있으면 한 잔 주이소. 방석 아지매 막걸리가 무섬 동네에서 제일 맛 있니더."

호탕하게 웃으시면서 안경을 벗어 닦으신다. 우리 사랑어른이 뒤안에서 나오신다.

"석포 왔는가 또 한잔 했구면."

"방석 아재요. 술 있으면 한 잔 하시더."

"술이 있나 물어보제. 경아. 가서 한철이 오라케라."

경이가 쫓아가서 한철이를 불러오면 석포 어른은 둘을 앉혀 놓고 일장 연설을 해대신다. 일본말도 몇 마디 하시고 영어도 몇 마디 하신다. 일본 노래도 하신다. 나중에 경이한테 물어보니 'Boys, be ambitious.'란 말로 '소년들아 야망을 가지라!'는 뜻이라고 한다. 일본 홋카이도 고등학교에서 클라크 미국 교수가 일본을 떠날 때 일본 젊은이들한테 한 말씀이라고 술만 드시면 둘을 앉혀 놓고 말씀하시는 걸 여러 번 보고 들었다. 석포 어른의 아들 한철이와 경이가 야망을 가지길 바라는 말씀이다. 둘은 무릎을 꿇고 앉아서 연신 고개를 끄덕인다. 기특하다. 가끔 또 둘을 앉혀 놓고 붓글씨를 누가 더 잘 쓰나하고 바라보신다. 석포 어른은 술 한 잔 드시면 호탕하게 이야기하시면서 무척 즐거워하신다. 아이들이 술 취한 소리에 두려워하면서도 뭔가를 배우고 깨우치기를 바래본다. 술을 한두 잔 하시고는 일어서신다.

"한철아 이자 밥 먹으로 그만 가자. 니 애미 집에 있나?"

"벌써 갈라꼬? 왜 더 노다 가지?"

"저녁이 되니 쇠죽도 끓여줘야하고 우리도 밥도 먹어야재요. 방석 아제네도 저녁 드셔야재요."

"그럼, 그만 살펴 가게이."

"예. 잘 이쓰소. 한철아 그만 가제이."

석포 어른이 가시면 아래 동네에도 조용해진다. 석포댁은 일찍이 딸 하나를 낳고 저세상에 갔다. 그리고 두 번째 부인으로 평은 금광이 동네에서 참한 색시가 와서 아들 일곱을 낳았다. 그 집 맏아들 한철이하고 우리 맏이 경이는 동갑이고 또 그 집 막내, 일곱 번째 아들 우북(한

일)이는 우리 늦둥이 기현이와 동갑이다.

상동이네와 문한이네

무섬에는 주로 반남 박씨와 선성 김씨가 세세대대로 살아왔다. 물론 마을의 궂은일을 하는 일꾼들인 타성 가족이 몇 있었다. 우리 아들 경이에게 어릴 때 젖동냥을 준 문한 애미도 살았다. 과부로 두 아들과 살면서 동네 궂은일을 도와주고 농사를 조금 짓고 살았다. 나중에 아이들이 크니까 도회로 가버렸다. 참 불쌍한 과부였으나 마음씨 하나는 착했다. 아랫마을 강에 홍수가 난 이후 띠앗 물 나들목에 깊은 소가 진 곳에서 경이와 옆집 한철이가 목욕하다고 물에 빠진 것을 문한이가 건져 주었다. 생명의 은인이다. 경이는 문한이가 깊은 소에서 메기, 뱀장어, 자라 등을 잡는 것을 무척 좋아해서 따라다녔다. 그들은 지금 어디에 가 살까, 고향에 한 번도 돌아오지 않는다. 아마 어릴 때 아픈 추억을 되새기고 싶지 않은 모양이다. 말은 안 했지만 그들은 종 대접을 받는다고 생각했을 것이다.

또 법전댁 아래 채 온갖 궂은일을 하는 상동이네 가족이 살았다. 그집 아이들은 우리 아이들과 문수국민학교에 함께 다니고 잘 어울려 놀았다. 그 집 막내 용이는 우리 숙진(일진)이하고 국민학교 동창이라 잘 어울려 놀았다. 비록 부모는 양반이 아니고 종이나 다름없었지만 동네 오만가지 큰일이나 궂은일을 하는 머슴 노릇을 하고 살아갔지만. 상동이댁도 일도 잘하고 착하기 그지없었다. 그들도 아이들이 다 자리니 마을을 떠나갔다. 마을 떠나간 이후 아이들이 한 번도 고향에 돌아오지 않았다. 그 집 아이들도 아마 어릴 때 아픈 추억을 되새기고 싶지 않은 모양이다.

그 외 가끔 타성 가족이 잠시 와서 머물다 가곤 했다. 한번은 어떤 과부와 다 큰 아들이 와서 살았다. 아들은 가끔 읍내에 출입하고 과부 혼자 살았다. 우리 사랑양반하고 마을 어른들이 자주 그 집에 가서 술도 팔아주고 놀았다. 보기가 흉했다. 그러나 무섬은 양반 동네라 누구 하나 아낙네들이 불평을 할 수 없었다. 아직 여기는 남자들의 세계이고 남존여비사상과 부창부수 사상이 지배하는 풍습에 젖어있기 때문이다. 어느 날 장터에서 그 집 아들을 만나서 자초지종을 이야기했다. 그 아들이 지 어매가 무섬 양반 동네에서 남자들의 노리개 감이 되고 여자들의 손가락질을 받는다는 것을 알고는 어느 날 어매를 데려가고는 다시 오지 않았다.

안동 하회마을에서는 종들이 양반들을 탈춤으로 놀리는 재미있는 놀이가 있다고 바깥출입이 잦은 이웃 어른들이 말해준다. 또 양반들 집에서 종이 밥을 먹는데 주인 양반은 쌀밥을 먹고 종은 보리밥만을 준다. 하루는 주인마님이 종에게 밥을 주는데 보리밥에 쌀밥 한 알이 섞여 있었다. 이것을 발견한 종은 그 쌀 밥풀때기 하나를 밥상 위 천정에 매달고는 너 어떻게 양반이 쌍놈한테 왔느냐고 야단을 치면서 회초리질을 하였다. 종이 자기 방에서 밥을 먹으며 중얼거리는 것을 양반이 보고 기가 막혀서 나중에는 조금씩 쌀밥을 섞어서 주게 됐다는 이야기를 시어머니가 해준 적이 있다. 우리 사랑어른은 종이라도 반드시 사람대접을 해주어야 한다고 하고 아이들 보고 어른 종에게 말을 함부로 하지 말라고 하신다. 이제는 시대가 바뀌었다고 하신다.

그래서 그런지 한번은 한철이하고 우리 경이가 법전댁에 세배 갔다가 나오면서 문간방에 사는 상동 어른한테 들러서 세배를 하고 왔다. 둘은 고등학교를 다니니 현대식 교육을 받아 인간은 다 동등하다고 배워서 비록 그들이 양반은 아니지만 어른으로 생각하고 그리한 것 같다. 그런데 마을의 고지식한 어른들이 상놈한테 절을 했다고 떠들썩한 적이 있다. 세월이 바뀌어도 한참 바뀌었는데 이 산골짜기 양반 동네에서는 아직도 그런 옛 풍습에 젖어 있는 어른들이 있다.

어머니를 추억하며

1974년 방석댁 朴命緖와 남편 金愼奎

불효여식 때문에 돌아가신 어머니에게 늘 죄스러운 마음으로 살아왔다.

첫째, 딸 둘매(진옥 鎭玉)

　남동생 경(규진)이가 어머니에 대한 책을 낸다고 어머니를 그리는 글을 써 보내라 해서 오랫동안 망설이다가 연필을 잡았다. 어머니한테 아래한글을 좀 배웠는데 붓으로 쓸까 하다가 노트 장에 연필로 두서없이 몇 자 적어보았다. 막상 연필을 잡으니 무슨 생각부터 써야 할지 모르겠다. 어머니와 주고받은 편지가 다 소실되어 아쉽다. 편지가 있으면 그걸로 대체해도 의미가 있을 텐데.

　내가 맏딸이라 할머니가 아들이 아니라서 실망이 컸지만 살림살이에는 무척 도움이 될 거라는 이야기를 어릴 때 여러 번 들었던 기억이 난다. 사실 나는 다른 아들들 보다는 어머니 속을 덜 썩이고 어머니와 더 자주 부엌이나 길쌈할 때 많은 시간을 함께 했다. 어머니는 말할 때마다 꼭 사자성어를 쓰시면서 말을 시작한다. 너무 서두르면 "천리 길도 한걸음부터라고 차곡차곡해야 한데이." 하셨다. 사필귀정이라고 뭐든지 바른 마음으로 해야 일이 잘 풀어진다고 하셨다. 어머니는 학교는 문턱에도 못 가보셨지만, 초등학교를 나온 나보다도 더 자주 더 많은 사자성어를 쓰셨다. 아마 사자성어를 잘 구사하신 할배한테 영향을 많이 받으신 것 같기도 하고, 무섬마을에서 가사를 아주 잘 하시는 두

월아지매, 버전아지매, 뒤세아지매, 계남아지매 한데 가사를 배우고 사
돈지, 편지 쓰는 것을 배워서인지 모른다.

어머니는 또 윷놀이 할 때 보면 윷말을 쓰는 책임자가 되어서 윷말
을 다 외워서 윷말을 잘 쓰셨다. 무섬 시골에서는 정월달에 윷놀이를
자주 했는데 모두 만 썼다. 또 어머니는 여러 가지에 대해서 호기심이
남달라 이것저것 책을 읽고 배우기를 좋아하셨다.

글도 깨우쳐서 가사도 즐겨 외웠다. 그래서 마을 사람들이 우리 어
머니를 알방석댁이라 부르고 팔방미인라고 추켜세우기도 했다. 실제
로 어머니는 무척 예쁘셨다.

어머니의 앉은뱅이 미싱

할머니와 어머니와 나는 해마다 열심히 누에를 길러 명주도 하고
아부지가 재배한 삼으로 배도 짰다. 우리 집에는 배틀과 명주 배틀이
두 개나 있었다. 아부지가 목화도 많이 심어 무명도 짰다. 어머니는 무
명을 짜서 내가 결혼할 때 자우세이불(누비이불)을 만들어주셨다. 한두
해 짠 명주 15필을 팔아서 머럼 원적골에 있는 큰집 논빼미 5마지기
를 사려고 흥정까지 했다. 그런데 그 동네 아랫것들이 돈을 조금 더 준
다고 해서 그만 놓쳐버렸다. 어머니는 큰집의 그런 태도에 무척 못마
땅해 하고 아쉬워했다. 우리는 논이 적어서 늘 이밥(쌀밥)을 제대로 먹
지 못하고 살았다. 그러나 죽으란 법은 없듯이 논 사는 대신 어머니는

할배께 논은 다음에 기회가 있으면 사시자고 설득했다. 어머니는 우선 그 돈으로 안동에 가서 앉은뱅이 미싱(손재봉틀)을 사왔다. 어머니는 앉은뱅이 미싱으로 뚝딱하면 옷을 한 벌 만드시곤 했다. 미싱으로 식구들과 동네사람뿐만 아니라 이웃동네 사람들에게도 옷을 만들어주고 돈도 벌고 곡식도 받기도 했다. 어머니는 농사 하나만 지으시는 아부지와는 달리 농사도 짓고 길쌈도 하시고 미싱으로 옷도 잘 만들어 팔았다. 돈을 벌어서 나중에 다른 논과 밭도 샀다. 그나마 다행이었다.

해방 이후 큰집 논밭을 붙여먹고 살았는데 나라에서 토지개혁을 하면서 소작농이 원래 붙여 먹던 논밭을 신고하고 세금만 조금 내면 우리 논밭이 된다고 이웃 게일아재가 적극 권했다. 그런데 할배는 큰집 논밭을 그렇게 빼앗아 오면 경우가 옳지 않다고 해서 나중에 다 돌려주셨다. 다른 이웃들은 나라가 정해주었다고 그렇게 한 집도 더러 있다. 그런데 그런 집들이 나중에 별로 잘 살지도 못했다. 할배 말대로 아마 경우와 도리에 어긋나서 그런 같기도 한다.

8번째 막내아들을 일을 하시다 낳으셨다.

몇 년도인지 기억이 안 나지만 음력 4월 21일 날 우리 막내 기현이 출생 날이 생각난다. 아침을 먹고 모두 마당에서 명주 길쌈을 내고 있었다. 몇 달 동안 할머니와 어머니와 내가 명주 배틀로 짠 명주에 풀을 매기고 큰 틀에 늘여뜨려서 솔로 잘 다듬어야 한다. 그동안 할머니, 춘양 고모, 어머니와 내가 명주 내느라 바빠 시간을 보내는데 어머니가 10시쯤 되어서 배가 아프다고 방에 들어가셨다. 할머니가 배가 부른 어머니가 걱정이 돼서 따라 들어가셨다. 곧 "야들아! 니 어미가 아이를 낳으려고 한다. 어서 준비해라. 물을 끓이고 새 천을 가져 온나. 준비를 서둘러라."고 소리치셨다. 나는 준비를 하면서도 또 남동생이 생겨서 딸인 나만 더욱 죽도록 고생해야 된다고 생각하니 아이가 보고 싶지도 않았다. 밉기까지 했다.

할머니는 시골 무섬마을에서 산파역할을 하셨다. 우리 8남매 다 받아내시고, 이웃집 참봉댁 7남 1녀 아이들도 많이 받으셨다고 한다. 고모는 하던 일을 그만 두고 얼른 방으로 가시고 나는 부엌에 가서 물을 끓였다. 어머니는 곧 8번째로 아들을 또 순산했다. 그때 어머니 연세가 45세인가 되었다. 우리 집 막내가 또 아들이라고 할머니가 무척 좋아하셨다. 정신없이 물을 끓이고 출산 준비하고, 미역국 끓이고 새로 밥을 했다.

그러고 나서 하던 명주 길쌈을 할머니랑, 고모랑 마쳤다. 어머니는 늘 이렇게 일을 하던 중에 아이 여덟을 낳으셨다. 나의 경우는 들에서 일하다가 태기가 와서 황급히 집에 오자마자 나를 낳으셨다고 한다. 그래서 집에서 부르는 내 이름이 둘매(들매)였다. 어머니는 일평생을 아이 낳는 날도 편히 쉴 시간이 없이 바빠 일생을 사셨다. 지금 생각하면 우리 어머니 무척 고생하시다가 생을 마감하셨다. 비록 이웃들이 '알부자'니 '알방석댁'이니 불렀지만, 돈 벌려고 그렇게 애쓰셨지만 가난을 벗어나지 못하고 밥도 제대로 챙겨 드시지 못하고 회갑을 얼마 앞두고 저세상으로 가셨다.

막내가 태어나자 3주 동안 금줄을 대문에 걸어두었다. 삼칠이 지나자, 윗마을 해우당네 우산 아지매(필영 모친)가 내려와서 우리 막내를 보고 나무 귀엽다고 발가락을 만지면서 "아이고 방석 아지매는 워째 그렇게 아들도 잘 낳니껴?" 하면서 부러워했다. 그 집은 딸 둘에 아들 하나였다. 어느 날 아직 어린 막내 기현이를 내게 맡기고 어머니는 영주 장에 갔다 오셨다. 아이는 하루 종일 배가 고파 울어대서 미워 죽을 지경이었다. 어머니가 영주 장에 갔다 와서 퉁퉁 부른 젖을 손으로 웃물을 좀 짜버리고 아이 입에 갔다 물리니 두 손으로 잡고 젖을 실컷 먹고는 쌕쌕 잠이 들었다. 아기가 울지 않고 잠 잘 때가 제일 귀여웠다.

"손이 열 개라도 모자란다"

그리고 그 옛날 언젠가 연도도, 날짜도 기억나지 않지만 5월 달이었다. 한창 모내기로 바쁜 계절이었다. 어머니가 물 건너 놀기미 논에서 모내기하는 일꾼들을 위해서 점심을 머리에 이고 물을 건너다가 넘어져서 밥이랑 반찬이랑 못 먹게 되었다. 집으로 가져와서 개와 돼지 밥으로 주었다. 그날은 개와 돼지는 아주 좋은 밥을 먹게 되었다. 그리고 부리나케 나는 엄마와 더불어서 다시 점심과 반찬을 준비해서 들에 가져갔다. 아부지가 "왜 이리 점심이 늦었노?" 하셨지만. 아무 말도 못하고 이것저것 준비하다가 늦었다고만 했다. 이래저래 고생이 말이 아니었다. 어머니 인생에 풍파가 그칠 날이 없었다. 가지 많은 나무 바람 잘 날 없듯이 자식들이 많으니 늘 온갖 걱정으로 편할 날이 없었다.

어머니는 그렇게 눈코 뜰 새 없이 손이 열 개라도 모자란다고 하시면서도 할머니가 돌아가시자 삼년상을 치를 때까지 매일 아침저녁으로 따듯한 밥을 해서 상석에 차리고 슬피 우셨다. 하도 슬피 우는 모습이 어머니가 제 정신이 아니신 것 같아 건강이 걱정될 때가 한두 번이 아니었다.

또 몇 년도 인지 기억이 안 나는 데 할머니 소상 때 고향 무섬에 가서 네 살 박이 내 아들 동직이를 어머니한데 맡겼다. 어머니는 큰외손자를 친손자 보다 먼저 보셔서 무척 좋아하셨다. 며칠 후 셋째 일진이 결혼식이 서울에서 있어서 어머니가 동직이를 데리고 영덕으로 오셨다가 곧 바로 무섬으로 돌아가셨다. 이것저것 신경을 많이 쓰시고 밥도 제대로 안 드시고 무리해서 통근열차로 무섬에 가셨다. 어머니는 늘 우리 자식들한테는 밥은 꼭 챙겨 먹으라고 하시면서 막상 어머니자신은 대충 먹고 다니셨다. 그 길로 돌아가셨다는 소식을 들었다. 어느 날 어머니는 뇌막염이 다시 도져서 의식을 잃으셨다. 마침 시골에 있던 동생 재현이하고 순둘이가 어머니를 영주 순창병원에 택시로 모시고 갔다. 순창병원에 근무하는 친척 백이 어른이 보시고 가망성이 없으니 안동 큰 병원으로 모시고 가라고 했다. 다시 택시로 가는 도중 평은 쯤에서 의식이 거의 없어서 무섬으로 돌아왔고 어머니는 돌아가셨다.

나는 이튿날 어머니 부고를 받았다. 그 이후 3여 년 간 어머니 없는 삶이 너무 슬퍼서 눈물로 세월을 보냈다. 잊으려 해도 잘 잊혀지지가 않았다. 나 때문에 너무 고생하고 걱정을 많이 해서 머리가 아프셨다는 것을 생각하니 불효자식으로 죄책감이 많이 들었다.

어머니와 재봉틀

넷째, 아들 숙진(일진日鎭)

우리 어머니는 16살에 문수면 방석 마을에서 반남 박 씨 집에서 우리 마을 무섬으로 시집을 오셨다. 예쁘고 귀엽다고 해서 할아버지에게 늘 예쁜 며느리로 기억되었다고 한다. 그 당시 할아버지는 돈이 조금 있으셔서, 놀김이 중식(고종 사촌)이네 논밭 3070평(10마지기)을 사려고 하였다. 사실 이 고모부의 논밭은 고무부가 열차 사고로 돌아가셔서 보상 받은 돈으로 할아버지가 사준 것이라고 들은 적이 있다.

그런데 어머니가 시아버지이신 우리 할아버지에게 농사는 짓고 싶지 않다고 할아버지를 설득했다고 한다. 어머니는 그 당시 고향 마을 방석의 박씨 종가댁 박찬오 씨 집에 재봉틀이 있어서 시간 날 때마다 가서 재봉 일을 배우셨다고 한다. 어머니는 시아버지께 논, 밭 사지 말고 재봉틀을 사주면 바느질로 바지, 저고리를 만들어서 돈을 벌 수 있다고 시아버지를 설득했다고 한다. 지금도 우리 집에 있는 어머니 손때가 묻은 싱가 손재봉틀이 그렇게 해서 구입하게 된 것이다. 무섬에도 부잣집 한철 씨네, 세병 씨네, 선광 씨네, 광옥 씨네, 제균 어른댁네, 종우 씨네, 천세 씨네 등에 재봉틀이 있었으나, 재봉틀로 돈벌이를 하는 집은 아니었다. 해서 우리 어머니는 할아버지와 약속한 일이라 무섬 반경 5리(2km) 누구네 집이든지 바지, 저고리를 부탁하면 솜씨

있게 만들어주고 품삯으로 좁쌀, 콩, 녹두, 팥, 감자, 고구마, 병아리, 닭, 강아지 등을 받아와서 잘 살게 되어서 "알방석댁"이란 별명을 얻었다. 내가 이웃 동네 옷 심부름을 제일 많이 하고 다녔는데 이웃 동네 여학생 옷, 팬티나 셔츠 같은 것은 창피해서 직접 못 전해주고 그 여학생 집 대문 밖에 두고 온 일도 있었다. 그리고 오면 어머니는 품삯을 안 받고 왔다고 다시 보내기도 했다. 문수국민학교 2~4학년 때 궁터, 전닷, 잔들이, 원전골, 분계, 고랑골, 뒷골, 노틀이, 다락골, 방석, 술미, 소들이, 도래와 더 먼 곳 석탑, 맥실, 등등 누구네 집이라고 적어주는 쪽지를 가지고 열심히 다녔다. 그러면 대개 착한 아이라고 대추, 밤, 호두 등 과일을 주면 맛있게 받아먹으면서 집에 오기도 한 것이 기억난다. 우리 엄마는 그처럼 허구한 날 옷을 만들어 돈도 많이 벌었다. 또 할머니와 누나도 명주, 삼배 등 길쌈을 하여 돈을 많이 모았다. 여름 농한기나, 초겨울 우리 집에는 베 짜는 소리, 명주 짜는 소리가 늘 요란하게 들렸었다. 어머니는 또 기나긴 겨울밤에는 동네 아주머니들과 자주 모여 사설인가 전설인가, 옛날 이야기, 특히 〈상주 류대감 이야기〉 등을 줄줄 외우는 것을 자주 들었다. 늙으셔서 눈이 어두워서 책을 읽기 힘들 때는 화투치기도 좋아했다. 붓으로 옛 한글로 고모에게 편지 쓰는 것도 여러 번 보았다. 시집올 때 교육도 못 받고 글도 깨우치지 못해 일자무식이었지만 동네에서 세병 씨 모친에게서 글을 배워서 책도 읽고 붓으로 글씨도 쓰곤 하셨다. 동네 상당한 아주머니들이 글을 못 읽어서 어머니가 늘 읽어주면, 글을 읽지 못하는 새걸 아주머니 등 여러 아주머니들이 함께 낭송 하는 것을 여러 번 봤다.

우리 집은 60년대 암퇘지 한 마리를 꼭 먹이곤 했다. 나는 어머니가 시키는 대로 소나. 돼지 등 가축이 없는 이웃집에 가서 음식 찌꺼기와 쌀뜨물을 가져오곤 했다. 온 동네 집들을 다니면서 가지고 온 쌀뜨물에 당겨, 쌀겨, 보리겨를 타서 암퇘지에 주고는 했다. 지극한 정성으로 키우니 우리 집 돼지는 새끼를 잘도 낳아서, 보통 10~12마리까지 낳을 때도 있었다. 열 마리가 넘는 돼지 새끼들이 누워있는 어미돼지 젖을 물고 빠는 장면은 장관이었다. 우리는 냄새나는 것도 아랑곳하지 않고 돼지우리에 매달려 구경하고 소리치곤 했다. 한 달 보름 정도 키워서 영주 장날 어머니는 돼지 한 마리를 망태기에 비닐 종이를 깔고 넣은 후 머리에 이고, 나는 등받이에 비닐을 대고 망태기에 두 마리를 넣고 짊어지고 영주 장에 가곤 했다. 돼지 새끼가 오줌 싸면 바지와 신발이 젖고 냄새가 나고 해서 무척 힘들었다. 무섬에서 영주역전 앞 돼지 판매장까지는 12킬로미터 정도의 거리였는데 아침 일찍 걸어서 가서 10, 11시경 도착해야 돼지를 팔 수 있었다. 아침밥은 먹는지 마는지 허둥지둥 한 달에 몇 번이고 돼지를 팔러 갔다. 그 당시 점심으로 짜장면 한 그릇 얻어 먹겠다고 징징 거리면서도 가야했다.

　철길 따라 가는데 부산에서 청량리 가는 열차가 오면 옆으로 비켜 섰다가 또 가고 하는데 어머니에게 문수역에서 열차 타고 가자고 떼를 쓰기도 하지만 소용없다. 열차비를 아껴야 했기도 하지만 그 당시는 짐승은 열차에 태워주지 않는 것이 보통이었다. 나는 그것도 모르고 열차 안 타고 간다고 징징거리고 어머니는 듣는지 마는지 먼저 종종 걸음으로 간다. 나는 무조건 뒤따라 가야 했다. 돼지 새끼 판돈으로 할머니 반찬으로 고등어 한 손 사고, 쌀이 귀한 시절이라 가족 양식으로 밀가루 한 포대, 틀국수, 광목, 옥양목, 바지, 저고리 만들 옷감 등등을 사서 걸어서 무섬까지 온다.

점심으로는 중국집에서 그 당시 5원~10원(?)인가 짜장면 한 그릇 정말 맛있어서 돼지 새끼 업고 온 것도, 힘든 것도 잊고 먹었다. 집으로 오는데 배가 고프다고 하면 어머니가 제일 싸고 크기가 큰 눈깔사탕 한 개와 알록달록한 과자 한 봉지를 사서 주면 맛있게 먹으면서 무섬까지 오곤 했다. 영주 장보고 같이 오는 광택 씨랑 동네 아주머니 세걸 아지매들이 바지에 돼지 오줌 묻은 것을 보고 "너 오줌 싼 거지?"하고 놀리기도 한다. 등에 업고 간 돼지 오줌이 흘러서 그런 것인줄 뻔히 알면서도 말이다. 그래서 나는 다음 장날은 안 간다고 어머니께 떼를 쓴다. 그러면 어머니는 한 번만 더 가자고 달랜다. 두서너 번 5~6마리를 팔고 나면, 나머지는 동네 이집 저집 싸게 팔기도 한다.

한 번은 새끼 낳은 어미 돼지가 배가 고파서 네모 모양의 나무로 지어놓은 돼지 우리 밑을 파고 나와 우리 집 아래쪽에 있는 박씨촌의 어른네 보리밭에 들어가서 보리를 뜯어 먹고 밭을 망쳐놓았다. 이를 본 박씨 어른이 도끼로 새끼 낳은 지 얼마 안 된 우리 어미돼지 뒷다리를 찍었다. 결국 우리는 어미 돼지를 잡아, 그 고기를 이웃에 팔기도 하고 나눠주기도 하고 우리도 먹어야 했다. 박씨 어른은 오래전에 고인이 됐지만 그 당시 우리 철부지한테는 무서운 할아버지였고 공포의 상징이었다. 그 당시 새끼 돼지가 8마리나 있는데 약 한 달도 안 된 터라, 어미 돼지 없이 어머니가 밀가루, 쌀가루 죽을 쑤어서 새끼 돼지를 키우는데 너무 힘들어 하셨던 게 눈에 선하다. 그러나 돼지를 다 팔면 꽤나 돈을 많이 벌었다. 밤이 되면 어린 새끼 돼지들이 어미를 찾아 꿀꿀 많이 울기도 해서, 할머니가 박씨 할배댁에 가서 항의도 하구 했지만 소용없는 일이다. 우리 돼지가 남의 밭을 망가뜨렸으니 당시에는 당연한 일이었다. 비록 돼지 혼자 우리를 탈출해서 저지른 일이어도 말이다. 오히려 아버지는 우리 돼지가 잘못이라고 가서 용서를 빌기도 했다. 그 당시 동네에서는 돼지 한 마리를 10개월에서 1년 키워서 가져다 팔기도 하고, 동네 집안의 환갑이나 결혼 또는 장례 같은 큰 일이 있을 때 잡아먹곤 했다. 우리 누나 시집갈 때도 키우던 돼지를 잡아먹었다. 또 아주 옛날에 한 번은 늑대가 밤에 나타나 돼지 우리 밑을 파고 돼지를 물고 간 적도 있다고 할머니가 이야기해준 적도 있다. 늑대들이 우리를 파기 시작하면 돼지가 찍소리 한 번 못 지르고 가만히 있다가 늑대 두 마리가 산으로 몰고 가면 순순히 앞장서서 갔다고 한다. 호랑이 담배 피우던 아주 옛날이 아니라 할머니가 무섬에 시집와서 살 때였으니, 한국전쟁이 일어나기 바로 직전의 일이라고 한다. 전쟁 이후는 늑대가 나타난 적이 없다고 한다. 전쟁 통에 사람만 많이 죽은 게 아니라 산짐승, 들짐승들도 많이 희생된 것 같다.

우리 어머님이 조밥이 먹기 싫어 매일 저녁마다 굶고 자는데, 배에서 꼬르륵 소리가 나면 외할머니가 엄마에게 조당수(차좁쌀) 죽을 끓여서 먹이곤 했다고 한다. 그 당시는 너무 가난한 집이라 소나무 껍질을 벗겨서 쌀가루를 조금 넣고 떡을 해서 먹던 시절이다. 그러면 항문이 막혀서 손가락으로 아이들 항문을 후벼 파내고 한 적도 여러 번 있었다. 우리 집 할머니, 아버지가 토종꿀을 많이 생산해서 안방 다락방의 하얀 백자 단지에 두고 외손자인 중황 형님, 중식이 형(춘양 고모의 아들들), 무원 형님, 영원 형님(청기 고모의 아들들), 등등, 그리고 오래전에 고인이 된 우리 집 큰형님(삼이 또는 상진)에게 주고는 했다. 할머니는 화장실 갈 때를 제외하고는 늘 안방 다락문에 기대어 앉아서 꿀을 지키셨다. 다락방에 있는 꿀을 훔쳐 먹기 위해 나는 동생 재현이랑 둘이서 꾀를 부리기 시작했다. 재현이 보고 할머니에게 닭집(닭장)에 닭이 죽은 것 같다고 말하라고 시키면, 할머니가 닭 보러 잠시 자리를 비웠고, 그 사이에 나는 몰래 다락에 올라가서 먹고 싶은 꿀을 훔쳐 먹곤 했다. 반면에 나는 "할매, 옆집 석포새아주머니(한철 씨 모친)가 배가 아프다구 할매보고 빨리 와서 도와달라고 하네요."라고 하였다. 그러면 또 할머니가 다락문 앞자리를 비웠고, 재현이가 꿀을 훔쳐 먹곤 했다. 토종꿀을 많이 먹으면 술 취한 것보다 더 해롱해롱해지기도 하지만, 겨울 강변에 뛰어 놀아도 추운 줄도 몰랐던 어린 시절이 생각난다.

경이(규진) 형은 어릴 때 우리 집에서 제일 허약하고, 건강이 안 좋아 아버지께서 1년에 한두 번은 꼭 한약을 지어 먹이곤 하셨다. 당시 나는 아버지 몰래 한약 봉지 속 달콤한 지황을 꺼내먹고 한약 봉지를 원래대로 잘 싸놓았다. 하지만 아버지께서 금방 알아차렸고 "숙진이 이놈아, 니 또 지황 빼 먹었구나!" 하고 야단을 치셨다. 규진 형은 쓴 약이 먹기 싫어서 아버지 몰래 내게 반 잔 정도 먹으라고 주기도 했다. 우리 아버지는 겨울밤에도 우리들 5형제들로 하여금 옷을 팬티까지 다 벗게 한 후 잠을 재우셨다. 그래야 이가 덜 생긴다고 하셨다.

한번은 작고하신 큰형님이 남의 집 항아리를 깨고 왔다고 아버지께서 야단을 치시며 우리 큰형님 삼이(상진), 경이(규진) 형, 나 일진, 동생 재현이를 모두 뽕나무 회초리와 싸리나무 회초리로 종아리를 3~5대를 때리셨다. 상진 형님은 매를 맞으면서 징징 울면서 서 있었고, 규진 형은 아버지 회초리를 손으로 잡고 뺑글뺑글 돌고 한 대라도 덜 맞으려고 안간힘을 썼다. 나는 고집이 있어 꿈쩍도 하지 않고 가만히 서서 맞고 있으니까, 아버지가 한두 대만 때리고 말았다. 재현이는 안 맞으려고 토끼처럼 깡충깡충 뛰고 하던 어린 시절 추억이 생생하다.

1946~7년경, 아버지께서 무섬에서 최연소(30대 초반) 동네 이장을 하고 계실 때였다. 초여름 밤 반장 회의가 있는 날이었다. 중간마을, 지금 종우 씨 집 뒤쪽 가자골 어른이신 박돈우 씨의 아버지 집에서 회의를 하구 승이네 집 옆 골목길을 나오는데 방구 소나무 뒤에서 영주경찰서 경찰 3명이 숨어 있다가 아버지가 나오는 것을 보고 잡아서, 좌익이라 하면서 빨갱이 대장을 만나고 온다고 하고서는 마을 뒤, 지금 치류정 정자 뒤쪽, 윗마을 우영이네 밭에 데리고 가서 아버지를 몽둥이로 사정없이 패면서 빨갱이 대장을 만났느냐고 자백을 강요했다. 아버지는 반장 회의만 했지 아무도 만나지 않았다고 해서, 거의 초주검이 되다시피 맞았다. 하도 많이 맞아서 긴 밭두렁을 3번씩이나 뒹굴다가 의식을 잃자 경찰들은 죽은 줄 알고 가버렸다. 마침 소들 형님이 산 위에서 이를 지켜보다가 아버지를 업고 우리 집 사랑방으로 데려왔다. 온몸에 멍이 들고 가슴만 벌떡거리며 숨소리가 나길래, 할

아버지께서 토종벌꿀을 타 먹이고 해서 겨우 살려놓았다. 경찰에 매를 맞은 이유는 그 당시 박씨 촌 어른이 경북북부지방 빨갱이 대장을 하고 있는지라 누군가가 밤마다 우리 아버지가 빨갱이 대장을 만난다고 경찰서에 거짓말을 해서 아버지가 매를 맞게 된 사건이다. 그 후 아버지는 좌익에 낙인찍혀, 우리들 자식들은 공무원 시험도 못 본다고 해서, 그 당시 망동아재 처남 자유당 이정희 영주 국회의원에게 할아버지가 백자에 든 토종꿀단지를 수십 통을 가져다 주면서, 제발 아버지 좌익에서 풀어달라고 부탁 부탁을 했다고 한다. 망동아재 조카에게도 여러번 부탁을 해서 아버지가 좌익 누명에서 풀려나 죄 없는 사람으로 살아가게 되었다. 아버지는 그 이후 우리들에게 절대로 정치도 하지 말고, 공산주의 이념이나 사상을 배우지 말라고 한 것이 기억난다. 그때 많이 맞은 게 원인이 되어 돌아가시기 전까지도 다리를 약간 절뚝거리셨다. 특히 겨울철에는 신경통이 심해 걸어 다니는 데 많은 불편을 가지고 살았다. 소들 형님이 아니었으면 아마 그 당시 아버지는 세상을 떠났을지도 모를 일이다. 그러면 우리 집 둘매(진옥)누나 한 분 빼고는 6남매가 이 세상에 태어나지도 않았을 것이다.

어머니와 번데기

다섯째, 아들 재현(在鉉)

어머니와 추억은 년도는 기억할 수 없으나 문수국민학교 입학 전후 누에고치로 명주실 뽑을 때 부엌에서 번데기 건져 주는 거 많이 먹은 기억이 난다. 그리고 조금 커서는 늘 논밭갈이 하고 김매기 하라고 할 때 하기 싫어서 뒷산에 올라가서 낮잠 자고 있으면 나를 찾으러 여기저기 다니시는 어머니를 알면서도 바로 가지 않고 많은 애를 태웠던 기억이 많이 난다. 지금 생각해보면 너무 죄송하고 후회가 된다.

우리 형제들의 학자금을 위해 유일한 돼지 키우기를 하여 매일아침 이웃집을 전전하며 구정물과 쌀뜨물을 수거하여 돼지를 길렀다. 새끼를 놓으면 대략 한두 달 뒤에 아버지께서 만드신 다래끼에 담아서 나는 등에 짊어지고 어머니는 머리에도 이고 하여 영주 장날 팔아서 먹을 거리 조금 마련하였다. 나머지는 우리 형제들 학비 또는 옷값으로 사용하는 것이 많은 기억이 난다. 어떤 해에 우리 집에 멍멍이가 새끼를 네 마리나 낳았다. 3달 정도 크면 어미 개가 강아지한테 젖을 잘 물리지 않는다. 그러면 클 만큼 컸다고 생각하고 무섭 동네 이웃에서 사면 팔고 남으면 영주 장에다 갔다 팔았다. 어머니가 한 마리 다래끼에 담아 머리에 이고, 나는 두 마리를 다래끼에 짊어지고 영주 장에 삼십리(12Km)나 되는 먼 길을 걸어서 갔다. 돼지 새끼 팔 때처럼 팔아서 제사 장보기를 해오기도 했다. 나는 장에 걸어가는 게 싫었지만 형 숙진이가 없으면 구체 없이 내가 해야 했다. 장터에서 국밥 한 그릇이 꿀맛 같아서 참았다. 비가나 눈깔사탕을 사주기도 했다.

내가 공부도 안하고 일도 안하고 놀기만 할 때면 어머니는 늘 내게 "아이고 이놈아! 저래서 밥은 벌어먹겠냐! 사람이라면 밥값은 해야제." 하셨다. 어느 날 실컷 놀다가 와서 밥상에 앉으니, "아이고 이놈아! 하루 종일 빈둥거리다가 이제야 집에 오니, 그래가지고 니 목구멍에 밥이 넘어가니?" 하신다. 옆 집 친구 하고 바둑만 두고 놀고 있으면 어느 새 어머니가 오셔서 "그게 밥 먹여 주냐?" 하셨다. 철없을 때 왜 그리 어머니 말 안 듣고 속만 썩였는지 모르겠다. 지금 생각하면 죄스럽고 불효한 게 후회된다.

어머니 살아생전 불효를 많이 저질렀지만, 아주 드물게 칭찬 받는 일도 했다. 나는 여름에는 앞 강가에서 물고기를 아주 많이 자주 잡았다. 무섬에서만 하는 개매기로 물고기를 한 세숫대야씩 잡아 오면 어머니가 "니 참 용타 어떻게 그렇게 많이 잡았노?" 하시면서 얼굴에 환한 웃음을 띄우셨다. 또 반두로 은어, 먹지, 피라미 등을 많이 잡았다. 작은 그물을 긴 나무 가지 끝에 삼각형 모양으로 매달아서 강물을 타고 오르는 물고기를 한 마리씩 따라다니며 잡았다. 힘은 들지만 무척 재미있다. 물고기를 잡아올 때마다 나는 어머니의 그런 미소를 잊어버릴 수 없다. 물고기는 여름 한철 우리 집에서 먹을 수 있는 유일한 고기였다. 많이 잡으면 큰집, 작은집과 나누어먹기도 했다. 또 겨울철에는 산에서 산토끼와 꿩을 가끔 잡아 왔다. 어느 형제보다 내가 특히 잘 잡아서 어머니는 여러 번 칭찬을 해주셨다. 그러면 나는 기분이 좋아서 날아갈 것만 같아서 다음에 또 잡으러 산에 가곤했다.

무섬 자료전시관에 있는 개매기 재현 모습

어머니와 하얀 가루약

여섯째, 딸 순둘(진희 鎭姬)

우리 어머니는 1917년에 이웃 마을 방석서 태어나셨다. 어머니는 16살에 무섬으로 시집오셔서 1977년 환갑을 앞두고 돌아가셨다. 무섬서 언니 한 명, 오빠 네 명, 나 그리고 남동생 한 명, 모두 7남매를 낳아 기르셨다. 일생 동안 아이들을 키우시느라 고생만 하다가 1977년 돌아가실 때까지 가난을 한 번도 벗어나 보지 못하시고 갑자기 돌아가셨다.

어머니는 1958년(41세)에 나를 낳았다. 내가 철이 들 무렵 동네 사람들이 나한테 "니가 막내 할래?"하고 물으면 난 "안해요."라고 분명하게 말했다. 그 소리가 어린 내겐 "방매이(방망이) 할래?"로 들렸기 때문이다.

그래서인지 어머니가 46세에 나보다 다섯 살 아래인 기현이를 낳았다. 위로 딸 하나 아들 넷을 낳았는데도 할머니는 내가 태어났을 때 딸이라고 섭섭해하셨다고 한다. 그런데 또 아들을 낳았으니 집안에 큰 경사가 난 것이다. 난 음양이 바뀌어서 딸로 태어났다고 한다. 그래서인지 내 성격이 가만히 있으면 여자 같지만, 일 추진력은 남자 못지않을 때도 있다. 내 성격이 꼭 어머니 닮았다고 하는 말을 듣기도 한다. 어머니는 모든 것에 적극적이었고 억척 같이 일을 하셨다.

우리 어머니는 가끔 "호랑이는 죽어서 가죽을 남기고 사람은 죽어서 이름을 남긴다."고 하시고 또 "남의 은혜는 꼭 갚아야 한다."고 자주 말씀하셨다.

내가 초등학교 5학년 때(1971년) 언니 일(언니의 이혼)로 충격을 받으신 우리 어머니는 머리가 아프시다며 쓰러지셔서 영주 순창병원에 입원하셨다. 한 보름 입원 치료 받고 퇴원하셨다. 그동안 커다란 가마솥에 밥하고 국 끓이는 일을 내가 도맡아 해야 했다. 이웃집 내 친구 순이 어머님(의인 아지매)이 오셔서 내가 부엌에서 일하는 걸 보고는 "아이구, 야야 어린 네가 어찌 그 큰 솥에 밥을 다 하노."하시며 기특해 하셨다.

우리 어머니는 늘 머리가 아프시다며 하얀 가루약 뇌신을 자주 드셨다.

중학교 3학 때(1974년)부터 친구따라 다니던 성당을 열심히 나갔다. 그때 수녀들과 이야기를 많이 나누고 어린이반 교사도 했다. 그래서 어머니한데 "난 수녀가 되고 싶은데." 하니까 "그럼, 난 딸 재미를 못 보겠네."하셨다.

요즘 생각하면 수녀가 안 되기를 잘 한 것 같기도 하다. 열이 많은 나는 머리에 수건이나 모자를 쓸 수가 없어서다.

그 해(1974년) 큰 오빠 일(삼이 오빠의 죽음)로 충격을 받고 어머니는 또 쓰러지셨다. 그때는 안동 도립병원에 입원하셨다가 퇴원하셨다. 그 이후 어머니는 시간 나면 법전 형님(기한 모친) 집에 모여 자주 화투놀이를 하셨다. 충격받은 일을 잊고 싶어 하신 것 같았다. 그전에는 겨울밤에 가사도 읊으시고 붓으로 가사도 베껴 쓰시곤 했다.

우리 어머니는 늘 일에 바빠서 좋아하시는 적(전)을 구우실 시간도 없어 내가 중, 고등학교 때 영주서 자취하다가 토요일 오후에 집에 오면, "야야, 순둘아! 풍로로 숯불 피워서 솥뚜껑에 적 좀 부쳐다고."하신 적이 많았다. 그래서 그때부터 나는 적을 타지 않게 잘 구울 수 있었다.

그리고 내가 고등학교 졸업하던 해(1977년)에 어머니는 다시 쓰러지셨다. 어머니를 모시고 영주 순창병원에 택시를 타고 갔더니 환자로 받을 수 없다고 안동으로 가라고 했다. 넷째 재현 오빠와 함께 택시를 타고 안동으로 출발했다. 평은 쯤 갔을 때 내가 오빠한테 얘기했다. "오빠 그만 무섬 집으로 돌아가요, 아무래도 어머니가 의식도 전혀 없고, 숨도 제대로 못 쉬시니 곧 돌아가실 것 같아요. 안동 가기 전에 차에서 돌아가실 것 같아요." 그래서 오빠와 나는 차를 돌려 집으로 향했다. 그래도 다행인 게 집에 돌아온 후 몇 분 후에 어머니가 44여 년 사시면서 자녀 일곱을 낳으신 안방에서 숨을 거두셨다.

어머니 없는 농촌생활

그때부터 어머니 자리는 내가 채웠다. 밥, 빨래 등 아버지 수발을 내가 도맡아 했다. 들일도 도와야 했다. 그때 동네 형님들, 아주머니들이 아랫마을에 삽짝이 없어 진듯하다며 다들 우리 어머니의 죽음을 무척 안타까워하셨다. 난 일 년 정도 어머니 생각 때문에 슬픈 나날을 보냈다. 여름에는 홀로 강변에 누워 동요와 가곡을 부르며 슬픔을 달래기도 했다. 그때 나는 갑자기 이런 생각을 했다. 아버지나, 나나, 내 동생

기현이 셋 중에서 누구 하나 죽어서 어머니하고 같이 갔더라면 어머니가 외롭지 않았을까 하고 말이다. 어머니가 돌아가신 후 꿈에서는 늘 살아생전의 모습이 보였다. 해진 러닝셔츠를 입은 모습이 눈에 선했다. 그런데 어머니가 돌아가시고 일 년쯤 되었을 때 어머니가 그믐에 나타나서 내가 이제 사무직에 취직해서 간다고 하시면서 기뻐하시는 모습을 볼 수 있었다. 그 이후 다시는 꿈에 보

여섯째 딸 순둘(진희)

이지 않았다. 그래서 우리에게 좋은 일이 있겠구나 하는 생각이 들었다. 그때부터 나는 슬픔을 잊고 살기 시작했다.

어머니와 화투

일곱 번째, 막내아들 기현(基鉉)

방석댁(어머니) 막내 아들로 태어난 천덕꾸러기, 어머니 치마폭에, 등딱지에 원숭이처럼 붙어서 생떼만 쓰다가 아버지 뽕나무 회초리에 엉덩짝에 종아리에 무지하게도 많이 맞았다.

무더운 여름에 누에 뽕 따는 어머니 옆에서 칭얼대며 붙어 다니니 아버지 눈엔 자식이 아니라 짐 보따리로 보였을 것 같기도 하다. 그렇게 초저녁 매타작을 하고 나면 어머니 등에 업혀서 훌쩍훌쩍, 국수 삶는 어머니를 더 힘들게 하였지만 그래도 땀 냄새 베인 삼배적삼 어머니 등은 아직도 잊을 수가 없다.

어릴 적 어머니는 겨울밤이면 아마도 하루도 안 빠지고 화투를 치러 가신 것 같다. 법전 아주머니 집에서 초저녁부터 권련(새마을 담배) 개비 내기 민화투를 치시러 가야 하는데 껌딱지 막내가 발목을 잡으니 품 안에 안고 재우기 시작한다. 하루종일 물에서 놀고 산에서 놀다 지친 나는 금방 곯아떨어진다. 추운 겨울 어두운 밤길을 획, 법전 아주머니 집으로 아마도 나를 재우면서도 눈앞에 화투장이 가물거렸을 것이다.

먹고 살기도 힘든 시집살이에 딸, 아들 일곱을 키워야 하셨던 어머니, 어머니의 하루는 늦은 밤 화투놀이로 힘든 일들을 조금은 잊었으리라 생각된다.

조용히 늦은 밤까지 즐겼으면 좋으련만 눈에 넣어도 안 아픈 막내가 사고를 친다. 혼자 자다가 잠이 깨었다.

"으앙……."

깜깜한 안방에 어머니의 팔 베게는 없고 무섭고 두려움만 덮친다. 울음소리가 그칠 리 없다. 사랑방에서 주무시던 아버지가 작은 형님을 깨운다. 엄동설한에 이불 밑에서 자다가 깬 형님은 골이 이만저만 난 것이 아니다. 우는 막내를 업고 화투놀이 하는 집으로 찾아 다닌다가 법전 아주머니 대청마루에 나를 내버려 두고 집에 가 버린다.

한밤중에 마루에서 앙앙. 어머니는 얼른 나를 안고 방으로 들고 가서 달래지만 설움에 울음이 그치질 않는다. 설움도 설움이지만 여러번 경험을 해 본 터라 울면 무언가가 나온다는 것을 아는 나는 쉽게 울음을 그칠 리 없다.

짜잔! 호랑이가 제일 무서워한다는 곶감이 법전 아주머니 벽장에서 서너 개 나온다. 어릴 적 곶감은 제사 때나 맛볼 수 있는 귀한 것인데 아마도 지금의 초콜릿보다도 더 달콤하였을 것이다.

어린 시절 기억나는 것은 한밤중에 우는 것과 아버지 뽕나무 회초리가 전부인 듯. 국민학교 마치고 중학교로 자취를 하러 영주로 떠났고, 작은 방에서 누이랑 자취 생활을 하면서도 주말이 오기만 기다리며 하루하루 투덜거리며 5리 길 학교를 다녔다. 언제나 토요일은 즐거웠다. 토요일엔 무섬에 보고 싶은 어머니를 보러 갈 수 있기 때문에 더더욱 설레었던 것 같다.

중학교 1학년 때는 하루가 멀다 하고 어머니가 보고 싶었다. 세상의 모든 막내는 다 그런 건가? 주말에 무섬에 오면 언제나 어머니 품은 내 차지였다. 땀 냄새 나는 어머니 품에서 잠든 토요일 밤이 환갑이 지난 지금도 생각난다.

부모님 마음 어느 자식 하나 귀하지 않았을까? 마흔이 넘어서 생긴 막내는 어느 누구보다도 더 보살폈을 것이다. 그렇게 두 해의 겨울이 가고 고등학교를 안동으로 가게 되었다. 어느 집이나 마찬가지겠지만 중학교 때 기성회비(육성회비, 지금의 수업료)를 3년 동안 입학식 때 빼곤 제 날짜에 낸 적이 한 번도 없었다. 담임 선생님께서 따로 불러서, 우표 붙인 편지 봉투를 주시면서 부모님께 편지하라고도 하셨다.

돌이켜 생각해보면 나뿐이 아니고 촌에서 자란 아이들 모두가 그러하였으리라 생각된다. 공부도 못했지만 학비의 스트레스에 고등학교를 가기 싫었지만 그건 내 맘대로 할 수 있는 게 아닌 것 같았다.

이유 불문하고 가야한다기에 학비가 저렴한 농업계 고교를 선택하여 안동농고로 갔다. 좀 멀긴 하지만 기차통학을 하니 좋았다. 아침에 어머니가 싸준 도시락 들고 갔다가 저녁이면 집에 오니까.

그렇지만 어머니와의 만남은 너무나 짧았다. 학교생활에 익숙해지기도 전인 고등학교 1학년 초. 어머니가 위독하여 영주 순창병원에 계신다는 전화 한 통. 조퇴하고 영주로 달려갔는데 영주에선 힘들다고 안동으로 가라고하여 아버지와 형님, 나는 의식 없는 어머니를 태운 택시를 타고 안동으로 향하다 예고개 밑에서 돌려서 무섬으로 되돌아온 것이 어머니와의 마지막이 되었다.

"내가, 니 장가갈 때 까지 살라?" 하시던 말씀이 어른거린다. 어찌 어린 막내를 두고 그리 쉽게 눈을 감으셨는지 안방 아랫목에 누워서 거친 숨만 들이쉬며 아무런 말 한마디 없이 그렇게 어머니는 떠나셨다. 환갑을 한해 앞둔 5월의 봄날에……

어머니날 앞산에 어머니를 묻었다. 막내라는 이유로 어머니와의 만남과 이별은 겨우 17년이 전부였다. 가슴 깊이 남는 무한한 그리움과 못다한 사랑은…….

어머니,
영영 돌아오시지 못할 그 길을 어찌 그리 쉽게 가셨나요?
가시는 그 길이 그리도 편하시던가요?
삼배 적삼 땀내를 그리는 어린 막내를 두고
이른 봄, 진달래 꽃길 따라
개울 건너 문전옥답 놀기미
술미꼬 고추밭길 뒤로하고
은모래 반짝이는 뛰앗갱뱅을 두고
초저녁 달빛 아래 멱 감던 앞개울을 건너
꽃상여 타시고 가신 어머니
다시 못 올 그 길을 어찌 가셨소?
그립고 또 그립소
큰솥에 누룽지 만들어 주시던 어머니
동솥에 호박국

부엌 아궁이에 고등어구이

숯불 위에 된장

주름진 어무이 얼굴이 그립고 또 그립소

바람처럼 구름처럼

떠나신 그 길

그곳은 평안하신가요?

그리움에 지친

못난 막내도 언젠가는 그 길을 가겠지요?

부디 평안하시길 …….

4형제: 기현, 재현, 일진, 규진 (왼쪽부터 차례로)

영주 외나무다리 마을 무섬 알방석댁 이야기

나의 어머니 박명서

셋째, 아들 규진(圭鎭)

　나의 어머님은 16살에 문수면 방석 마을에서 멀지 않은 무섬마을로 출가하셔서 8남매를 낳아서 7남매를 키웠다. 주경야독이라고 밤낮으로 집안일을 하며 틈틈이 낮에는 아버님을 따라 들과 밭에서 일하고 밤에는 동네 아주머니들과 어울려 아래한글을 깨우치고 가사를 공부하였다. 환갑을 앞두고 돌아가시기 전에 당신의 일생에 대해서 글을 쓰시다가 뇌막염이 재발하여 갑자기 돌아가셨다. 무섬동네에서 알방석댁이라 불린 어머니 이야기는 맏이인 내가 어머님이 남긴 가사와 일생 이야기를 어머니 관점에서 정리하고 재창조한 것이다.

　20세기 체코의 대표 작가이며 "로봇"이란 신조어를 그의 희곡 〈로봇〉에서 처음으로 사용한 카렐 차페크(1890 - 1938)는 자기 집에서 동시대 마사리크 대통령과 문화예술인들이 모여서 시대와 문화에 대해서 많은 토론을 하였다. 그 중에서도 차페크는 마사리크 대통령과의 대화를 기록하여 나중에 〈마사리크와의 대화〉라는 책을 마사리크, 차페크 공저로 출판하였다. 여기에서 아이디어를 따와서 나도 어머님이 남긴 조그마한 기록과 평소 우리 자식들에게 이야기 한 것을 기록하여 어머니와 공저로 이 책을 출판한다.

왜 어머님이 당신의 이야기를 조금밖에 남기지 않았는데 내가 대신 어머님의 자서전을 쓰게 되었을까?

이 인연은 꽤 오래 전의 작은 추억으로 거슬러 올라간다. 어머님은 내가 대학 졸업하던 해인 1977년에 내 아들, 그러니까 어머님의 손자 제욱이를 업고 내 졸업식에 참석했다. 어머님은 그해 5월에 돌아가셨다. 그리고 세월이 흘러 나는 1980년에 미국으로 유학을 떠났다. 어머님은 그렇게도 원하시던 내 유학길을 알지도 못하고 저 세상에 가셨다.

1989년 나는 미국에서 귀국하여 한국외국어대학교 체코,슬로바키아 어과 교수가 되었다. 그리고 세월이 흘러 2010년도에 스웨덴 스톡홀름에서 전 세계 슬라브학자 300여명이 학술대회를 개최하는데 나도 참석하게 되었다. 그때 고르바초프가 기조연설을 하기로 되어 있었다. 그때 내 발표논문은 13세기 말 체코의 필사본 〈코덱스 기가스〉(Codex Gigas)에 관한 것이었다. 이 책은 체코 역사상 가장 규모가 크고 가장 귀중한 필사본이다. 여기에는 신구약 성경 및 체코역사, 수도원의 명부 등이 실려 있는 방대한 필사본이다. 책 한가운데는 중세에 사람들이 생각한 악마의 그림이 있다. 이 발표문을 준비하면서 갑자기 옛날 일이 생각났다.

1970년도 한국외대 노어과 다닐 때 러시아어와 한국어를 구사하시는 스웨덴인 로젠(S. Rozen) 교수를 만났다. 그는 한국 고어연구 학자였다. 그때 어머님이 초등학교 헌 교과서에 가사 〈경노의 심곡〉을 붓으로 쓴 것을 그 교수에게 드리고 연구해보라고 했다. 그리고 나서 까마득하게 잊어버렸다가, 2010년 스톡홀름에 가려고 준비하다가 40여 년 전에 그 교수님에게 우리 어머니 필사본을 준 것이 생각났다. 어머님이 77년도에 돌아가시고 평소에 가사를 읽고 연습하고, 청기 고모랑 주고받은 아래한글 붓글씨 편지 등 대부분은 소실되었다. 유일한 어머니의 친필 글씨가 이 〈경노의 심곡〉이다. 나는 그때 아래한글로 된 이 글을 잘 못 읽어서 이게 어머님의 당신에 대한 글인 줄 알았다. 나중에 알고 보니 이는 가사를 베낀 것이다.

그래서 한국외대 스웨덴어과에서 알아낸 그 교수님의 주소로 편지를 썼다. 40년 전에 제가 선물한 어머니 가사 연습 글씨가 어머님의 유일한 유품이라고, 혹 가지고 계시면 돌려주면 고맙겠다고 했다. 선물로 드린 것이니 돌려주기 싫으면 복사라도 해달라고 간곡히 부탁했다. 답이 왔는데 자기도 나이도 많고 은퇴해서 스웨덴 앤 왕립도서관에 귀중한 자료들과 그 책을 기증했는데 도서관 관계자에게 알아보고

스웨덴 로젠교수가 보내온 봉투와 엽서

다시 연락하겠다고 했다.

한 달 후에 편지가 왔는데 앤 왕립도서관에 이야기를 하니까 헌 교과서에 붓으로 쓴 고어로 된 한국 문서가 도서관에 그렇게 귀중하지 않고, 한국의 어떤 교수 어머니의 유일한 유품이라서 돌려주기로 결정했다고 하는 내용의 편지와 함께 그 책을 항공우편으로 보내왔다(사진). 어머님 돌아가시고 33년 만에 어머님의 친필 유품을 받으니 너무 행복했다. 어머님의 친필이 33년간이나 스웨덴 앤 왕립도서관 서고에서 잠자고 있었다니!

1989년 말 체코슬로바키아 공산주의 정권이 무너지고 자유화 된 이후 극작가 출신 바츨라프 하벨이 대통령이 되고 나서 제일 먼저 스웨덴 정부에게 17세기 당신 나라의 군대가 프라하를 침공해서 수많은 보물과 도서, 그림들을 탈취해갔는데 그 중에서 〈코덱스 기가스, Kodex gigas〉 한권 만 돌려달라고 했다. 그때까지 그 필사본은 엔 왕립도서관 현관에 철저한 보안 상태로 전시해왔는데 하벨 대통령의 이 요청을 듣고 다시 지하 저장고로 옮겨버렸다. 훗날 다시 하벨 대통령이 간곡히 부탁하여, 그러면 〈코덱스 기가스〉를 고향 프라하 국립 도서관에 전시라도 하게 빌려달라고 했다. 그래서 프라하에서 전시 될 때 나도 그 것을 보러 프라하로 갔다.

그 〈코덱스 기가스〉에 대해 발표하면서 서론으로 스톡홀름 슬라브 학술대회에서 스웨덴 교수가 우리 어머니의 유품을 돌려주었으니, 스웨덴 정부도 17세기에 체코에서 탈취해 간 〈코덱스 기가스〉를 체코 하벨 대통령이 그처럼 원하니 돌려주는 것이 도리라 하니, 그때 세미나 장에 참석했던 체코, 헝가리, 폴란드 교수들은 박수를 쳤다. 어떤 젊은 스웨덴 교수는 박수를 치지 않고 시무룩한 표정을 지었다.

그러고 나서 다시 세월이 흘러가서 나는 한국외대에서 2014년도 가을에 은퇴를 했다. 은퇴 후 나는 내 자서전 가칭 〈호기심은 창조를 낳는다〉를 집필하기 시작하였다. 그러던 중 어느 날 안방 다락에서 100여 년 된 고리짝 두 개를 발견했다. 1919년도에 작고하신 증조부께서 주역에 대한 공부를 하시고 연구한 친필 서책들, 1953년도에 돌아가신 할아버지의 제문과 친인척과 다른 문중 어른들의 편지, 제문 등과 어머니가 헌신문지에 가사 연습하셨던 글씨를 발견했다. 어머님은 여유가 없어 한지에 쓴 것은 아주 드물고 대부분 헌 신문지에 써서 좀이 먹고 많이 훼손되었다. 100여 년 전에 증조부나 70여 년 전에 쓴 할아버지의 글씨는 한지라서 보존 상태가 양호했다. 한학자 서수용 씨한테 보여줬더니 상당히 귀중한 글이 있다고 하면서 몇몇 개를 표구로 만들기로 했다.

또 동생 일진이가 45여 년 전인 1975년 경 어머니가 호롱불 밑에서 가사 〈류대감 이야기〉와 큰집 보갈 아재(원규)와 윗마을 한제이 아재(희규) 한문 낭송하는 것을 녹음한 것을 보내왔다. 이로써 어머님의 친필과 평소 듣고 보고 했던 어머님의 가사 공부와 낭송, 암송이 현실로 나타났다. 그리고 돌아가시기 전에 나한데 당신의 일생에 대한 이야기를 쓰고 싶다고 하시면서, 종이를 구해달라고 해서 사드렸더니 당신 이야기를 막 쓰기 시작하고 얼마 안 되어 갑자기 돌아가셨다. 1960년대 중반 뇌막염으로 안동도립병원에 입원하셨다가 한 달 만에 회복하여 10여년 사시다가 뇌막염이 재발하여 갑자기 돌아가셨다.

평소에 어머님이 주경야독이라고 낮에는 집안 일, 들과 밭에서 일하시고 저녁에는 특히 겨울 저녁에는 가사를 틈틈이 공부하여 아래한글을 깨치셨다.

어머님의 이러한 삶의 자세를 흔적이라도 남기고 싶어 용기를 내어 어머님의 입장에서 못다 하신 어머님의 이야기를 써봤다. 먼저 각종 사진 자료들을 엮어서 블로그로 만들어 친구, 친척들에게 보냈다. 다들 책으로 내면 좋겠다고 했다. 마침 써네스트 출판사 강완구 사장님께 어머님 자서전 이야기 블로그를 보냈더니 읽어보시고 1930년대 70년대 한국의 농촌 생활을 한 여성의 입장에서 조명한 것이 뜻깊다고 출판제의를 해왔다.

어머님에 대한 일가친척들의 회상 이야기와 살아 있는 우리 6남매

어머니 45주기 제사상 앞에서, 아들 김규진

의 도움이 컸다. 특히 어머님의 목소리를 녹음한 둘째 동생 일진의 노고에 고마움을 표하고 싶다. 우리 형제자매들의 어머니 추억을 부록 편에 실었다. 생생한 자녀들의 어머니에 대한 추억 이야기가 가슴에 와 닿는다.

이 책을 출판해주신 강완구 사장님께 특히 감사를 드리고 싶다.

삼가 어머님의 영전에 이 책을 바친다.

2023. 6. 學山 김규진

별방댁 마음

김기진 (시인, 영주문화원장)

겨울에도 떨어지지 않는
빨간 산수유 가지 위에
흰 눈 내리는 날
너를 낳아

아버지는 왼 새끼 꼬아
고추 달고
숯도 달고
청솔가지 꽂아
부정 탈까 금줄치고
삼 칠 동안 밤낮으로 치성드려
키운 너

방긋방긋 웃으면
기저귀 빨래 손 시린 줄 몰랐고
세상을 다 얻은 것 같이 행복했다.

따뜻한 아랫목에 뉘이고
금자동아 은자동아
금을 주면 너를 살까
은을 주면 너를 살까
자장자장 토닥거리며 잠재우고

멍멍개야 짖지 마라
꼬꼬닭아 울지 마라
우리 공주 잠 깰라
우리 왕자 꿈 깰라
애지중지 키워서
타향객지 언 땅에 흩어놓고

등 굽고 아픈 다리로
언덕에 올라
먼 산을 바라본다.

엄마가 바라던 꿈
찬 바람 부는 어느 외진 구석방에
밥 묻어 둔 것 같이 묻어 두고
새벽 별 바라며

어둑어둑 저녁 길
그래 꿈은 그렇게 자란단다.

아무리 힘들고 어렵더라도 참고 살면
매화꽃 피듯이 행복한 날이 올 것이다.

모두 다 그렇게 살았다.
부디 식구들 건강하거라
손자들 보고 싶구나

2023

참고자료

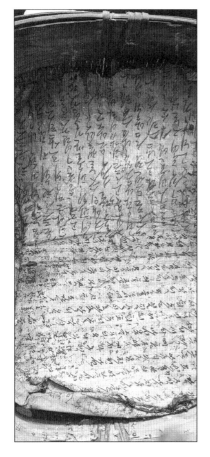

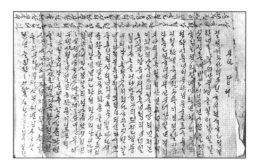

방석댁은신문지에가사를연습하였다 한지가귀했던당시에먹을갈아붓으
로헌신문지에글씨를써서많이훼손되었다

시조모 가사연습 글씨 추정

청기 시누이 김규숙(金奎淑) 편지 글씨 추정

저자에게 가사문학을 가르쳐준 두월댁(이증선)의 〈화전가〉 가사 친필

지은이 두월댁 이증선(李曾善, 1915 – 2007)의 본관은 예안이다. 아버지는 용하, 조부는 진사 이광용으로 안동시 풍산면 우릉골 출생, 18세에 선성김씨 무섬마을 김제은에게 출가했다. 저서로 〈이증선 여사 가사집〉이 있다.

두월댁은 무섬 주사댁으로 시집올 때 가사를 배워 왔다. 무섬마을 뿐만 아니라 영주지방에서 도 내방가사를 많이 쓴 작가이다. 저자보다 2살 더 많은 두월댁한테 많은 걸 배웠다. 아래한글은 물론 내방가사 읽는 법, 내방가사 쓰는 법, 사돈지와 편지 쓰는 법을 두루 배웠다. 두월댁은 글씨가 아주 곱고 정갈하다. 나는 가난하게 자라서 가사를 배우지 못하고 무섬으로 출가하였지만 무섬마을의 가사 읊고 즐기는 분위기에서 주경야독이라고 낮에는 쉴 새 없이 일하고 긴 겨울밤에 시간을 내어 악착같이 배웠다. 정말 배워서 남 안주는 게 글이다. 그 덕분에 이 세상에는 우리가 그저보고 즐기는 것 외에 사람이 창조한 너무 재미있는 이야기가 많은 것 같다는 것을 느꼈다. 이런 마을에서 이런 분들을 만난 것은 나의 천생연분이고 행운이었다.

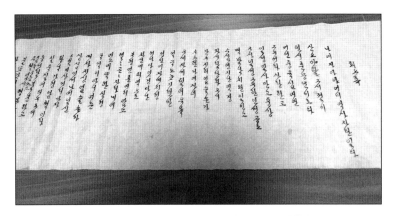

저자에게 가사문학을 가르치신 법전댁(강점을) 〈회오록〉 가사 친필

지은이 법전댁, 강점을(姜點乙, 1915년~2013년)의 본관은 진산(진주)이다. 아버지는 강보창(참봉)이고, 강보창의 조부는 안동부사를 지냈다.

봉화군 법전면 법전마을에서 출생, 17세에 선성김씨 무섬마을, 김진뢰(용진)와 혼인했다.

강점을 여사는 결혼 전 10권 정도 가사집을 만들었으며 60년 회고록이 있다.

법전댁은 무섬으로 시집올 때 가사를 배우고 많이 필사해서 왔다. 저자보다 2살 위이고 무섬 농당댁에 며느리로 와서 생활에 여유가 있어 틈틈이 가사를 공부하였다. 남편 되시는 분하고 저자의 사랑어른하고 서늘기 아지뱀하고 특히 사이좋게 지냈다. 우리와 가까운 집안 친척이라 특별히 친하게 지내서 내게 가사 쓰는 법, 읽는 법 등 많은 것을 가르쳐주었다. 이 집에 올 때마다 <사씨남정기>, <부인언행록> 등 여러 이야기와 가사를 빌려서 베껴 써 보기도 하고 읽고 즐겼다. 법전댁 글씨는 곱고 품위가 있다. 그 외 지혜로운 옛날이야기도 많이 해주었다.

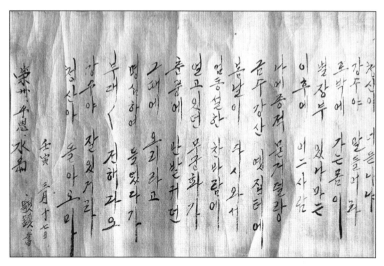

저자가 즐겨 읽은 법전댁 시동생 김기진(驥鎭) 현대 가사, 기진이는 재주도 좋고 친절해서 나를 많이 따랐다.
가사도 재법 잘 썼다.

의인형님(정숙 모)의 유일한 친필,
진성 이 씨 후손인 의인 형님도 무섬 마을에 시집올 때 가사를 배워왔다. 함께 가사를 읽고 무척 즐겼다.
가사 글씨도 정갈하고 내용도 재미있다. 아깝게도 대부분 유실되었다.

〈수도(水島) 경치가〉[1]

우리고향 수도촌은 겹겹이
싸인산이 화류병풍 들렸으니
만년대계 반석이요 아홉계곡
흐른물은 수도촌을 향해오니
부귀지상 틀림없다 북편에
도실봉은 중천에 높이솟아
길운을 전해주고 학가산
국사봉은 미덕을 풍겨준다
낙동강 맑은 물은 양편에서
내려와서 수도후변 당도하여
의좋게 합수되어 을자로
흘러가니 충효겹전 할것이요
누대성덕 혁혁문호 사방에
백사장은 요지신선 노는데라
수도입구 당도하면 강변의
절벽상에 노송이 창창하여
청풍에 헌들헌들 오는손님
환영하네 그 옆에 치류정은

---

1) 영주(榮州)의 내방가사(內房歌辭) 172 - 174쪽

후손자랑 뽐내는 듯 엄엄하기
그지없다 우리외댁 정자일세

- - - - -중략 - - - -

좋을시고 우리고향 백사장 너른들은
백옥경 우리계요 낙동강 맑은물은
천상에 은하수라 오유월 삼복절도
강수에 목욕하면 서기가 전혀없고
모기들은 흔적없네 석양에 노을지면
강풍이 서늘하여 심신이 상쾌하다
산음이 더욱좋아 록수에 연어하니
선경이 여기로다 백사장 너른들에
야월이 휘왕하여 강천에 비춰주고
연어하여 잡은고기 안주에 별미되고

- - - - -중략 - - - -

요지에 심은난초 옥분에 옮겼으니 한탄할바
전혀없다 화창세계 장엄함이 수도촌을
당할소냐 자랑심이 절로난다 지상극락
우리고향 경계를 상상하여 대강읊어

노래하여 수도고향 자랑하세.

박순우(朴順雨, 1930-) 본관은 반남. 아버지는 무섬마을의 독립유공자 찬하, 외조부는 참봉 김

휘윤, 참판 박제연의 5대손. 선성김씨 김익영에게 출가했다. 순우는 나와 일가라서 나를 잘 따랐다.

영감댁 박실 형님의 맏손녀라 여러 가지 재주가 있고 붙임성이 있다. 우리 시어머니와 나를 무척 좋

아했다. 많은 가사를 썼다. 어떻게 그렇게 총명한지 화전놀이나 무슨 행사가 있으면 그것을 글로써

잘 표현하였다. 나는 이런 친척이 있어 여러 가지를 서로 배우고 해서 무척 다행이다..

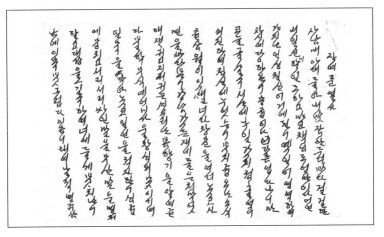

서늘기형님(이기휘 진섭 모친) 가사 〈자녀 훈열가〉

서늘기 형님(이기휘. 1915-2003) 본관은 진성 이씨, 영주 삼진(창진리, 서늘기) 출신으로 17세

(1932년)에 무섬 마을 선성 김씨 김정규 씨에게 출가했다. 서늘기 형님은 우리 집안의 어른이시고

성격이 곧아서 모두들 좋아했다. 가사 연습도 잘 하시고 이야기도 구수하게 잘 하셨다. 그 집 서늘기

아지뱀하고 우리 바깥양반하고는 각별한 관계라 아주 친하게 지냈다. 호롱불 밑에서 가사를 같이

읽으면 동네 아주머니들이 다들 좋아했다.

〈자녀 훈열가〉

이기휘

사남매 아이들아 내말 잠간 들어봐라

걸걸(傑傑)한 내 일신(一身)이 할 일도 하고 많고

책임도 억만이라

어언간 지난인생 칠십이 거의되니

옛일이 역력하여 차시(此時)에 당하오니

몽중(夢中)이나 다름없다.

나이 많고 늙을수록 서산에 낙일(落日)같이

점점 근력이 쇠진(衰盡)하여 침실에 누었으니

부지중 오는 소식 춘삼월이 이땔러라

창문을 열어놓고 사면을 바라보니

강남갔던 제비들은 처마 끝에 재재기고

지저기는 새소리는 봄 향기를 알려준다.

불학무식(不學無識) 네 어미가 울창심회(鬱蒼心懷) 못 이기어

필묵을 다가놓고 일언을 적자하니

심중에 뭉치고 서리서리 쌓인 말을

무슨 말을 먼저할고

대강으로 기록하여 너희들께 부치나니

남의 이목 부끄럽다.

이 몸이 태어날 적 영주 삼진(창진) 안태(安胎) 고향이나

안동 마래 우리고향 연연서서(連延徐徐) 밝아온다

우리들은 타향객지가 아닌가

칠세에 실부하고 자모의 약한 마음

우리들 이녀이남 사남매를 혈혈(孑孑)이 기르실 적

교육도 못시키고 자본도 전혀 없고

억만 간장 녹이시고

머리만 뜨끔해도 꺼질 세나 날릴 세나

조심스런 그 마음이 일천 간장 녹였으니

어느 누가 알아주랴

우리 부주 이십육 세 우리 모주 이십칠 세

조물(造物)이 시기하고 문운(門運)이 비색(非色)하여

일조일석(一朝一夕)에 천지일월이 무광(無光)하고

가는 구름도 위로하는 듯

혼흑(昏黑)한 대고(大故)를 당하노니 한심 가없고

광활한 우주에 쌓아 무질이 없사오며

우리 王父主(할아버지)께서는 팔순지연이요

우리 백형(언니)은 십세요 이 몸은 칠세요

재남(아래 남동생)은 삼세요 차남은 잉태산중이라

우리 모주께서 팔순 존부씨(할아버지) 모시옵고

우리들 사남매를 어찌하여 길렀으며

어찌하여 경과를 하셨는고　　　　　　　- - -중략- - -

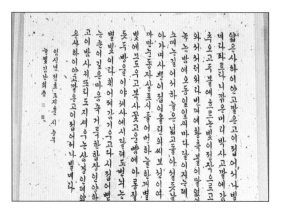

김난희(동탁 조지훈 부인) 글씨

집 수리 중 안방 다락방에서 발견한 증조부(1919년 몰), 할아버지(1953년 몰), 어머니(1977년 몰)의
글씨가 담긴 100여년된 고리짝과 예안 선성김 족보

영주 외나무다리 마을 무섬 알방석댁 이야기

집 수리 중 안방 다락방에서 발견한 고리짝

박명서가 1975년 경 읊은 가사 <류대감 이야기>를 아래 QR코드를 스캔하거나 링크 주소로 들어가면 들을 수 있다.

https://youtu.be/HhgcVztkpHE

박명서가 읊은 가사 청백리(淸白吏) "류대감 이야기" 또는 "류정승, 낙동대감 류후조(柳厚祚) 이야기" 를 다 알아들을 수 없어 안타깝다. 내용은 상주에 살았던 청빈한 류대감(류정승: 대원군과 교류했던)집에 도둑이 들어서 곡식을 도적질 하려는데 훔쳐갈 곡식이 없어서 류대감이 도적을 불러서 곡식이 없으니, 그 대신 엽전 세 닢을 주고 앞으로 도덕 질은 다시 하지 말고 개과천선하라고 당부한다. 나중에 그 도적이 참된 사람이 되어 찾아와서 대감님 덕택에 올바른 길을 가게 되었다는 이야기 같다. 두루마리 가사 원본을 구할 수 없어 정확한 거는 모르겠다. 위 내용은, 가사를 박명서에게서 배운 큰딸이 알아들은 것을 적은 것이다. 박명서의 고향은 영주 문수면 방석 마을이다. 무섬마을서 2Km 산골이다

박명서가 쓴가사 <나의 일생>을 친척 김복희 님이 읊은 것을 아래 QR코드를 스캔하거나 링크 주소로 들어가면 들을 수 있다. 박명서는 김복희 모친 법전댁(강점을: 강신희, 1915~2013)한테서 가사를 배우기도 했다.

https://youtu.be/dQ8c98ABF9k

영주 외나무다리 마을 무섬 알방석댁 이야기

아래 QR코드를 스캔하거나 링크 주소로 들어가면 네이버 블로그에서 박명서의 자서전 <나의 일생> 원문 1 - 5편을 사진들과 함께 볼 수 있습니다.

https://blog.naver.com/czechlove/222875733444

https://blog.naver.com/czechlove/222875764433

https://blog.naver.com/czechlove/222875772460

https://blog.naver.com/czechlove/222875778339

https://blog.naver.com/czechlove/222875782844

아래 QR코드를 스캔하거나 링크 주소로 들어가면 다움 티스토리에서 박명서의 자서전 <나의 일생> 원문 1 - 5편을 사진들과 함께 볼 수 있습니다.

https://kyuchink.tistory.com/134

https://kyuchink.tistory.com/135

https://kyuchink.tistory.com/136

https://kyuchink.tistory.com/137

https://kyuchink.tistory.com/139

영주 외나무다리 마을 무섬 알방석댁 이야기

초 판 1쇄 인쇄 2023년 9월 25일

지은이 박명서, 김규진
편 집 강완구
펴낸이 강완구
펴낸곳 써네스트
브랜드 열린세상
디자인 S design

출판등록 | 2005년 7월 13일 제 2017-000293호

주 소 | 서울시 마포구 망원로 94, 2층

전 화 | 02-332-9384   **팩 스** | 0303-0006-9384

이메일 | sunestbooks@yahoo.co.kr

ISBN | 979-11-90631-70-9 (03810)   값 15,000원